A LITTLE PIECE OF GROUND

ぼくたちの砦

エリザベス・レアード 作
Elizabeth Laird
ソニア・ニムル 協力
Sonia Nimr
石谷尚子 訳
Hisako Ishitani

評論社

ぼくたちの砦《とりで》

A LITTLE PIECE OF GROUND

by Elizabeth Laird

The original edition is published by
Macmillan Children's Books, London.

Japanese translation published by
arrangement with Macmillan Children's Books,
a division of Macmillan Publishers Ltd.
through The English Agency (Japan) Ltd.

本書は、イスラエル軍の占領下《せんりょうか》で暮らすパレスチナの少年たちの物語である。特殊《とくしゅ》な時代に特殊な場所で生活している少年たちの、特殊な体験と言えるかもしれない。しかし時代や場所はどうであれ、占領とは過酷《かこく》なものだ。占領されている人々を苦しめ、占領している軍隊をみじめにする。本書に登場する少年たちは、そのような占領下にありながらも自分らしく生き、困難《こんなん》にもめげず、けなげに成長しているすべての少年の姿《すがた》である。

1

カリームは、ベッドの端《はし》にすわりこんでいた。サッカーのポスターで埋《う》めつくされた壁《かべ》を背に、むずかしい顔で、手に持った紙を見つめている。紙のいちばん上に、「ぼくの人生でやりたいこと（なりたいもの）ベストテン、カリーム・アブーディ、ヤッファ共同住宅《アパート》、ラーマッラー*、パレスチナ」と書いてある。その文字の下に、カリームはていねいにアンダーラインを引いた。

それから、思いっきりきれいな字で、続きを書きはじめた。

1　サッカーの世界チャンピオン（ぼくにも夢《ゆめ》はあっていい）。
2　かっこよくて人気者でハンサムな、身長百九十センチ以上の人（とにかくジャマールより背が高い人）。
3　パレスチナを解放する「国家の英雄《えいゆう》」。
4　有名テレビ番組の司会者か俳優《はいゆう》。
5　新しいコンピューターゲームを作る達人。

6　両親、兄、先生のことなど気にしないで、やりたいことをやれる人。

7　戦車や攻撃用《こうげきよう》ヘリコプター（イスラエル軍が持ってるやつ）の強化スチールを溶《と》かす酸《さん》の発明。

8　ジョーニやほかの友だちより強い人（できれば）。

ここまで書いて手を止め、ボールペンの頭を嚙《か》んだ。遠くのほうから、午後の静けさをやぶって、救急車のサイレンが聞こえてくる。カリームは顔をあげ、窓の外をじっと見た。サラッとした黒髪《くろかみ》のすぐ下から、大きな黒い目がのぞいている。ほっそりした小麦色の顔だ。

カリームは続きを書きはじめた。

9　死なないこと。撃《う》たれるなら、治療《ちりょう》できるところ。頭や背骨《せぼね》ではありませんように、インシャーアッラー〔神《かみ》さま、どうぞよろしく〕

10

ところが10番目で行きづまった。しかたない、空《あ》けておこう。あとで、いい考えが浮《う》かんだときに書けばいい。

はじめから読みなおした。ストライプのスウェットシャツのえりのあたりをボールペンでたたきながら、しばらく考えこんでいたが、やがて新しい紙を出した。こんどは、さっきより手早く書いていく。

やりたくないこと（なりたくないもの）ワーストテン

1　父さんみたいな店の主人。
2　医者。母さんはしょっちゅう、医者になったらと言う。（どうして？　血を見るのが大きらいなのは、母さんも知ってるはずなのに。）
3　背の低い人。
4　ファラーみたいな女の子と結婚すること。
5　背中を撃たれて、一生、車椅子《くるまいす》で暮らすこと。そういう子が、学校にいた。
6　ジャマールのようなニキビ面《づら》。
7　イスラエルの戦車に家を押《お》しつぶされて、みじめなテント生活をすること。
8　無理やり学校に行かされること。そんなの、ぜったいにいやだ。
9　占領《せんりょう》された場所で暮らすこと。しょっちゅうイスラエル兵に検問《けんもん》されること。びくびくさせられること。家の中に閉じこめられること。
10　死ぬこと。

リストをもういちど読みなおした。なんだか物足りない。なにか大切なことが抜けている。書き落としていることが、ぜったいある。

ドアの向こうから、言い争う声が聞こえてきた。兄ちゃんのジャマールが、母さんに食ってかかっている。ということは、じきにジャマールが兄弟で使っているこの子ども部屋に入ってきて、ぼくだけの静かな時間が終わってしまう。

カリームはベッドの下を手でさぐり、大事なものを入れておく秘密《ひみつ》の箱に、書いたばかりの紙をしまおうとした。でも箱にねじこむ前に、ジャマールが部屋に飛びこんできた。

ひと目で、きげんが悪いのがわかる。ジャマールのとび色の目が、額《ひたい》にかかる黒い髪の向こうで、なにィ？　というように光った。カリームはあわててリストを背中にかくそうとしたが、ジャマールが突進《とっしん》してくるほうが早く、もぎとられてしまった。

「なんだなんだ、コソコソしやがって」ジャマールが言った。「なにか、たくらんでるな、このちび」

カリームはジャンプして紙を奪《うば》いかえそうとしたが、十七歳にしては背の高いジャマールに頭より高く持っていかれては、とても届かない。組みついてジーンズのベルト通しをひっぱり、ベッドの上にねじ伏《ふ》せようとしたが、ジャマールは片手でいとも簡単《かんたん》にカリームをはらいのけ、紙を高々と差し上げながら二枚とも読んでしまった。

カリームは顔を赤くしながら、飛んでくるにきまっている軽蔑《けいべつ》の言葉を待った。予想どおり飛んできた。

「サッカーの世界チャンピオンかよ？　おまえが？」ジャマールがせせら笑った。「右足も左足くらい、ぶきっちょのおまえが？　そっかー、ワールドカップで見られるってわけかー、おまえがゴールを決めるとこ――失敗するとこかも。おまえが？　パレスチナの解放？　その頭で？――あっ、頭なんてあったっけ？」

カリームはごくりと唾《つば》をのみこんだ。ジャマールとけんかしたところで勝てっこない。こういうときは、平気な顔をしているにかぎる。

「心配しなくていいよ」カリームは、できるだけさりげなく言った。「うらやましいのは、あたりまえだもん。世界に名をとどろかせるようになっても、兄ちゃんとは仲よくしてやっから。足のことを、からかわれたって気にしない。でも、フェアじゃないよ、そんなふうに皮肉るのは。だってぼくの足、ジネディーヌ・ジダンみたいに、ボールをバシバシ、ゴールにたたきこめるんだもん」

ジャマールは紙を投げてよこした。こんな夢みたいな話、アホくさっ、とばかりに。

「それぐらいできて、あったりまえだろ」とジャマール。「アパートの壁に向かってボールを蹴《け》って、もう一年以上になるもんな。蹴って蹴って蹴りまくって、アパートじゅうの人を怒《おこ》らせてるじゃないか」

せっかくけしかけているのに弟にとりあってもらえず、ふてくされたジャマールは、ボクシングのポーズで空《くう》をジャブした。カリームの買ったばかりのだいじなスニーカーを蹴とばしながら、ベッドとベッドのあいだのせまいスペースを小さなリングに見たて、すり足で動きまわっている。カリームは窓のところに行って、五階下の地面を見おろした。アパートの、道をはさんだ向かい側に空き地がある。すぐ家が建てられるように整地も終わっているが、いまのところまだ工事のはじまる気配はない。この空き地を、カリームはひとりじめにしていた。自分だけのサッカー・グラウンド。とっておきの遊び場なのだ。

ひんやりした窓ガラスに顔を押しつけていると、足がムズムズしてきた。がむしゃらに階段をかけおりて、好きで好きでたまらない遊びをやりたい。壁に向かってボールを蹴り、そのリズムに身をまかせたい。

キック、バシッ、つま先で受けて、キック、バシッ……

波にのってうまく続けられると、頭の中のモヤモヤが消えていく。そのうちに、なにもかも忘れ、両足と両腕《りょううで》の感覚だけになる。リズムに心を奪《うば》われ、すっきり落ち着いてくる。

ジャマールは、すらりと長い足をのばして、ベッドに寝《ね》そべっていた。

「離《はな》れろよ、窓から」ジャマールが押し殺した声でカリームに言った。「見つかるぞ。やつらの標的《ひょうてき》になったらどうする」

カリームはそっと道の反対方向を見た。ここ数日、アパートのすぐ下の十字路に居《い》すわり続けているイスラエルの戦車が、また数メートル近づいてきている。戦車の上に兵士がひとり。

両腕で銃《じゅう》をかまえている。戦車のわきに三人。そのうちのひとりは、かがみこんで携帯《けいたい》電話をかけている。

　戦車があそこに居すわっているかぎり、外に出て遊べるチャンスはゼロだ。二週間まえ、武《ぶ》装《そう》したパレスチナ人がイスラエルのカフェでふたりを銃撃したので、イスラエルがまた外出禁止令を出してきたのだ。これが出ると、町じゅうが封《ふう》じこめられてしまう。ここ二週間、ラーマッラーに住んでいる人はひとり残らず家に閉じこめられ、昼も夜も外出ができなくなっている（外出禁止令が解除《かいじょ》になるのは一週間か二週間に二時間だけだ）。もし、これを破《やぶ》ろうもんなら——玄関から片足をちょこっと出しただけでも——銃をぶっぱなされる。ジャマールの言うことは正しい。窓辺に立っているだけで危険なのだ。

　カリームは窓から離れた。ぼくだけのサッカー場、見なければよかった。ますます外に出たくなっちゃったじゃないか。とびはねたり、腕をふりまわしたり、ボールを蹴ったりしたい気持ちが、よけい強くなってしまった。

「そういえば」カリームがジャマールに言った。「兄ちゃん、けっこうブリッ子なんだね、バカみたいにかっこつけちゃってさ」

　ジャマールはカリームのほうに顔を向けて、にらんだ。

「なにつっかかってくるんだよ、こんどは」

「ドジなんだもん。自分でも、わかってるくせに」カリームはずけずけ言った。「見ちゃったもんね。友だちと石を投げてるとこ、戦車めがけて。先週。ぜーんぶ、はずしてやんの。なのにねらってなかったようなふり、すんなよな、ほんとはねらってたのにさ」

ジャマールはむっくり起きあがり、ベッドのわきに足をおろした。これで取っ組み合いの理由ができたとばかり、うれしそうな顔をしている。

「ちびスパイ。また、おれのあとをつけやがって」

ジャマールは腕を広げ、カリームに襲《おそ》いかかろうとした。カリームはすばやく身をかわし、白い靴下《くつした》をはいた足で赤い毛布をくしゃくしゃにしながら、そろそろとあとずさり、壁ぎわまで追いつめられたところで、両手をあげて降参した。

「兄ちゃん、出てってくんない？　母さんには石を投げたこと、言いつけないからさ。ひとりにしてくれたら、だまっててやる」カリームは、ジャマールの一瞬《いっしゅん》ひるんだ顔を見て、しめたと思った。「それから」カリームは続けた。「父さんにも言いつけないからさ、かわりにコンピューター、じゃましないで使わせてよ、一時間でいいから。あっ、まちがえた、二時間」

ジャマールはしぶしぶ引きさがった。なにかピシャリと言い返そうとしたのに、うまい言葉が浮かばなかったのが、カリームにも見てとれた。ジャマールは片方の肩《かた》をいからせながら、プイとテーブルのところに行ってヘッドホンをわしづかみにすると、自分のベッドにドサッと寝ころんで、ヘッドホンを耳にあてた。

カリームは、やったねと思いながら、コンピューターにとびついた。コンピューターは、べッドとベッドのあいだに置いてあるテーブルを、ほとんど占領している。こんどこそ、やってやるぞ。〝ラインマン〟のレベル・ファイブまで行ってみせる。先週は、せっかくうまくいきかけたのに、あとひと息ってところで停電になって、コンピューターがダウンしちゃったからな。

カリームはテーブルの端に積み上げた、いまにもくずれそうな教科書の山を押しのけた。ほんとうは英語の単語や、アラブ人による征服《せいふく》の歴史年表を、覚えなくちゃいけないんだけど。「イスラエルは、きみたちが学校に来られないように妨害《ぼうがい》することはできるかもしれない」外出禁止令が出る直前に先生が言っていた。「でも、学ぶことまで妨害させてはいけないよ。家でしっかり勉強すること。きみたちの未来はそのまま、パレスチナの未来なんだからね。国は、きみたちを必要としている。それを忘れちゃいけないよ」

ぼくだって、勉強しようと努力はしたさ。でも長い時間、集中するのは無理。ジャマールが出たり入ったりするし、妹のファラーとシリーンがドアの向こうの居間で、キーキー、キャーキャー遊んでいるし。ちょっと机《つくえ》に向かっただけで、読みふるしのコミックをパラパラめくったり、たのしい空想にふけったりしたくなる。たとえば、ジャマールが遠いところに行っちまったらな、なんて考える。できれば宇宙船に乗りこんで木星――土星ならもっといい――のまわりを周り続けてくれればいいのに、永久に。そうすれば、コンピューターはぼくひとりのものになる！

でもいま、これからの二時間、コンピューターはぼくだけのものだ。二時間たったらちゃんと生物をやるんだぞ、と自分に言い聞かせながら、カリームは画面を見つめ、ゲームがはじまるのを待った。

部屋がしーんと静まりかえっている。けっきょくジャマールは、起きあがって居間に行き、赤いベルベットの古めかしいソファにゆったりすわって、父さんといっしょにニュースを見ている。朝からずっとぐずりっぱなしの四歳のシリーンも、ようやく泣きやんだし、八歳のファラーは、踊《おど》り場《ば》をはさんだ向かいの部屋の、仲よしのラシャのところに遊びにいったらしい。

ゲームがはじまった。すぐに、なにもかも忘れて夢中になった。

すべり出しの動きはすっかり覚えている。しょっちゅうラインマンで遊んでいるから、自然に手が動く。でもたちまち、少しばかりむずかしい場面になった。キーボードの上に身をのりだし、スクリーンを食い入るように見つめ、頭からの命令どおり、すごい早業《はやわざ》でキーボードをたたいた。少しずつレベルが上がっていく。今回はひょっとすると、うまくいくかもしれない。

子ども部屋のドアが開いた。カリームは見向きもしなかったが、母さんが立っているのがわかった。わざわざ振《ふ》り向《む》かなくても、母さんが黒いくっきりした眉《まゆ》を寄せているのが、見えるようだ。

「きちんと勉強したいんでしょう、カリーム？　それともバシールおじさんみたいになりたいの？」母さんは口をつぐんで、答えを待っている。カリームは返事をしなかった。「五十年も、道路工事で明け暮れることになってもいいの？　背中を太陽にじりじり焼かれながら、土砂《どしゃ》を掘《ほ》り起《お》こすのよ？」また沈黙《ちんもく》。「ま、自由に考えなさい。でも母さんは、年取ってからまで、あんたの泥《どろ》だらけの服を洗濯《せんたく》するなんて、まっぴらですからね。以上」

カリームは、母さんの言葉なんかろくに聞いてもいないのに、文句だけはブツブツ言った。母さんは大げさにため息をつきながらドアを閉めた。ゲームは続いている。ひとつずつ標的を倒《たお》し、少しずつレベルが上がっていく。息をつめ、目がまわりそうになりながら、次々に画面をやっつけた。するとついに、画面じゅうに星が飛びかった。最高レベルに到達したんだ！　頭の中にまで星がバンバン飛びこんで来るような気がした。

「イエ――――イ！」カリームは叫びながら子ども部屋を飛びだして居間に行き、ガッツポーズで小おどりしながら家族のまわりを走りまわった。「やったー！　やったー！　レベル・ファイブ！　ついに達成！　世界チャンピオーン！　勝った勝ったー！　ひれ伏せよー、下々《しもじも》のものー！」

ジャマールがソファから立ち上がった。

「レベル・ファイブ？　ラインマンで？　見せろよな」

ジャマールはカリームを押しのけて子ども部屋に入っていった。

父さんのハッサン・アブーディは、ソファから身をのりだし、テレビの画面を食い入るように見つめている。葬式《そうしき》で泣き叫んでいる人たち。アナウンサーのおごそかな声が部屋にひびく。

「けさ、ヨルダン川西岸のナブルスで、投石をする若者たちとイスラエル兵が衝突《しょうとつ》し、これに巻きこまれたふたりの子どもを含《ふく》む五人のパレスチナ人が死亡しました」

ハッサン・アブーディがカリームをにらみつけた。

「そのバカ騒《さわ》ぎをすぐやめろ」ハッサン・アブーディはビシッと言った。「宿題にもどれ、さもないと、いまいましいコンピューターをとりあげるぞ」

母さんのラミアは、そばの肘掛《ひじか》け椅子《いす》に半分体をあずけてすわっている。足を組み、宙に浮かせた足先からピンクのスリッパがずり落ちそうだ。ラミアの胸《むね》で眠《ねむ》っていたシリーンが、いまの騒ぎで目をさまし、母の腕の中でもがきながら、またぐずりはじめた。幼《おさな》い女の子のほっぺたに、ラミアの赤いブラウスのボタンのあとが、くっきりついている。

「ほーら、あんたのせいよ」ラミアは咎《とが》めるように言いながら、シリーンの熱っぽい額から汗でぬれた黒い巻き毛を、かきあげてやった。「シリーンの具合が悪いのは知ってるでしょ？　耳が痛いとどんなにつらいか、忘れたの？　ようやく寝かしつけたところなのに、かわいそうに。家族のことも、少しは考えなさいね、カリーム。それとも、そんなこともできない悪い子になったっていうの？」

ジャマールがポケットに手をつっこんで、居間にもどってきた。

「まだレベル・フォーでしたー、残念ながら。すげえことをやらかしたと思ったろ？　でもさ、教えてやるよ。ちっともすげえことじゃありませんでしたー」

カリームの勝ちほこった喜びは一気にしぼみ、閉じこめられているみじめさが、どっともどってきた。ゲームに没頭《ぼっとう》していた幸せな二時間は、閉じこめられていることなど、すっかり忘れていられたのに。

「兄ちゃんのバーカ！　うそつき！　うそにきまってら！」カリームは叫《さけ》びながら、ジャマールの胸になぐりかかろうとした。

ジャマールはケラケラ笑いながら身をかわした。カリームは子ども部屋に駆《か》けこみ、画面をたしかめようとしたが、ジャマールが電源を切ってしまったあとだった。あーあ、証拠《しょうこ》が消えちゃった！

ひとりになりたい。いまいましい家族の顔なんか見たくもない。カリームは玄関に行き、ドアを開け、外に出て、ドアを閉めた。踊り場と階段だけでは物足りないが、とにかくひとりにはなれる。

と思ったとたん、うしろでドアが開いた。

「カリーム」父さんだ。心配で声がこわばっている。「なにしてる？　中に入れ、早く」

「アパートの外には行かないから、父さん」とカリーム。「踊り場にいるだけ。ただ——ちょっと、ひとりになりたいだけ」

父さんの顔がやわらいだ。

「わかったよ。でもちょっとだけだぞ。窓には近寄るな。やつらに姿を見せちゃいかん。見られないように気をつけろよ。十分たったら入るんだぞ。さもないと母さんが騒ぎだすからな」

開け放ったドアからテレビの声が流れてきた。

「けさ、イスラエル軍がガザの難民《なんみん》キャンプを砲撃《ほうげき》し、三歳の子どもを含む九人のパレスチナ人が殺害されました。一方、エルサレムでは、けさ、パレスチナ人男性が人通りの多い商店街で発砲し、イスラエル人の女性ひとりが死亡、三人の子どもが重傷を負いました」

カリームはうしろ向きのままドアを閉め、テレビの声を部屋の中に押しこめた。それからにぎり拳《こぶし》で、壁を思いっきり、なぐりつけた。指がすりむけた。

＊ラーマッラー　パレスチナ自治区のひとつであるヨルダン川西岸地区の町。ラマラと表記されることが多い。本書ではアラビア語に近い発音をとり、ラーマッラーとしている。

2

それから三日後にようやく、外出禁止令が解除《かいじょ》になった。といっても外に出られるのは二時間だけ。アパートのすぐわきの戦車から、イスラエルの兵士がメガフォンで知らせてきた。

「午後六時から二時間」兵士の声がとどろいた。「外出を許可《きょか》する」

ラミアがほっとして、泣《な》かんばかりの声で言った。

「あと一日閉じこめられていたら」タオルをしぼってシリーンの頭にのせる。「この子の中耳炎、菌《きん》が脳《のう》にまわるところだったわ。三日も熱が下がらないんですもの。それに食料も、もう底をつきそう」

夫のハッサン・アブーディは早くも電話をかけている。受話器を置くと、ラミアのほうに向きなおった。

「ドクター・セリームが、いい抗生物質《こうせいぶっしつ》を教えてくれたぞ。外に出られるようになったらすぐ、わたしがこの子を薬局に連れていく。今晩《こんばん》から、二錠《じょう》ずつ飲ませるようにって」

ハッサンは寝室《しんしつ》に行きながら、首を左右に振《ふ》った。

「子どもたちまでひどい目にあわせやがって」父さんが小声で言っているのがカリームの耳に

も届いた。「でも、イスラエルのやつらを罰するのは、神さまにおまかせしよう」

外出禁止令が解除になって救われるのはシリーンの耳だけじゃない、とカリームは思った。あと一日でも閉じこめられていたら、アブーディの家族は皆殺しになってしまう。まず、ぼくがファラーとジャマールを殺しちまうだろうし、父さんと母さんも殺り合《やあ》う、ぼくだって家族みんなに襲《おそ》われると思う。

カリームは、ベッドの上の、物が散乱している棚《たな》から携帯《けいたい》電話をさがしだし、親友のジョーニの番号をたたいた。

「学校に行って、宿題を出して、新しい宿題をもらってこなくちゃならないんだ」カリームは言った。「きみもだろ?」

「いや、先生が電話をくれた。パパの店の近くまで、先生が来てくれるんだって。そこで宿題をわたせばいいって」

「いいなあ」カリームはうらやましそうに言った。「きみの学校にかわりたいよ。ぼくの学校の先生は、きびしすぎる。たったの二時間しかないってのにさ。会うのは、やっぱ無理だよね」

「会えるさ。ぼくがきみの学校に行く。校門のとこで待ち合わせよう」

カリームには、六時になる前の数分が、外出禁止令が出て以来いちばん長く感じられた。缶《かん》入《い》りペプシをゆすったときの、炭酸《たんさん》の泡《あわ》みたいな気分。いまにもドバーッと勢いよく飛び出しそうだ。

五時五十五分には家族全員、外出の準備を終えていた。ラミアはハンドバッグをかかえ、もどかしそうに青いスカートのしわをのばしている。ハッサンはシリーンを抱《だ》き、薬局まで突《つ》っ走《ぱし》ろうと待ちかまえている。ファラーは自分の部屋で、ピンクのブラウスさがしの真っ最中。庭に飛びだしてアパートの子どもたちと遊ぶんだもの、どうしても、あのブラウスを着なくちゃ。カリームは清潔《せいけつ》なジーンズと真新しいスウェットシャツに着がえ、のそのそと宿題をかき集めている。いいかげんに書いた作文と、練習問題が半分もできていない教科書を見てはじめて、まじめに勉強しなかったことを思い知らされた。

居間《いま》の壁《かべ》にかかっているしゃれた振り子《ふこ》時計の針が、ついに六時をさし、それと同時に、待ちに待った戦車のエンジン音が聞こえてきた。玄関のドアを少しだけ開け、みんなが聞き耳をたてるなか、巨大な戦車がゴロゴロと十字路を離《はな》れ、丘の下にもどっていった。

髪《かみ》をジェルでばっちりかためたジャマールが、まっさきに飛びだした。階段を何段もすっとばして駆《か》けおりていく。カリームもすぐあとに続いた。

「カリーム！　スーパーマーケットに迎《むか》えにきてね、七時半に！」母さんの金切り声が追いかけてくる。「買った物を、ひとりじゃ持って帰れないから。それからジャマール、あんたが八時までに帰ってこなかったら、母さんは……」

母さんがどうしようというのか、男の子ふたりの耳には届かない。ふたりとも、もう道に飛びだしていた。

顔をなでていく新鮮《しんせん》な空気、髪を吹きぬける風、走ったりジャンプしたりできる自由。カリームは有頂天だった。階段の最後の数段をがむしゃらに飛び降り、飛んだり跳《は》ねたりしながら、喜びいさんで駐車場《ちゅうしゃじょう》のまわりを大きくまわって駆けていく。

ジャマールは弾丸《だんがん》のような早さで走っていったが、坂道を学校の方へはのぼらず、駆けおりていった。カリームは走るのをやめ、ジャマールの姿《すがた》をじっと目で追った。ジャマールの行きそうなところを考えてみる。バシームやほかの友だちと落ち合って、もとのバスの車庫に行くのかもしれない。荒《あ》れはてたバスの車庫は、今ではイスラエル兵に占拠《せんきょ》され、やつらの基地になっている。あそこでは今ごろ大きな装甲車《そうこうしゃ》が、緑色の鱗《うろこ》におおわれた怪獣《かいじゅう》みたいに一列に並んでいるにちがいない。大切な二時間の自由時間が終わるが早いか坂を這《は》いのぼり、ラーマッラーの住民をまた家に押《お》しこめてやろうと待ちかまえているのだ。

ジャマールが仲間とやらかしそうなことを考えると、カリームは恐怖《きょうふ》で気分が悪くなった。ひろった石を戦車に投げつけながら、戦車の中の兵士を大声でののしる気だろう。兵士たちはライフルの引き金に指をかけ、しばらくはようすを見るだろうが、なおも怒《おこ》らせるか、こわがらせるかすれば、発砲《はっぽう》してくるにきまってる。ぜったい、だれか怪我《けが》をする。殺されるかもしれない。

殺されるのがジャマールだったら、兄ちゃんは殉教者《じゅんきょうしゃ》だ。そしたら、自慢《じまん》の兄貴ってことになって、ぼくはもう決して、兄ちゃんを疎《うと》ましく思ったりはしないだろう。

カリームは気をとりなおし、学校に向かって全速力で走った。うまくいけば、たいして時間をとらずに宿題を出し、新しい宿題を受けとれるはずだ。

ジョーニはもう校門のところに来ていた。しきりにおかしな仕草をしている。たくましい足でくるっとまわったり、蹴《け》るまねをしたり、ふっくらした腕《うで》を突き出して、たたくまねをしたり。少年たちは、砲撃《ほうげき》されたあとも生々しい古びた校門をくぐりながら、おどろいた顔でジョーニを見ていくが、空手《からて》の蹴りの練習だとわかっているカリームは、またやってるな、と思っただけだ。

カリームは十分間も走り続けたのと、何日も家の中にいて急に運動したのとで、息が切れ、しばらくは口もきけなかった。二つ折れになって、ぜいぜい喘《あえ》いだ。

ようやく体をまっすぐにのばしたら、空《くう》を飛んできたジョーニの足が、カリームの鼻先十センチのところで、ぴたりと止まっていた。カリームはその足を、はらいのけた。

「ねえねえ、聞いてよ」カリームが言った。「ラインマンでレベル・ファイブまでいったんだ」

「うっそ」

「ほんとだって」

ジョーニのやつ、感心しているな、とカリームは思った。でもジョーニは、フンという顔をつくろっている。

　カリームはジョーニの先にたって階段をのぼり、上の教室に向かった。早く来た少年たちが、教室の開けっぱなしのドアのところで、ワイワイガヤガヤやっている。

「ムハンマド先生は？」カリームは生徒のひとりにきいた。

「いないんだ。まだ来てないみたい。きょうは来ないいんじゃない？」

「やったあ！」カリームは、きびしい担任《たんにん》の先生がけむったいのだ。ジョーニの腕をむずとつかんだ。「こんなところでグズグズしてちゃ、もったいない。サッカーしにいこうよ。母さんとスーパーマーケットで待ち合わせしてるけど、買い物は七時半までかかるはず。まだ一時間近く遊べる」

　すでに大勢の少年が校舎の裏《うら》のサッカー場に集まり、試合がはじまっていた。きちんとチームを組んだりする時間はない。てんでに加わり、走りまわった。ひらりと身をかわしてパス、ゴールめがけてシュート。

　最初の数分、カリームの足はマッチ棒《ぼう》にでもなったように、こわばって力が入らず、思うように走ることとすらできなかった。たちまち息切れした。何度かねらったゴールもはずして得点できず、相手にタックルされると簡単《かんたん》にボールを奪《うば》われてしまう。ところが急に、いつもの動きがもどってきた。体じゅうに力がみなぎった。足がおもしろいように動く。

　太陽が地平線に向かってずんずん沈《しず》み、あたりが暗くなりはじめた。ラーマッラーの白い石の壁がレモン色にかわっていく。まもなく金色に、それからピンクになるはずだ。こんな緊《きん》急事態《きゅうじたい》でなければ、窓からタマネギを炒《いた》めるいい匂《にお》いがただよい、あちこちのラジオから流れる音楽が町じゅうを包むころだ。でも今晩《こんばん》は、暗くなればたちまち兵士と戦車がもどってきて、銃撃《じゅうげき》や、もの悲しいサイレンの音が聞こえることだろう。

カリームがみごとにゴールをきめ、喜びの雄叫《おたけ》びを上げたちょうどそのとき、守衛《しゅえい》さんが出てきて校舎のまわりを走りはじめた。頭に巻いた赤と白のチェックのクーフィーヤ*を、肩《かた》のあたりになびかせながら、せきたてるように腕をふりまわしている。

「帰れ！　みんな、すぐ帰れ！」守衛さんが叫《さけ》んだ。「門を閉めるぞ！　戦車がもどってくる前に、おれも家に帰らなきゃならん！」

カリームはカッとなり、地面を思いきり蹴った。ふつうの生活ができる大切な二時間が、終わっちゃった。次はいったいいつ、外に出られるんだろう。

カリームとジョーニはいっしょに校門を出て、スーパーマーケットに向かった。

「あっ」とつぜんジョーニが言った。「きみの兄ちゃんがいるぞ」

カリームはハッとして顔をあげた。ジャマールが少し先の道路わきに、遊び仲間といっしょにいた。みんなビシッと決めた服装で、インターネット・カフェの入り口にたむろしている。この町の若者の人気スポットだ。

カリームはホッとした。あの調子なら、きょうのところは戦車に刃向かうことはないだろう。

「あそこに、きみの姉ちゃんもいるよ。ほら、あれ、ヴィオレットだよね？」カリームは、ピンクのぴっちりしたズボンをはき、肩にとどく髪をゆらしている女の子を指さした。女の子は、道の反対側の店から出てくるところだった。

ジョーニはちらっと見たが、すぐに目をふせ、カリームのかげにこそこそかくれた。

「どうしたの？」カリームがおどろいて言った。

「見られると、やばいんだよ」ジョーニはぼそっと言った。「きみはヴィオレットのこと知らないから」

「知ってるよ。小さいときからずっと」

「きみは知らない。むかつくんだよ、あいつ。このまえ外で出くわしたときも、いかれた友だちといっしょでさ、大声で『ヘイ、ちび！　ライラったら、あんたのことハンサムだってさ』なんて言うんだもん。嫌《いや》がらせなんだ。いつか、ぶっころしてやる。まったく」

カリームは最後のほうは聞いていなかった。べつのことに気をとられていたのだ。兄ちゃんが、つまり自称《じしょう》「ラーマッラーきってのかっこいい男」が、デレッとしたまぬけ顔で、ヴィオレットに見とれているではないか。

それを見るなり、カリームの背中に虫酸《むしず》がはしった。

ジョーニのわき腹をつついて、この思いもかけない発見を知らせようとしたちょうどそのとき、坂の下から轟音《ごうおん》が聞こえてきた。兵士が一斉《いっせい》に戦車のエンジンをかけた音だ。ゴロゴロもどってきて、また町を占拠《せんきょ》する気なのだ。

「しまった。母さん！　母さんの手伝いに行かなくちゃ！」カリームは急に約束《やくそく》と思い出した。

「あとで電話する」


母さんはもう買い物をすませていた。はちきれそうなショッピングバッグをいくつもぶらさげて、よたよたしながら道路に出ようとしているところだった。

「カリーム！　おそいじゃないの」ラミアがきびしい口調で言った。「早く！　戦車がもうすぐ、もどってくる」

そう言い終わるか終わらないうちに、下のほうから、マイクをたたいてラウドスピーカーを準備する音と、戦車が坂をのぼって近づいてくる音が聞こえてきた。

「マムヌーアッタジャッウル」ラウドスピーカーががなりたてた。「外出を禁止する」

「急いで！」ラミアが叫んだ。「走って！」

ふたりは、石や瓦礫《がれき》がそこらじゅうに散らばっている道を飛ぶようにして、大あわてで家に向かった。ショッピングバッグの、いまにも切れそうなプラスチックの取っ手をわしづかみにして。食料を無事に家に運びこむまで、どうかこの取っ手がもちますように。

＊クーフィーヤ　男性が着用するアラブの伝統的な頭巾《ずきん》のこと。

3

それから一週間たってようやく、戦車が町の中心部から立ち去り、昼間の外出禁止令は解除《かいじょ》になった。戦車がやってくるのは夕方、そのあと夜じゅう居《い》すわり、明け方に引き上げていく。

カリームは、ずっと頭にのしかかっていた重石《おもし》が、ふっと取れたような気がした。窓にたかってもがいているハエの足もとで、とつぜん窓が開いたようなものだ。これまでは罠《わな》にかかった動物。いまようやく罠の口が開き、広い場所に出られるようになった。

「そんなに浮《う》かれるなんて、気がしれない」ジャマールがふてくされて言った。「やつらは、その気になりゃ、いつだってもどってくるんだぞ。いいように操《あやつ》られてるだけなのに。やつらはネコ、こっちはネズミ」

カリームには、取り合う気などさらさらなかった。ベッドの下からサッカーボールをとりだす。やっと、あのとっておきの遊びができるときがきたんだ。なにはさておき遊びたくて、ウズウズする。ジョーニに会うより、まずあの遊びがしたい。

兵士が立ち去ったのはお昼ごろだった。すぐに、ハッサン・アブーディはグレーの背広を着こみ、心配顔でアパートを出ていった。長く続いた外出禁止令のあいだに自分の店がどうなったか、見にいったのだ。ニュースによると、イスラエルの戦車からの砲撃《ほうげき》で、町の真ん中あたりに被害《ひがい》が広がり、たくさんの建物が破壊《はかい》されたという。ジャマールは電気かみそりとヘア・ジェルをもちこんでバスルームにこもったままだ。ラミアはかきあつめたお金をハンドバッグに入れ、買い物に行く準備。

「新鮮《しんせん》なミルクが飲めるわよ、あしたは」シリーンに話しかけている。「すぐ元気にしてあげるからね」

ファラーは朝の食事をすませてからずっと、ラシャといっしょに遊んでいる。ふたりが階段のところで笑っているのがカリームのところまで聞こえてくる。

カリームはボールを小わきにかかえ、しのび足で玄関に向かった。母さんに呼《よ》び止《と》められ、おもしろくもない用事を言いつけられるといけないので、息を殺し、足音を立てないようにしながら歩く。うまく玄関にたどりつき、そっとハンドルを回してドアを開け、するりと外に出た。

あっという間に五階分の階段を駆《か》けおり、すばやくアパートの角を曲がって裏《うら》にまわった。きつく巻いたコイルを急にゆるめたときのバネのように体がはずみ、一刻《いっこく》も早くボールを蹴《け》りたくて足がムズムズしている。

まわりに人の姿《すがた》が見えないのがなによりだ。ひとりきりの時間が過ごせる。だれの目も気にせず、文句を言われることもなく、好きなようにのびのびと遊べる。

すぐはじめた。キック、バシッ、つま先で受けて、キック、バシッ……

ボールに集中し、すっかりリズムにのっている。緊張《きんちょう》がほぐれ、すっきりしてきた。

「自由になれたんだ」心の中でつぶやいた。「自由」

するとそのとき、頭の上のほうで窓が開き、かすれた声がどなった。「そのやかましい音、やめい。ここでは老人を静かに休ませてもくれんのかい？　ボールを壁《かべ》にぶつけるその音、こんど聞こえたら、おやじさんに言いつけに行くからな」

窓がぴしゃりと閉まった。

カリームは大声で言い返したかった。アブー・ラムズィじいさんに拳《こぶし》をふりあげたかった。ボールを高く蹴りあげて、あのクソいまいましい窓を粉々《こなごな》に砕《くだ》いてやりたい。でもそんなことをする勇気はなかった。

「あのじいさんのことが好きだろうが、きらいだろうが、そんなことは関係ない」父さんにはよく叱《しか》られていた。「父さんだって、あのじいさんは好きじゃない。わがままだし、けんかっぱやいし。でも、隣人《りんじん》なんだ。お年寄りは大事にするものだ。おまえたちが失礼な態度をとったら、父さんは許《ゆる》さんからな」

カリームは、心の中で文句をたれながら、ひろいあげたボールをしばらく手の中ではずませていたが、やおらそのボールを地面に置くと、拳《こぶし》でなんどもなんども、なぐりつけた。あのアブー・ラムズィじいさんのみにくい顔をなぐりつけているつもりで。

ふと、なぐる手を止めた。だれかがうしろで笑っている。なんだかばつが悪くて顔を赤らめながら振《ふ》り向《む》くと、少年がいた。

少年は砂利《じゃり》の山のてっぺんにすわり、顔じゅうで笑っている。カリームより背は高いが、やせっぽちだ。少し年上かもしれない――十三歳くらいだろうか。白いはずのTシャツが、薄《うす》ネズミ色になっている。ジーンズのすそもボロボロ。砂利の山にまたがってカリームを見おろしているところは、いかにもワルガキだ。笑っている口もとから、欠けた前歯がのぞいている。

「だれのこと、笑ってんだよ？」カリームはムッとして言った。あまりよく知らない子だ。一年くらい前から、ときどき学校で見かけているが、名前は知らない。

少年は窓を指さした。

「あいつのことさ。それにおまえのことも」

愛想のいい笑顔だったので、バカにされたような気はしなかった。

少年がよろめきながら砂利の山からおりてきた。

「サッカーがしたいんだろ？　相手になってやる」

「だめだよ。じいさんの言葉、聞いただろ？　父さんに言いつけられちゃう」

「父さん」という言葉に、少年が「え？」という顔をした。

バカにされたな、とカリームは思った。

少年はすぐもとの顔にもどった。軽蔑《けいべつ》したわけではないらしい。うらやましいのかもしれない。

ふたりはしばらく黙《だま》って見つめ合っていたが、やがて少年が頭でぐいと道のほうをさした。

「ここよりいい場所を知ってる。いっしょに行こうぜ。　あそこなら試合だってばっちりできる」

カリームの頭の中に、父さんと母さんの声がひびいた。

「バカなまねはやめとけ、カリーム」父さんの声が言っている。「どんな子かわからんぞ。おまえを悪い道に引きずりこみそうな顔じゃないか」

こんどは母さんが口を出してきた。

「よくない子とつきあうとどうなるか、母さんはいつも口を酸《す》っぱくして言ってるでしょう？　悪いことを覚えたいの？　病気になってもいいの？　それでもいいのなら、勝手になさい」

この際、そういう声は無視《むし》することにした。カリームは、かがんでボールをひろい、少年にポンと投げた。

「わかった」カリームは言った。「あんまり遠くなければ、行ってみる」

4

少年が先に立ち、足早にずんずん歩いていくので、カリームは心配になった。家の近くの知っている道からどんどんはずれていく。ひとりでこんな遠くまで足をのばしたことはない。とくに町のこのあたりは、いちども来たことがない場所だ。

丘《おか》のてっぺんまでのぼりつめた。下のほうに難民《なんみん》キャンプが無造作《むぞうさ》に広がっている。難民キャンプの人たちは、カリームやカリームの両親が生まれるよりずっと前から、ここラーマッラーに住んでいる。五十年以上前にイスラエルが国を作ったとき、先祖《せんぞ》代々住んでいた家から追い出されたのだ。カリームと少しもちがわない正真正銘《しょうしんしょうめい》のパレスチナ人だというのに、難民キャンプの中でひっそり生きている。

「イワシみたいに詰《つ》めこまれているわ——ほとんど仕事にもありつけずに」カリームは母さんが言っていたのを思い出した。「同じパレスチナでも、わたしたちには馴染《なじ》みのない地方から来ているの。だから、いったいどういう人たちなのか、よくわからないのよ。あの人たちがどんな目にあってきたかを考えれば、もちろん気の毒よ。でもそれはそれ。あそこの子とはつき合ってほしくないの。わかるでしょう……」

母さんは言葉をにごしたが、だめですよという顔だった。

こんなところにいるのを、だれかに見られたら、とんでもないことになる。カリームは、そっと振《ふ》り返《かえ》った。母さんに見つかったら、こっぴどく怒《おこ》られるにきまってる。人通りはほとんどない。そうか、知り合いがこんなところに来るわけないか。カリームは少し気が楽になった。

「ふーん、あそこに住んでるんだね？」カリームは、家がごたごたと密集《みっしゅう》している難民キャンプを指さしながら言った。コンクリートブロックでできた灰色《はいいろ》の家がひしめき合い、それを縫《ぬ》うように、せまい小道がくねくねと通っている。これが難民キャンプなのだ。

「ちがうよ。住んでるのは、あっち。去年、引《ひ》っ越《こ》したんだ」

少年はキャンプより小高い、開けた場所を顎《あご》でしゃくった。その開けた場所の一角の、イチジクの木の下に、クリーム色の小さな石の家が建っている。古い農家のようだ。きっと何百年も前の家なのだろう。この町がこんなに大きくなるよりずっと前から、あそこに建っていたにちがいない。

その家のほうに進むものと思っていたら、少年はふと道からそれて、いまにもくずれ落ちそうな塀《へい》をよじのぼり、中に飛びおりた。カリームもあわてて、よじのぼった。

「ここ、ってこと？」カリームが言った。

「うん。ここ」

なるほど、これはいいかもしれない。カリームは見るなり思った。がらんとした平らな場所で、ほんもののサッカー場に近い広さがある。古いコンクリートの塀が丘を背に建っていて、広場の一方をふさいでいる。木も草も生えていないが、夏の暑さで干《ひ》からびた雑草の茎《くき》だけが、ところどころに残っている。広場のもう一方の端《はし》には長々と、瓦礫《がれき》の山が続いている。建物が一列まるごと破壊《はかい》されたあとだ。瓦礫の幅《はば》は二十メートルほど。低いところでも二メートルくらいの山になっていて、うねうね続く山脈のように高く低く続いている。上からあらたに瓦礫が捨てられるたびに、石やコンクリートの破片《はへん》、古いドラム缶《かん》、配管の一部など、ありとあらゆる残骸《ざんがい》が山からころげ落ちたのだろう。平らなところにまで瓦礫が散乱《さんらん》している。少年はまだ、カリームのサッカーボールを持っていた。そのボールを、膝《ひざ》でポンとはずませ、じょうずにキャッチした。

「いくぞ」少年が出しぬけにボールを投げてきた。

カリームはジャンプしながら足を思い切りつき出したが、石につまずいてころび、肘《ひじ》を地面にいやというほど、たたきつけてしまった。

あまりの痛《いた》さに、しばらくは動くことも口をきくこともできない。倒《たお》れこんだまま横たわり、右手で左の肘のあたりをさすりながら、骨《ほね》が折れたかもしれないと思った。

「腕《うで》をのばしてみな」少年が見おろしながら心配そうな顔で言った。

カリームは歯をくいしばってのばしてみた。なんとかのばせた。痛みも少し、やわらいできたようだ。

「だいじょぶそうだな」少年が、ホッとした声で言った。

「石ころだらけなのが悪いんだよ」カリームはよろよろと立ち上がった。「ちゃんとボールをさばける場所がないんだもん。きっと、ころびまくるな」

少年は、やせた肩《かた》をすくめ、そっぽを向いた。

弱っちいヤツって思われたな、とカリームは思いながら、ボールをひろって少年に蹴《け》り返《かえ》した。

しばらくのあいだ、ふたりはボール遊びを続けた。ひらりと身をかわす。相手にパスを出す。石につまずきそうなときは、じょうずに飛《と》び越《こ》す。やがて少年がつま先をいため、カリームが足首をねんざしそうになり、どちらからともなく遊ぶのをやめた。

「がらくたが多すぎるね」少年が言った。「ざんねん」

ふたりは広場の奥《おく》の塀の近くまで歩いていった。カリームは塀をたんねんに見てまわった。アパートの古壁《ふるかべ》とは比べものにならないほど、いたんでいる。アパートの壁には少なくとも欠けたところや穴《あな》はない。この塀は砂利《じゃり》のかわりに荒《あら》い石を使っているからだろう、セメントがうすくなったりくずれたりして、あちこちに大きな穴があいている。

それでも、いちおう塀だ、とカリームは思いなおした。とっておきの遊びはできるだろう。ボールが思いもよらない方向にはじかれるかもしれないが、それだけの話だ。

それに、この子といっしょにやれば、ひとりよりおもしろそうだ。

「こっちの端は、それほど悪くないよ」カリームは小さい石をいくつか蹴とばし、場所をつくった。「ちょっと片づければ、スペースができる」

少年は答えるかわりに、もう、大きな石をひとつ持ち上げ、よたよたしながら広場の端の、壁がくずれて石の山になっているところに運んでいる。カリームはそれを見て、あんなやせっぽちじゃあ、同じ石でも重たいだろうなと思った。細い腕にもりあがった力こぶをブルブルふるわせながら、顔を真っ赤にしている。

カリームは、ぼくの力を見せてやろう、という気になって、もっと大きい石をさがした。ひとつ見つけ、持ち上げようとしたが、ぶつけた肘が痛くて途中《とちゅう》で手を離《はな》してしまった。名誉挽《めいよばん》回《かい》とばかり、小石をひろっては瓦礫の山に投げた。

少年もカリームのまねをしはじめた。ふたりの競争になった。動きも軽快に、石を集めては空き地の端めがけて、どんどん投げた。

「エーイ！　バーン！　やったあ！」少年が声をはりあげる。「戦車に命中！　兵士ひとりダウン！　残るは三人！」

石の山が、ふたりの頭の中でイスラエルの戦車になった。夢中《むちゅう》になるにつれ、敵の姿がありありと見えてきた。ヘルメットと防護服《ぼうごふく》とライフルに身をかためた敵に、勇敢《ゆうかん》にも素手《すで》でつかんだ石だけで立ち向かっている。

やがて、ぱたりと投げるのをやめた、息をハーハーはずませながら。そして周囲を見まわした。いつのまにか、あたりがきれいになっている。塀に向かってボールを蹴るのに十分な場所ができた。

とっておきの遊びのことは、わざわざ説明するまでもなかった。カリームがいきなり塀に向かってボールを蹴りはじめ、少年が加わった。いつものリズムはすぐにつかめた。キック、バシッ、つま先で受けて、キック、バシッ……

調子よくいった。

メチャメチャうまいな、この子、とカリームは思った。ジョーニよりうまい、ぼくと同じくらいやれる。

この子とふたりなら、何時間でも塀に向かって蹴り続けられそうだ。

するとそのとき、難民キャンプの下のモスク*から、夕べの祈《いの》りが町じゅうにひびきわたった。

「アッラーフアクバル《アッラーは偉大なり》！　アッラーフアクバル《アッラーは偉大なり》！
私は証言する　アッラーのほかに神なきことを
礼拝《れいはい》に来たれ」

「わっ、もうこんな時間だ！　戦車がもどってくる前に、家に帰んなくちゃ。母さんにぶっころされちゃう」カリームはボールをつかむなり駆《か》けだした。

広場を道に向かって走りながら、ふと見ると、少年がまだ塀のわきに立っている。

「オーイ！」カリームは少年に向かって叫んだ。「なんて名前？」

少年は一瞬《いっしゅん》、言葉につまった。

「ニックネームはグラスホッパー《バッタ》。ただのホッパーでもいい。きみは？」

カリームは、ぼくにもかっこいいニックネームがあったらいいのに、と思った。

「カリーム。カリーム・アブーディ。またね、たぶん」

「あしたは？」少年があわてて、せがむように言った。

「いいよ。外出禁止令が出なかったら、また来るね」

＊モスク　イスラム教の寺院。

5

その日の夕方、ハッサン・アブーディはとてつもなく、きげんが悪かった。家族は全員、戦車に追われて再び家の中に閉じこめられていた。ハッサンは家の中を歩きまわりながら、床《ゆか》のものを手あたりしだい投げつけたり蹴《け》とばしたりしている。カリームは食卓《しょくたく》の前にじっとすわり、勉強しているふりをした。ファラーは、ラシャから借りてきたフリルいっぱいのオレンジ色のスカートをはき、くるくるまわりながら、「見て！　どう？　ラシャよりきれいでしょ？」とはしゃいでいたが、父さんの目を見るなり、足音をしのばせ、人形を抱《だ》いてソファのうしろにかくれてしまった。シリーンは、中耳炎《ちゅうじえん》が少しよくなったとみえ、女の子の子ども部屋で静かに眠《ねむ》っている。

ラミアはアイロン台のところから、夫のようすをチラチラうかがっていた。

「みんな同じ舟《ふね》に乗っているんですもの」ラミアがとうとう切り出した。「商売をしている人はみんな、同じ苦労をしているわ」

母さんたら、火に油を注いだな、とカリームは思った。父さんが顔を真っ赤にしながら、拳《こぶし》で食卓をバンとたたいた。鉛筆《えんぴつ》が音をたててころがった。

「おまえなんかに、なにがわかる？」ハッサンがどなった。「ほかの商売人といっしょにされちゃあ、たまったもんじゃない！　そんなこともわからんのか？　こういうときに、電気製品を買おうなんて人はいないんだ。『そうだ、ハッサン・アブーディの店に行こう。外出禁止令が出ているあいだにたまったお金で、新しいテレビや最新式のアイロンを買おうや』なんて言うやつが、いると思うのか？　そんなはずないだろうが？　ジョージ・ブートロスと同じ舟に乗ってるだって？　あいつのスーパーマーケットは、客の冷蔵庫が空《から》になるたびに、道にまではみ出す長い行列ができるんだぞ。薬屋だって、外出禁止令が解除《かいじょ》になれば、あっという間になにもかも売り切れる」

みんなあっけにとられてハッサンを見つめた。いつもは、とてもおだやかな父さんなのに。子どもたちは、こんなに高ぶった父さんを見たのははじめてだった。

父さんはソファにドサッとすわりこみ、両手に顔をうずめた。

「きょう、店を開けにいったんだ」やや落ち着いた声になった。「在庫を調べて、ほんとうに、がっくりきた。ぜんぶ砂《すな》ぼこりをかぶっているんだよ。そりゃあ、ひどいもんだ。どうにもならん。売り物にならんのだ。長いことかかって築きあげてきたビジネスなのに――ひたすら打ちこんできた仕事なのに……きょう売れたのは、なんだと思う？　電池、それだけだ。お客がほしいのは、それだけ。電池だけ売って、どうやって暮らしていける？　こんなことが続いたら、わが家は破滅《はめつ》だ」

父さんの声がふるえている。カリームは一瞬《いっしゅん》、父さんが泣き出《なだ》すのではないかと思った。父さんが泣くなんて、思っただけでいたたまれない。

ラミアはアイロンを宙に浮《う》かせたまま、凍《こお》りついたように立っていたが、やがてアイロンを静かにアイロン受けにもどした。それからソファのところに行き、夫の横に腰《こし》をおろした。

「こんなことが、そんなに続くわけないわ、ハビービー《あなた》。永久に続くなんてこと、あるわけないでしょう」

「そうだろうか？　どうしてそうと言える？」ハッサンが言った。「この占領《せんりょう》は、わたしが十歳のときにはじまったんだよ。毎年、思い続けてきたじゃないか、これ以上悪くなることはあるまいって。それなのに悪くなっている。そうなんだよ。どんどん悪くなっている。いいかい、イスラエルは、われわれをひとり残らず追い出し、パレスチナのすみずみまで手に入れなければ、満足しやしないんだ」

カリームはホッと胸《むね》をなでおろした。父さんがふだんの調子をとりもどしてくれた。いつもの口癖《くちぐせ》が出たからもうだいじょうぶ。父さんには、イスラエルの占領をこきおろして、憂《う》さ晴《ば》らしをするくせがあるのだ。

「とにかく」とラミアが言った。「あたしが大学からもらうお給料があるんだから、それで切りぬけられるわ」

ラミアはすぐに、口をすべらせたことに気づいた。カリームにも、母さんが途中《とちゅう》で唇《くちびる》をかんだのがわかった。ハッサンは、それまでにぎっていたラミアの手をじゃけんにふりほどき、苦々しい笑い声をたてた。

「ふん、それはすばらしい。わたしも妻《つま》に食わせてもらえる身分になったんだね？　うちの家族は、パートタイムの秘書がかせぐ給料で暮らすことになったわけだ。すばらしいじゃないか？」

ジャマールが子ども部屋のドアから顔を出した。カリームの目をとらえると、顎《あご》で呼《よ》んだ。カリームは助かったと思いながら、そっと椅子《いす》から立ちあがり、ソファのわきをすりぬけた。子ども部屋に入るとすぐジャマールがドアを閉めた。

「ふたりにしておいたほうがいい」

「わが家は破滅だって、どういうこと？」

「おれに聞かないでくれよ、ビジネスマンじゃないんだから。ビジネスマンになる気もさらさらないし。年がら年中、心配がつきないもんね。音響技師《おんきょうぎし》をビジネスマンと呼ぶならべつだけど」

カリームはムカッとして、もう少しで言い返しそうになった。音響技師とか一流のロックバンドのプロデューサーとか、そういう職業《しょくぎょう》をかっこいいなんて思ってるのかもしんないけど、そんなのは負け犬の仕事だぜと、ふだんどおりの皮肉を言いそうになった。でもなにも言わなくてよかった。今回ばかりは、ジャマールがいてくれてどんなに助かったことか。あんな気まずい場面にいなくていいように、部屋から連れ出してくれる兄ちゃんがいて、ほんとうによかった。

「学校、見てきたのか、外に出たとき？」ジャマールがきいた。

「見てないよ、なぜ？」

「イスラエルに占拠されてんだぞ、外出禁止令が解除になってからずっと。サッカー場いっぱいに戦車がいる。壁も粉々《こなごな》。実験室も教室もめちゃくちゃで、コンピューターはぜんぶもっていきやがった。また学校に行けるようになるには、ずいぶんかかるぞ」

カリームは両手をぎゅっとにぎりしめた。いくら学校がきらいでも、敵が学校じゅうを這《は》いまわり、戦車がサッカー場をひっかきまわしていると思うと、怒《いか》りがこみあげた。でも待てよ、とカリームは思った。少なくとも当分は休校になる。ってことは、あのとっておきの場所にまた行って、ホッパーとサッカーができるってわけだ。

ジャマールが、なにかをたくらんでいる目でカリームを見た。

「こんどジョーニに会うのはいつ？」

「さあ。すぐ。あしたか、あさって。どうして？」

ジャマールはカーペットの上をうろうろ歩きまわり、自分の靴《くつ》を、はじめて見たとでもいうように、しげしげながめまわした。

「ねえ、カリーム、おまえ、おれの弟だよな？」

「はじめて気がついたとか？　十二年目に？」

「おれたち、仲よしだよな？」

カリームは、これはなにかあるぞとピンときて、顔をくもらせた。こうやって根まわししておいて、とんでもないことをたのんでくる魂胆《こんたん》にちがいない。

「まあね」カリームは警戒《けいかい》した。

「おまえのサッカー選手になる夢《ゆめ》、こきおろしたけどさ、本気じゃないからね。おまえのヘディングはたいしたものだ、正直いって」

「それはどうも。お世辞《せじ》はそのくらいでいいよ。なにしてほしいの？」

ジャマールは唇をかんだ。

「約束《やくそく》してほしいんだ、聖なるコーラン＊に誓《ちか》って、だれにも言わないって」

「考えておく」

「だめだ、いま約束しろ」

「いばるなよ、ジャマール。ぼくのこと、なんだと思ってんの？　世界のお人好しナンバーワンとか？　なにをしてほしいのか、そっちから先に言えよ」

「うーん、そっかあ。まあいいか。オッケー」

ジャマールは深呼吸《しんこきゅう》をした。

「ジョーニにたのんで、ヴィオレットの写真を一枚、もらってほしいんだ。彼女には内緒《ないしょ》で」

ジャマールが藪《やぶ》から棒《ぼう》に切りだした。

カリームはジャマールを見つめたまま、あっけにとられ、せせら笑うのも忘れてしまった。ジャマールに、けんかをしかけるって手もある。からかったり、軽蔑《けいべつ》したりして、鼻っぱしらをへし折っておいてもいい。でもなあ、ジャマールは兄貴なんだよなあ。心の中では尊敬してる。ほかの人がなんと言おうが、やっぱりジャマールの言うことがいちばん正しいって、いつも思ってる。そのジャマールが、こんな急に、こんな甘《あま》ったるい人間になっちゃったなんて。しかも相手が、よりによってヴィオレット・ブートロスだなんて。幼《おさな》なじみのヴィオレットは、たしかに、おとなっぽくはなったさ。だけど、やたらヘラヘラしてるし、(ジョーニに言わせれば)パレスチナじゅうでいちばんのノータリンなんだ！　中東じゅうでいちばん、といってもいいくらい。

「冗談《じょうだん》だろ」カリームはようやく口を開いた。

「おれは本気」

「いいかげんにしろよ。ヴィオレット？　あのバービー人形？　あいつって……」

ジャマールが目にもとまらぬ早さでカリームの前に立ちはだかり、腕《うで》をカリームの首にからめてきた。カリームはあざ笑うつもりだったのに息がつまり、たちまち絞《し》め殺《ころ》される恐怖《きょうふ》にかられ、ジャマールを思いきりつきとばした。

「言うこと聞いたら、なにくれる？」カリームは、あえぎながら言った。

ジャマールは目を細めて策《さく》を練っている。ふたりはいつもの兄弟にもどり、かけひきをはじめた。

「よーし、まず、きょうの午後、あのみすぼらしい子と遠くまで出かけたこと、母さんに言わないでやる。難民《なんみん》キャンプに行ったろ」

カリームはジャマールを見つめた。まずいことになった。

「まさかあ」カリームは声を荒《あら》らげた。「兄ちゃんが見たのは、よその子だよ」

「自分の弟を見まちがえるバカがいるかよ？　たしかにおまえだった。だれ、あの子？」

「どうだっていいじゃん。そんなら聞くけど、兄ちゃんこそ、なんであんな場所に行ったんだよ？」

「関係ないだろ、おまえには」

そう言われると、とりつく島もない。ふたりはにらみ合った。先に目をそらしたのはカリームだった。ふしぎなことに、ジャマールのことが急に愛《いと》おしくなった。どういうわけか、喜ばせてやろうかという気になった。かけひきは、もうたくさんだ。兄ちゃんにつけいるすきは喉《のど》から手が出るほどほしかったけど、この際、手放したってかまうもんか。

「わかった。もらってきてやるよ」カリームは言った。

ジャマールは、眉《まゆ》がはねあがって前髪《まえがみ》の後ろにかくれるほど目を丸くした。

「えっ、ただで？」

「女たらしの兄ちゃんのためだもん」

「ワーオ、カリーム、おまえはいい子だ。ほんとにいい子だ。でも、ぜったい内緒だよ。お口にチャック。ジョーニにもね。あいつにたのむときは、なんか理由を考えとかなくちゃ」

「うん、もちろん、ジョーニのことはまかしといて」

カリームは自分が急に、一目置《いちもく》かれる心の広い人間になったような気がした。

「ジャマール！　カリーム！」台所から母さんが呼んでいる。「ごはんですよ」

カリームは、きょうは気まずい夕食になるだろうなと思った。どうせ父さんも母さんも口を一文字に結んで、怒りっぽくなっているだろうし、妹たちはメソメソむずかるだろう。ところがおどろいたことに、父さんはなんだかごきげんで、みんなのお皿に肉を取り分けてくれた。

「おまえたちの学校、休校になったそうだね」父さんが言った。「話にならんほど、やられたんだって？」

ジャマールとカリームはうなずいた。

「つまり、数日の休暇《きゅうか》ってわけだ。よし、今晩中《こんばんじゅう》に、それぞれ荷物を詰《つ》めておきなさい。アッダラブ村のおばあちゃんに会いにいこうや。きょう、おばあちゃんから電話があって、オリーブがもう摘《つ》みどきだって。あそこの畑にはもう何か月も行ってないからね」

カリームはジャマールを盗《ぬす》み見た。思ったとおり、ジャマールはげんなりした顔をしている。

「でも、店をほっとくわけにはいかないでしょ、父さん」ジャマールが言った。「ぼくはてっきり……まさかこんなときに……ぼく、店の片づけなら手伝ってもいいけど？」

ハッサンはなにも言わなかったが、けわしい表情にもどった。

「オリーブの収穫《しゅうかく》のほうが、お金になるわ」ラミアがあわてて言った。「お父さんは新しい商品を注文なさったばかりなの。それが届いて少し落ち着いたら、お店を開ければいいんだから」

「早めに出発しよう」ハッサンが言った。「あしたの朝は七時半までに、したくをすませておくように」

「でも……」ジャマールが、ごねはじめた。

カリームは食卓の下でジャマールをけとばした。ジャマールはカリームをにらんだが、それっきり口をつぐんだ。

ファラーはうれしそうだ。

「ラシャも連れてって、パパ？　ねえ、おねがーい！」ファラーが泣きそうな声でたのんでいる。

「だめだ、ハビブティー《ちびちゃん》」父さんが言った。「そんなに大勢で押《お》しかけたら、おばあちゃんがたいへんだ」

カリームは自分の皿に目を落とした。ぼくもファラーぐらいのときは、あの村に行くのが大好きだった。とりわけジョーニといっしょのときは。ジョーニと友だちになったのも、なにをかくそう、あの村なんだから。ぼくの父さんとジョーニのお父さんは、アッダラブ村でいっしょに育ったんだ。いっしょに村の学校に通い、一日中オリーブの林で遊び、若いころは親友だった。ちょうどいまのカリームとジョーニみたいに。カリームの家族がイスラム教でジョーニの家族がキリスト教でも、仲よくしているように。

ジョーニもいっしょなら行ってもいいな。カリームはスプーンで豆をすくいながら思った。でもジョーニが村に行けないのはわかっている。ジョーニのギリシャ正教の学校は、いまのところ占領軍に荒らされていない。ジョーニとヴィオレットはあしたも、教科書でふくらんだかばんを持って学校に行くはずだ。

なにかうまい言いわけを考え出さなくちゃ、とカリームは思った。家に残れる口実をひねり出さないと。

＊コーラン　イスラム教の聖典。

6

ラーマッラーを出発したのは予定よりおくれ、朝の九時だった。カリームは自動車の後部座《ざ》席《せき》の、ファラーからできるだけ離《はな》れたすみっこに、ちぢこまってすわっていた。自分にも、家族にも、世の中にも、むかつきながら。

前の晩《ばん》の夕食後、カリームは家に残れる口実はないものかと、ずいぶん長いこと考えたが、勇気をふるい起こし、父さんに真っ正面からたのんでみることにした。するともう、ジャマールに先を越《こ》されていた。

「ジャマールには来なくていいと言ったがね、ふたりいっしょに置いていくわけにはいかん」ハッサンはぷりぷりしている。「ジャマールが残るのは、だれにもじゃまされずに静かに勉強して、おくれを取りもどすためだ。おまえを置いていったら、一日中、なんやかやとけんかして、なにもできずに終わってしまう。だめだ。しつこく言うな、カリーム。ふくれっ面《つら》はよせ。おまえもそんなに勉強したいなら、村に教科書を持っていけばいい。したくはできたのか？まだ？　早くやってこい」

しばらく退屈《たいくつ》な日が続くはずだ。次から次に親戚《しんせき》の人たちが訪ねてくる。なにもせずに長い時間、じっとしていなければならない。おとなたちがフカフカの椅子《いす》にすわって延々《えんえん》と話しこんでいるあいだ、かたい椅子に神妙《しんみょう》にすわって。おじさんたちは、しつこくからかってくるだろうし、おばさんたちは、カリームが小さいときにやらかしたいたずらを、かわいかったとかなんとか言いながら思い出話に花を咲《さ》かせるだろう。そういうことにも耐《た》えなければいけない。おばあちゃんは、こっちはたいして食べたくもないのに、次から次に食べものを押《お》しつけてくるだろう。いとこたちも、最初こそ遊びにさそってくれるものの、すぐに村の子たちといっしょにどこかに消えてしまうから、こっちはひとりぼっち。ちやほやされっぱなしのファラーとシリーンの相手をするしかなくなる。

ラーマッラーの町のラッシュアワーはもう過ぎていたが、せまい道はまだ、自家用車やトレーラーやタクシーで身動きがとれなかった。何週間もじっと閉じこめられていただけに、運転手たちは早くふだんの生活にもどりたくて、いらいらと怒《おこ》りっぽくなっている。仕入れた品物を早く市場に持っていき、空《から》っぽの棚《たな》をいっぱいにしたいのだ。

乗客で満員のミニバスが、オレンジを積んだ手押し車を追い越そうと、とつぜん車線を変更《へんこう》してハッサンの車の前にきた。ミニバスに行く手をふさがれたかっこうで、車の流れがトロトロと止まってしまった。

「行けったら、おまえさん、だいじょうぶだって。前に出たければ出たらどうだ。暗くなるまで、おまえさんのうしろにくっついてるなんて、ごめんだからな」ハッサンは、フロントガラスに向かって、ぶつくさいやみを言った。

ファラーが、遊んでいた人形をカリームの腕《うで》にもたせかけた。カリームはビクッとして顔をそむけ、横目で窓の外を見た。ドアを開けて、飛び出せるものなら飛び出したい。

車の流れが完全にストップしてしまった。あちこちから警笛《けいてき》が鳴る。運転手が身ぶり手ぶりでわめく。

空気を入れようとラミアが開けた助手席の窓に、顔がぬっと現れた。

「聖なることばはいかが」甘《あま》ったるい声で言う。「聖なるコーランのことば。お値段《ねだん》はお客さましだい」

カリームはギクリとして体を起こした。聞きおぼえのある声だ。声の主を見ようと体をのりだした。

気づいたときはもうおそかった。声の主はホッパーだった。あわてて座席のすみにもどってちぢこまったが、その前にホッパーに見られてしまった。

「なんだ、ハーイ、カリーム」物売りの声とはちがう、くったくのない声になった。「どこ行くの？　きょう、会うんじゃなかったっけ？」

「だめなんだ」カリームはぼそぼそ言った。「おばあちゃんの村に行くから。いつ帰れるかわかんない」

ラミアがハンドバックの中をさぐり、コインをいくつか探《さが》しだして、ホッパーの手の中に落とした。ホッパーは、聖なることばが書いてある紙を一枚、ラミアにわたし、車の中に頭をつっこんでカリームに話しかけようとした。

ちょうどそのとき、カリームにとってはありがたいことに、前方の車列がさばけて、カリームの車も急に動き出した。振《ふ》り返《かえ》ると、ホッパーが歩道に立ち、親しげに手をふっている。カリームも手をあげ、わかってるよという秘密《ひみつ》のシグナルのつもりで、手をちょこっと横に動かし、それからまたすみのほうにちぢこまった。

「いったいだれなの？」母さんが不満そうな声できいた。

「だれでもない。同じ学校の子。よく知らない子だよ」

カリームは、ファラーのキラキラした目が、なにか言いたげに自分に向けられているのに気づいた。カリームはファラーに肘鉄《ひじてつ》を食らわした。

「なんでジロジロ見るんだよ？」カリームはファラーにシーッと言った。

そしてファラーがまたもたせかけてきた人形をつまみあげ、座席の反対の端《はし》に投げた。

「ママー、カリームがいじわるする」ファラーが泣《な》き声《ごえ》を出した。

ラミアは聞いていなかった。

「あんなふうにコーランのことばを売り歩くなんて」ラミアが言った。「物乞《ものご》いじゃないの」

「生きる手だてが、なにもなくなったら、ほかになにができる？」ハッサンは言いながら、前方の道路があくのに合わせてアクセルをふんだ。「気の毒な人たちだ、神のご加護《かご》があるように」

　以前は、ここから村まで三十分もあれば行けた。金曜日は学校も仕事も休みになる週一度の休日で、よく遠出したものだ。ところが最近は不穏《ふおん》な日続きで、旅行の計画もおちおち立てられない。幹線《かんせん》道路は深い穴《あな》が掘《ほ》られて通れないし、警備《けいび》のきびしい新しい道は、イスラエル人だけしか通してくれないから、郊外《こうがい》はズタズタ。昔からあるいなか道も半分にちょん切られている。

　ハッサンは前の晩、村の親戚に電話をかけて、道路封鎖《ふうさ》の最新情報を聞きだし、いちばんよさそうなルートを考えておいた。

「うまくいっても、二時間はかかっちまうな」ラーマッラーの新興《しんこう》住宅地をぬけたあたりで、ハッサンがうんざりした声で言った。

　カリームは、こんなに曲がりくねった細いいなか道を車で通るのははじめてだった。村から村へとくねくね続き、けわしい岩山をのぼったかと思うと谷底におりていく。しばらくは、外の景色に目をこらしていた。村のまわりに新しい住宅地がとんどん広がっているんだなと思ったり、村を出たあたりに焼けただれた自動車が放り出してあるのを見て、なぜだろうと考えたりしたが、やがてそれにも飽《あ》きて、ぼんやり空を見つめていた。

「ほーれごらん」一時間ほどたって、ハッサンが満足そうに言った。「うまくいったろ。この分ならあと三十分もかからんだろう。母さんに電話してくれ、ラミア。すぐに着くって」

ラミアはハンドバックに手を入れて携帯《けいたい》電話を取りだした。手の中で番号を打ちこもうとしたちょうどそのとき、呼《よ》び出《だ》し音が鳴った。耳にあてて、相手の話を聞いている。

「あなた、妹さんからよ。先のほうで、なにかトラブルが起きてるんですって」ラミアは電話を夫にわたした。

ハッサンはしばらく相手の話を聞き、二つほど質問したあと、腹立たしそうに舌打《したう》ちしながら携帯電話をラミアに返した。

「あともどりして、べつの回り道を探さんと」ハッサンはスピードをゆるめながら交差点に近づいた。「次に曲がれるところで曲がろう」

「なんだって？　どうしたの？」とカリーム。

「事件《じけん》があったんですって」母さんが肩《かた》ごしに言った。「ゆうべ、イスラエルの入植者*が村を攻撃《こうげき》してきたそうよ。パレスチナ人が三人殺され、入植者ひとりが怪我《けが》をしたとか。兵士が道路を封鎖しているから、通りぬけるのは無理ですって」

道を曲がった。いなか道だから、がらあきだろうと思ったら、自動車とミニバスが長い行列をつくっていた。前のほうで、ベージュ色のイスラエルの装甲車《そうこうしゃ》が、屋根の上の黄色いライトを点滅《てんめつ》させている。

自動車がキュッと止まった。ハッサンが振り返った。

「うしろからは来てないね。せまい道だが、ここでUターンしたほうがよさそうだ。このままじゃ、何時間も足止めをくらいそうだからね」

ハッサンは道路を引き返しかけた。

とつぜん、自動車の屋根を上からガツンと乱暴《らんぼう》にたたく音がして、中のみんなはおどろいて飛び上がった。カリームはふるえあがり、目の前の、母さんの座席のヘッドレストにしがみついた。すると立て続けにどなり声が聞こえた。自動車の四角い窓から、すぐわきに立っているイスラエル兵の胸《むね》だけが見える。防弾《ぼうだん》チョッキを着て、両腕《りょううで》でライフルをかまえている。

気がつくと、べつの兵士が父さんの窓の横にきていた。

「前につめろ」ひどいなまりのあるアラビア語で言って、前方の自動車の列をさした。

ハッサンは自動車を前に出し、行列のいちばんうしろについた。兵士たちがわきを歩いていく。そのうちのひとりが、運転席の横のノブに手をかけ、ドアを開けた。

「外に出ろ」兵士はハッサンに言った。

べつの兵士が助手席の窓をたたき、ラミアに開けさせた。兵士は腰《こし》をかがめ、乗っているみんなをジロジロ見た。分厚い鉄のヘルメットのかげからのぞいている目が、カリームを一瞬《いっしゅん》、ひたと見つめた。

「その子の年齢《ねんれい》は？」顎《あご》でカリームを示しながらラミアにきいた。

「十一歳」ラミアは、まっすぐ前を見すえたまま、すまして答えた。

カリームは「すみません、ぼく、ほんとは十二歳です」と口から出かかったが、のみこんだ。

カリームの席から、男の人と少年が一列に並ばされているのが見えた。カリームとたいして年のちがわないような子もまじっている。みんな自動車から出ろと言われ、道路わきに立たされているのだ。行列の横には見張りの兵士がひとり、銃《じゅう》の引き金に指をかけて立っている。

年齢をきいてきた兵士は、自動車の中につっこんでいた頭をひっこめた。

「窓を閉めろ」兵士は言った。「窓はぜんぶ閉めろ。車の中で待て」

言われるままに、ラミアはだまって窓を閉めた。頭をキッとあげたうしろ姿《すがた》を見て、カリームには母さんの顔つきがわかった。表情を顔に出さずにすわっているはずだ。恐怖《きょうふ》や怒《いか》りをチラッとでも見せたら兵士の思うつぼ。母さんはいっしょうけんめい、感情をおしころしているのだ。

兵士が窓から消えた。道路をうしろのほうに走っていく。次に到着《とうちゃく》した自動車の処理にあたるのだ。カリームは運転席と助手席のあいだに身をのりだした。

「父さんになにをする気だろう、母さん」

「そんなこと、母さんにわかるはずないでしょ？　あの獣《けだもの》たちの気持ちが、母さんにわかるとでも？」

自動車の窓に兵士の顔が現れたとき、ファラーはすばやく人形を抱き寄せていた。いま、その人形を抱きしめ、耳もとになにかささやいている。シリーンは、まわりの緊迫《きんぱく》した雰囲気《ふんいき》には気づいていないようだ。父さんがいなくなった運転席にごそごそ移動《いどう》して、ハンドルにつかまって立ち、運転のまねをしている。

カリームは、パレスチナ人の男の人と少年の列を見つめていた。ここからでは聞きとれないが、見張りの兵士がなにごとかどなりつけ、並んでいる人たちに銃をふりまわしている。男たちは、落ち着かなげにもぞもぞしながら、地面を見つめている。何人かがシャツのボタンを手探りしはじめた。兵士が手近なところにいる男の人を銃身で小突《こづ》き、またどなりつけた。男の人の手の動きが早くなった。

カリームは首をのばして前を見た。

「みんな、なにしてんだろう？」

ファラーが、しゃぶっていた親指を口から出した。

「パパはどうして、脱《ぬ》いでるの？」ファラーがきいた。

ラミアは答えなかった。シリーンを腕の中に連れもどし、しっかり抱きしめた。シリーンはもがいて、自由になろうとしている。

男たちは上半身、裸《はだか》になった。シャツやジャケットが足もとで小山になっている。兵士が男たちを蹴《け》とばし、またどなった。

「まさか、あそこまでさせるなんて」ラミアがうめいた。「あんな恥《は》ずかしい思いをさせて。お年寄りまで。家族が見ているというのに。知らない人にも見られているというのに」

おずおずと、男たちはベルトをはずした。ボタンをはずし、チャックを下げ、ズボンが足もとまでずり落ちていくそばで、靴《くつ》と靴下まで脱いでいる。

カリームはすくみ上がったまま見つめていた。なんだありゃ、思わず笑いそうになった。大の男が、パンツひとつで道ばたに立ってるなんて、滑稽《こっけい》で、あわれで、たよりなくて、アホくさい。男たちは地面を見つめたり、空を仰《あお》いだり、どこか遠くをながめたり。おたがいの姿や待っている車列は見ないようにしている。車の中では妻や子どもたちが、この恥ずかしい姿を目《ま》のあたりにしているのだ。

父さんの足があんなに細いとは思わなかったな、とカリームは思った。それにずいぶん猫背《ねこぜ》だ。

カリームは父さんをまともに見られなかった。さりとて目をそらすこともできない。

ハッサンのとなりに老人が立っている。ほんの数分前までは、村の老人らしく、すその長い服を着て、頭に白い布を巻き、威厳《いげん》ある顔をしていたはずだ。それがいまでは、身ぐるみはがれ裸同然。それでも老人はけんめいに背筋《せすじ》をのばし、頭を上げ、こんな姿をさらしても、いかめしい顔だけはくずすまいとしているようだ。その老人が、よろめいた。ハッサンが手をさしのべて支えた。老人は、ありがとうという顔でハッサンに体をあずけ、ふたりは寄りそって立った。ハッサンが老人の手をやさしくたたいている。遠く離《はな》れたカリームのところからも、老人の手が、はげしくふるえているのが見える。

もう笑いたくなかった。笑いそうになったなんて信じられない。

でも立たされている人たちにしてみれば、笑ってくれたほうが気が楽なんじゃないかとカリームは思う。頭のおかしい見物人と思えば、まだ救われるかもしれない。

カリームは、とても心おだやかではいられなくなった。これまで父さんのことは、あまり考えたことがなかった。怒られればこわいし、ほめられればうれしい。なんでもよく知っているとたよりきってもいた。父さんといえば正しく決断をくだし、家族を守り、いつもそばにいて忠告してくれる人、物事の善《よ》し悪《あ》しをわきまえている人だった。

それがいま、こうやって父さんが辱《はずかし》められているのを見ているうちに、そういう父さんへの信頼《しんらい》が、ぷっつり消えてしまった。逆《ぎゃく》に、めらめらと燃えるような怒《いか》りが、頭の中を駆《か》けめぐった。

カチッという音におどろいて、カリームは我《われ》に返った。ラミアの膝《ひざ》をぬけだし、また運転席に移《うつ》っていたシリーンが、いま、ドアを開け道路に飛びおりたのだ。

「いけない!」カリームが叫《さけ》んだ。「シリーン! もどれ!」

思わず、カリームは自分の座席のドアを開け、シリーンをつかまえに走った。大声が聞こえ、シリーンに追いつかないうちに兵士に手首をつかまれ、止められた。

「なにをするんだ、このパレスチナ人め」兵士はカリームをどなりつけた。

「妹なんです」カリームはおどおどしながら言った。「まだ四歳の妹。ひとりでドアを開けちゃって、それでぼくが……」

シリーンが走って引き返してきて、カリームの足に抱きついた。もう一方の手は、兵士の鶯色《うぐいすいろ》の軍服のズボンをひっぱっている。

「ねえ、おじちゃん」シリーンが言った。「パパをかえしてちょうだい」

若い兵士は言葉がわからないふりをして、シリーンを見おろした。小さい女の子の手の感触《かんしょく》におどろいたのか、どぎまぎしている。カリームの腕をつかんでいる指が、ふるえているのが伝わってくる。

この兵士、こわがっているぞ。どぎもを抜かれたんだ。ぼくたちが襲《おそ》いかかると思ってるんだ。

カリームには兵士の恐怖が手に取るようにわかった。

「この子、なんにもしやしないってば」カリームは、なだめるような口調になっている自分に、ゾッとした。「ぼくが車に連れもどすから」

兵士はカリームを手荒《てあら》く押した。

「連れていけ。こんど騒《さわ》いだら、あそこのテロリストの列に加えるからな」

カリームはシリーンを抱きあげ、両腕にかかえて車まで走った。

ラミアはドアを半分ほど開けて待っていたが、車のわきにいたべつの兵士が、閉めろと命じている。カリームはラミアにシリーンをわたし、後部座席にころがりこんだ。

「ああ、よかった」ラミアは泣きそうになりながら、シリーンの髪《かみ》に顔をうずめた。

カリームは、ぶるぶるふるえていた。あらためて恐怖が押し寄せてきて、吐《は》きそうになった。ファラーがにじり寄ってきて、カリームにぴたりと体をくっつけた。親指をしっかりしゃぶっている。もう一方の手でカリームの腕にすがりついた。こんどはカリームも振りはらおうとはしなかった。

あいつらが憎《にく》い、憎い、憎い。あんな父さんは、まともに見られない。途方《とほう》にくれる老人のかたわらに立ち、さらし者にされている父さん。

＊イスラエルの入植者　「神から約束された地」という信念のもと、パレスチナに入って住みはじめたイスラエル人のこと。その結果、パレスチナの人々は土地も家も失い、難民生活を強いられている。

7

建築中の家が目立つ一帯を通り抜け、ようやく村に着いた。でも、昔からある学校も、みやげもの工場も、いま起きている衝突《しょうとつ》のせいで閉まっている。

ハッサン・アブーディは必死で一時間ほど耐《た》えたあと、服を着て車にもどることを許《ゆる》された。ハッサンは運転席で長いことうなだれていた。指の関節が白くなるほどハンドルをにぎりしめたまま。カリームのところから、父さんの顔は見えなかった。でも、それがかえってありがたい。恥《は》ずかしくて、みっともなくて、こっちの顔まで赤くなっているのだから。

ぼくだったら食ってかかったな。カリームは心の中で父さんを手きびしく批判《ひはん》した。ぼくだったら敵にむざむざと、あんなまねはさせない。

でも、父さんには手も足も出しようがなかったのはわかる。ぼくだって、やっぱり歯ぎしりしながら耐えるしかなかっただろう。

ドライブの最後の三十分は、だれも口をきかなかった。ラミアがいちど、夫の腕《うで》に手を置きかけたが、ハッサンは荒《あら》っぽく振《ふ》りはらった。ふだんなら、とりとめのないひとりごとを次から次に言うシリーンまで、じっと黙《だま》りこくっていた。

家族の古い家にたどり着いたときは、ホッとした。おばあちゃんがタオルで手をふきふき、玄関まで出てきてくれた。いつものように昔ながらの服を着ているおばあちゃん。豪華《ごうか》な刺繍《しゅう》の、足がかくれる黒いドレス。たっぷりしたウエストにベルトをしめ、まぶしいほど白いスカーフで髪《かみ》をおおっている。

カリームは、ファラーがおばあちゃんのところに駆《か》けよるものと思っていた。いつも、おばあちゃんに見せようと人形を差しだしながら、シリーンに先を越《こ》されまいと走るのだ。それが、きょうはおどろいたことに、うしろにひかえ、シリーンを先に行かせている。

カリームは丘《おか》の下のほうを見やった。大おじさんのアブー・フェイサルが下のオリーブ畑から山道をのぼってくるところだった。オリーブ摘《つ》みのハサミを持ったままだ。おじさんは、年取った顔をほころばせて歓迎《かんげい》してくれたが、カリームはその顔をまともに見ることができなかった。道ばたで、長いグレーの服と下着を足もとに置き、父さんのわきに立っていた老人のことが、頭から離《はな》れないのだ。

「おまえたち、とてもたどり着けないと思ったよ」と言いながら、おばあちゃんのウンム・ハッサンは、膝《ひざ》のあたりにまとわりついているシリーンの手をそっとはなし、みんなを中に案内した。「やたらと足止めをくらったろう？　日に日にひどいことになってねえ。トラブル、トラブルの連続なんだよ」

来るたびにカリームは、古い家の中にただよっているにおいに気づく。かすかなカビのにおい、薪《まき》から出る煙《けむり》のほのかな香り、おばあちゃんの料理のおいしそうなにおい、ホカホカのパンのにおい、つんとくるレモンの香り、ドライハーブのこうばしいにおい――このにおいに包まれるといつも、幼《おさな》いころにもどった気がして心がなごむ。

ところが、きょうばかりは、そのにおいが鼻につく。きょうはなにもかも、わずらわしい。一行が到着《とうちゃく》したことはすぐ伝わり、近くの家から親戚《しんせき》がぞくぞくと集まってきた。大柄《おおがら》な大おばさんが、いなかの人らしく、飾《かざ》らない大声で挨拶《あいさつ》した。その大おばさんの床《ゆか》まで届く長いスカートにしがみついている幼い孫たちが、大きな目で恥ずかしそうにファラーとシリーンを見つめている。

「まあまあ、カリーム、よくきたね」おばあちゃんが、うれしそうな顔でうなずきながら言った。「アハマッドとラティーフは学校。おまえに会えるのを楽しみにしているよ。親類の子たちみんなで、よく川に遊びにいったの、覚えてるかい?」

カリームはバツが悪そうに、ニッと笑った。もう長いこと川には行っていない。あのころの子どもじみた遊びを思い出すと、なんだか気はずかしい。

午後の時間はまたたくまに過ぎていった。ラミアは、ハッサンがひどい目にあったことを、小声で親戚たちに打ち明けた。みんなは舌打《したう》ちして、あわてて話題を変えた。かわりに身近に起きたことを報告しあった。この前の訪問からこっち、この村でも何人かが死に、赤ん坊が大勢、生まれていた。モスクには、進歩的で過激《かげき》なシャイフ《長老》が新しくやってきた。古い教会は戦車の砲撃《ほうげき》を受けた。

村はずれの斜面《しゃめん》は、二年前にまるごと没収《ぼっしゅう》されていた。イスラエルの大きな入植地を新しく作るためだ。その乱暴《らんぼう》なやり方に、かなり遠くの村の人たちまで、いっしょになって怒《おこ》っていた。今回は、その入植地をパレスチナ人の若者三人が襲撃《しゅうげき》し、石や火炎瓶《かえんびん》を自動車に投げつけたのだ。三人の若者はつかまり、イスラエルの刑務所に送りこまれたという。

「あした、オリーブ摘みに行こうね」ウンム・ハッサンが、手早くこしらえたごちそうを並べながら言った。「今夜は、嫌《いや》なことはぜんぶ忘れることにしよう。せっかく家族が集まったんだから。ほかのことは、あとまわしにしようじゃないか」

「入植者からいやがらせを受けないかね、母さん、オリーブ畑に行ったりしたら」父さんがきいた。

「先週、奥《おく》の畑に行ったときも、心配したんだけどね」おばあちゃんが答えた。「なんにも起きやしなかったよ、ありがたいことに。あのあたりは、ここのところ落ち着いている。だいじょうぶさ、インシャーアッラー《き　っ　と》。もちろん、じゅうぶん注意しなくちゃいけないが」

その夜、ファラーはおしめが取れてからはじめて、おねしょをした。ファラーは濡《ぬ》れたシーツをかくそうとしたが、おばあちゃんが気づき、洗《あら》ってほしてくれた。マットレスも日に当てた。ファラーを叱《しか》る人はひとりもいなかった。叱るまでもなく、ファラーはすっかりしょげかえっていた。

明け方は冷えこんだ。夏の暑さがうそのよう。十一月の冷たい風が雨戸をカタカタいわせ、裏手《うらて》のテラスのまわりでは枯《か》れ葉《は》が舞《ま》っている。カリームはふとんをかぶって、まだまだ寝《ね》ていたかったが、妹たちといっしょに寝ている部屋に父さんが入ってきて、ゆりおこされた。あくびをしながら、朝ごはんを食べに台所に出ていくと、玄関にはもう、オリーブ摘みに持っていくバスケットが用意してあった。ウンム・ハッサンが、おべんとうや水筒を、せっせと詰《つ》めこんでいる。ウンム・ハッサンは幼い孫娘たちの子守をしながら留守番し、夕食のごちそうを作ってくれるそうだ。

すでに親戚みんなで近い畑のオリーブは摘み終えていたが、遠い畑のオリーブはまだ残っていた。畑にしている土地はカリームのひいおじいちゃんが、ひいひいおじいちゃんからもらったもので、いまでは大勢の息子や娘や孫たちみんなのものになっている。だから畑仕事もみんなで力を合わせてやる——雑草取りも刈《か》りこみも、古くなったフェンスの修理も摘みとり作業も。

きょう摘みにいく斜面までは二キロ近くある。カリームが家の外に出てみると、ハッサンが荷物を自動車に積みこんでいるところだった。後部座席にバスケットを積み上げ、ハシゴを車の上にくくりつけている。

「さあ、乗った、乗った」ハッサンがラミアに声をかけた。

ラミアは後部座席のバスケットの横になんとか乗りこみ、おばさんのひとりが助手席に乗った。

「カリームとわしは歩いていく」と言いながら、年取った大おじさんのアブー・フェイサルが、ガサガサで節《ふし》くれだった働き者の手で、カリームの肩《かた》をポンとたたいた。「じゃ、みんなとは、むこうでまたな」

大おじさんとカリームは村の道をくだり、小道に向かった。古い石壁にはさまれた小道は、いったん谷におり、それからむこうの丘をのぼっていく。

カリームは、アブー・フェイサルおじさんのことが好きだった。小さいころ、おじさんはときどき、もっといなかのほうまで連れ出してくれて、ほっぺたが落ちそうなほどおいしいウチワサボテンの実がなっているところや、ヘビが出没《しゅつぼつ》する場所を教えてくれたものだ。でもきょうのカリームは、いっしょに歩きはじめたものの、むっつり押《お》しだまっている。

少なくとも、いとこたちが学校に行っているのは、ありがたかった。それぞれ大きくなったせいだろう、なんでもいっしょに遊べるわけではなかった。アハマッドとラティーフはコンピューターを持っていないから、大好きなコンピューターゲームのことを話題にするわけにはいかない。アハマッドとラティーフはゆうべ、ふたりのお父さんが手に入れた新しい馬のことを持ち出して、カリームを喜ばせようとしてくれた。みんなでその馬を見に馬小屋まで行ったのだが、あまり話ははずまなかった。

ひんやりした風は吹いているが、太陽が高くなるにつれ暖かくなってきた。小道の両わきに茂《しげ》っている古いオリーブの木の、銀色に光る緑の葉っぱが、カサカサ音を立てている。カリームが黙りこくっていても、アブー・フェイサルおじさんはとくに気にしていないようだ。ときどき、目のさめるような美しい鳥を指さしたり、昔、丘のふもとの茂みで、いっしょにクロイチゴを摘んだのをカリームに思い出させてくれたりしたが、あれこれしゃべらなくてすむのを、むしろ喜んでいるらしい。

老人の足は早かった。カリームのほうは、ラーマッラーでの長い外出禁止令のあとなので、けわしい坂道を大おじさんにおくれまいと歩くだけで息が切れた。

やっと丘の上にたどり着いた。最後の数百メートルを、カリームは足もとに目を落としたまのぼった。心はラーマッラーに飛び、ジョーニとホッパーのあいだでゆれている。のぼりきったところで、やっと目をあげ、息をはずませた。

村からこんなに遠くまで来たのは何年ぶりだろう。でも景色は小さいころとおなじはず。谷をへだてた向かいに、石がぽつぽつある丸い丘があり、頂《いただき》近くではヒツジやヤギの群れが草を食べていて、その下のスロープぐるりにオリーブの段々畑《だんだんばたけ》がある。ところが、いま目の前に広がる景色は、一キロと離《はな》れていない丘の頂をとりかこんで、高い塀《へい》が張りめぐらされている。塀の手前には、二列の鉄条網《てつじょうもう》で囲まれた緩衝《かんしょう》地帯*があり、ポールにつり下げたライトがずらっと並んでいる。塀の内側には、白い家々が整然と建ちならび、まだ建築が終わっていないあたりには大きなクレーンがそびえ、そのクレーンのてっぺんに、青と白のイスラエルの国旗がはためいている。

大おじさんはずんずん歩いていったが、振り返り、カリームがおどろいた顔をしているのを見ると立ち止まって、うなずいた。

「こういうことになっちょるのを、知らなかったのかね？　ここに新しい入植地ができたって、わしらが話しとったのを、聞いてなかったんか？」

「そういえば、なにか言ってたっけ」カリームは入植地の話はあまり身を入れて聞いていなかった。「ずいぶん近いんだね」

父さんの自動車が見えた。すぐ下の谷の、道路わきに止まっている。父さんと母さんとおばさんは、それぞれバスケットを持ち、丘のいちばん下の畑に向かっている。そのすぐ向かいの丘の上が入植地だ。

カリームと大おじさんは、父さんの自動車を通り過ぎたところで道からそれ、みんなに追いつこうと急ぎ足でオリーブの林を縫《ぬ》い、畑に向かった。そのとき、最初の銃声《じゅうせい》が鳴りひびいた。弾《たま》が、カリームのところから数メートルしか離れていない石に当たり、その石を木っ端《こっぱ》みじんにくだいた。カリームはギョッとして、すくみあがった。どこから銃声が聞こえてきたのかもわからず、ただただ、ふぬけたように立っていた。

大おじさんが先に、我《われ》に返った。

「早く！　木のうしろにかくれろ！」大おじさんはそう叫《さけ》ぶと、よろめきながら、フェンスぞいに畑めざして駆けのぼっていく。畑に入れば、老木の太い幹《みき》が弾丸をいくらか防いでくれるかもしれない。

カリームもあとを追ったが、すぐに英語で「止まれ！　止まれ！　動くな！」というどなり声が聞こえ、間髪《かんぱつ》をおかず、二発目の弾が前方の畑のフェンスにバシッと当たった。

おずおずと振り返った。向かいの斜面に男たちがいる。てっぺんの入植地の高い塀から斜面を走りおりてきている。人数を数えた。五人。

母さんがカリームに向かって叫んだ。

「カリーム！　言われたとおりにしなさい！　動いちゃだめ！」

入植者たちは、オリーブ摘みの家族めがけてすばやく走ってくる。全員、銃をかまえて。男たちは丘のふもとで立ち止まった。距離《きょり》は五十メートルあまり。

「こんなところで、なにしてる？」中のひとりが叫んだ。こんども英語。「武器を捨てて出て行け」

カリームには、ところどころ、わからない言葉がある。畑の奥のほうから、父さんが大声で答えるのが聞こえた。「武器なんか持ってない。武器はひとつもない。うちのオリーブを摘みにきただけだ」

入植者のひとりが声をたてて笑った。

「おまえらのオリーブ？　そんなのは過去の話。ここは入植者の土地だ。もう、ここのオリーブを摘んではならん。撃《う》たれたいのか？　いやだ？　そんなら、とっとと出ていけ」

アブー・フェイサルが、かくれていた木のうしろから姿を現した。

「この場所は」勇敢《ゆうかん》にどなり返した。「わしらの土地だ。ちゃんと権利書もある。わしのじいさんがだな――」

答えは弾丸《だんがん》だった。アブー・フェイサルの頭から二十センチの木に当たった。

「わかりました！」ラミアが大声で言った。「もう撃つ必要はありません。出ていきますから」

「両手を上げろ！」入植者のひとりが叫び返した。「バスケットをおろせ。置いていけ。早く――出ていけ！」

「出ていって、仲間のテロリストに、近づくなと言ってやれ、いいな？」べつの男がどなった。

自動車までの距離がとてつもなく長く感じられた。当然、入植者たちは、こっちの背中にライフルの照準《しょうじゅん》を合わせているはずだ。カリームは入植者たちに背を向けたとたん、恐怖で肩のあたりが引きつるのがわかった。弾丸がいつ、めりこんできてもおかしくない。本能は走れと命じているが、理性が、目立つ動きはするなと言っている。すぐうしろから、父さんと母さんとおばさんの足音がついてくる。それにまじって、おばさんのハーハーとせわしない息づかいが聞こえる。

バスケットがなくなったので、自動車には五人とも乗れた。ハッサンは慎重《しんちょう》に車をUターンさせたあと、全速力でとばし、丘をのぼり村に向かった。年とったおばさんのふっくらした頬《ほお》に、涙《なみだ》がハラハラと流れ落ちた。

「盗《ぬす》っ人《と》め！ 盗っ人め！ あたしゃね、物心《ものごころ》ついてから毎年欠かさず、ここにオリーブ摘みに来てるんだよ！」

背後で、バシッというするどい音がして、全員ちぢみあがった。

「伏《ふ》せて！」ラミアが絶叫《ぜっきょう》した。「まだ撃ってくる！」

ハッサンはハンドルの上に身をのりだし、思い切りアクセルをふかした。自動車ははずむように丘の頂めざしてのぼっていく。頂上を無事に越えたとみるや、ハッサンは車を止めた。

「弾は当たったんだろうか？ みんなだいじょうぶか？」

「当たったのは、バンパーじゃないかね」と言いながら、アブー・フェイサルが後部座席の窓から首を出してうしろを見た。「タイヤをやられなくて、よかったな」

カリームは自分がふるえているのに気づいた。頭のてっぺんから足の先まで、わなわなふるえている。深呼吸《しんこきゅう》をしたり両手をグッとにぎりしめたりして、ふるえを止めようと必死だった。こわがっていると思われるのはいやだ。

「あいつら、なにさまのつもり？」カリームが怒りの声をあげた。「ぼくたちのオリーブなのに、摘むなだって！ うちの土地だよ！ うちの土地を盗みやがって！ なんでだれも、やつらを止めなかったんだよ?」

アブー・フェイサルがくやしそうな声で笑った。

「止めようとしたさ。わしらが止めなかったなんて思わんでくれよ。こないだなんぞ、ぶったまげたのなんの。まさかやつらがやってくるとは思わんかったから。出し抜けに来やがった——あれは、たしか火曜日だったな——幌《ほろ》つきトラック四、五台とブルドーザー一台だけでやってきた。なにが起きるのか見当もつかんうちに、丘をのぼって、地ならしをはじめたんだ。やつらの魂胆《こんたん》がわかるやいなや、わしらは走った。ひとり残らず。村の連中総出でな。ぎりぎり近くまで行ったんだが、むこうは銃を持ってやがる。撃たれたら、いったいわしらに、なにができる?」

カリームは大声で言いたかった。「なにかあったはずだよ! なにかやれることがあっただろ! なんだってかまやしないよ!」しかしカリームは、ぎょうぎの悪い子に見られたくなかったので、もどかしそうに背中をひくひくさせただけで黙りこんだ。

「カリーム、あんたは知らないだけなんだよ」カリームのとなりでへたりこんでいるおばさんが、カリームの膝《ひざ》をたたいた。「トラックやミキサー車の前に、身を投げ出した人もいるんだよ。それでも入植者たちは止まろうとしなかった。アブー・アリはそのまんま轢《ひ》かれて、両《りょう》脚《あし》を骨折《こっせつ》しちまった。それを見てはじめて、やつらってのは、わたしらがどうなろうと、そんなことはこれっぽっちも気にかけちゃいないってことが、わかったよ。わが家の男の子たちも毎日出かけていって、通りがかりの入植者に、情け容赦《ようしゃ》なく石を投げた。するとこんどは、戦車とジープを乗りつけてきてね。男の子たちは石と火炎瓶を投げたんだけど、むこうは銃で反撃だろ。ワリードの息子が殺された話、聞いてないのかい？　十四歳だったんだよ。村をあげて追悼《ついとう》会をしてやった。その子の弟も片目をつぶされてね。それ以来、ちょっとでも抵抗《ていこう》しようもんなら、たちまちやつらが村にやってきて、つかまって、イスラエルの刑務所に連れて行かれちまう。あんたのいとこにしたって、三人も刑務所に入れられたままなんだよ」

「ふーん、でもあのオリーブの木も丘も、うちのもんじゃないか！　そう言ったよね、父さん。ぼくに話してくれたよね、父さんのひいおじいちゃんが……」

ハッサンはモスクの前の、鋭角《えいかく》の角を曲がろうとしていた。ちょうど老人がロバの背に袋《ふくろ》をのせようとしているところで、そのわきをうまくすりぬけるまでは、口をきくどころではなかった。

「手はつくしたさ」ハッサンがあきらめたような声で言った。「書類を持って弁護士のところにも行ったんだよ。弁護士は、うちの土地だってことを証明しようってんで、法廷《ほうてい》にまで持ちこんでくれた。あれから、もう二年だ。長びくケースもあるそうだ。費用だってバカにならない。そうこうしているうちに、入植地に家が建っちまった。そうなったら、どうやって追い出す？」

「入植地を広げる気だな、ありゃ」アブー・フェイサルががっかりした声で言った。「わしらを撃ってきたってことは、それしか考えられんじゃないか？　やつらは、こっちがわの斜面も取りあげる気なんだ。そういうこっちゃろうが」

だれひとり答える者はいなかった。

＊緩衝地帯　イスラエルの入植者と、もともと住んでいるパレスチナ人の衝突を避けるために設けた中立地帯。

8

その夜は、十六人がウンム・ハッサンの丸テーブルをかこみ、山のようなごちそうに舌鼓《したつづみ》を打った。ウンム・ハッサンが一日がかりで料理してくれたごちそうだ。ラミアも、おばさんやいとこたちといっしょに台所を手伝った。ズッキーニやナスにスパイスのきいたヒツジの肉を詰《つ》め、野菜をきざみ、ミートボールを丸め、チキンをローストし、ソースをかきまぜ、山のようなライスに庭で摘《つ》んだハーブをふりかけた。

湯気をたてている深皿や、おいしい料理がのった大皿の数々が、花模様《はなもよう》のビニールクロスの上に並んでいるのを見れば、ふだんのカリームならいそいそと席に着き、夕食がはじまるのを今やおそしと待つところだ。ところが今夜は、ぐずぐずしている。オリーブの畑からもどって夕方までずっと、みじめな気持ちを引きずったままなのだ。

パレスチナを解放する英雄《えいゆう》！　カリームはラーマッラーの家で書いたリストを思い出し、自分で自分をあざ笑った。居丈高《いたけだか》なイスラエルの入植者たちの前で、しゃんと立つ度胸《どきょう》もなかったじゃないか。一発飛んできただけで逃げ出しちゃってさ。

おばあちゃんの野菜畑を囲っているフェンスの外にいつまでもすわりこみ、小石をひろっては、レモンの木の下に放り出してある飲み水用の古い桶《おけ》に向かって投げた。ラーマッラーでは、たしかに一寸《いっすん》先のこともわからず、おびえながら暮らしている。でも、この村と大勢の親戚《しんせき》と代々受《う》け継《つ》いできた土地は、物心《ものごころ》ついてからずっとカリームの心の中の大きな場所をしめていて、どうまちがっても、なくなったり奪《うば》われたりすることはないと信じきっていた。

それがいま、なにもかも危《あや》うくなってしまった気がする。いつまでも変わらないものなど、もうなにもないのだ。それにもましてカリームがうろたえているのは、みんながあまりにもおだやかに、ことのなりゆきを受け入れていることだ。カリームのやりきれない気持ちは、ふたたび父さんに向けられた。

父さんは弱すぎる。弱虫だ！　カリームはまたもや身ぶるいしながら思い出した。ハッサン・アブーディが裸《はだか》同然で、兵士のさげすんだような目にさらされながら立っている姿《すがた》。入植者に銃《じゅう》を向けられ、おびえたウサギのように逃げだした姿。

カリームはやっとの思いでテーブルに着いた。それなのに腰《こし》をおろしたとたん、母さんに手を洗《あら》いにいかされ、怒《いか》りで顔が真っ赤になった。テーブルにもどったカリームは、ファラーとシリーンがいつものように父さんの膝《ひざ》を奪い合っているのを不愉快《ふゆかい》そうな顔で見つめた。いとこたちとは目を合わせないようにした。いとこたちは、入植者に石を投げたのを得意になって話している。一週間前の夜、入植者の一団が村にやってきて暴《あば》れ、村の貯水《ちょすい》タンクに銃を撃《う》ちこんで穴《あな》をあけたり、送電線を切ったりしたという。

カリームはだまって、まぜごはんからアーモンドのバターいためをつまみ出しては、お皿のすみに集めていた。アーモンドは大好物なので、いつも最後に食べることにしている。やっぱり、おばあちゃんが作ってくれるごちそうはおいしい。

カリームの両わきにすわっているのは、アブー・フェイサルの娘婿《むすめむこ》たちで、アメリカのことを話しはじめた。

「ずっと考えていることがあるんだ」ひとりが言った。「兄貴がボストンで薬局をやっている。むこうに行けば、落ちつくまで兄貴の家に泊《と》めてもらえるかもしれない」

「きみにはそういう手があるんだね」もうひとりが言った。「数学の学位を持ってるのだから、就職先《しゅうしょくさき》はいくらでもあるだろう。でも、このおれはどうだ！　元観光客のための元ホテルの元マネージャーで失業中ときている。観光客がこの土地にもどってくるわけがない。役にたつ資格も持ってない。でも、きみは、アメリカ行きを考えてみたほうがいい。移住《いじゅう》だけが、いまのところたのみの綱《つな》だからね。アーイシャは、なんて言ってる？」

「彼女は行きたくないそうだ。親兄弟から離《はな》れるのはいやだって。でもアメリカなら子どもたちの将来《しょうらい》は明るいぞって、説得《せっとく》している最中なんだ。われわれ、おとなの人生はもうおしまい。パレスチナは、もうおしまいさ」

カリームは、アーモンドをひと粒《つぶ》ずつカリカリやるのが好きで、いつもならゆっくり食べる。でも、きょうばかりは、寄せ集めたアーモンドを一気にスプーンですくって口に入れ、そそくさと噛《か》んで飲みこんでしまった。それから椅子《いす》をうしろに引き、立ち上がった。両わきの会話には、もうがまんがならない。

ファラーとシリーンは早々とテーブルを離れ、ソファにすわってテレビを見ている。カリームは部屋の奥《おく》のほうにすわり、ぼんやりとスクリーンを見つめた。シリアのメロドラマをやっている。いつもなら、喜んで見るのだが、今夜は、ばかばかしくて空々しくて、まともに見る気になれない。

メロドラマが終わると画面いっぱいに地球がまわり、ニュースの時間になった。アナウンサーがメモに目を落とし、それからカメラを見つめた。

「きょうの午後、エルサレムのカフェの前で、自爆攻撃《じばくこうげき》による大きな爆発がありました。この爆発で、イスラエル人十一人が死亡。そのうち四人は、試験を終えて町に遊びに来ていた中学生でした。自爆した人の氏名は明らかにされていません」

手柄《てがら》を立てたような喜びが、カリームの頭の中に、にわかに広がった。

「イェーイ！」カリームは小声で言った。「イェーイ！」

テーブルの会話がぴたりと止《や》んだ。おとなたちが、スプーンやフォークを口にもっていきかけたまま食べるのをやめ、それぞれの席で首をまわしてテレビを見た。

「なんなの？　なにが起きたの？」と言いながら、台所に行っていたラミアが、おかわりのヒツジ肉とオクラのシチューを持ってもどってきた。

「自爆攻撃だ」ハッサンが落ち着いた声で言った。「エルサレムで、十一人が死んだそうだ」

ラミアはため息をつきながら、シチューの皿をテーブルに置いた。

「自爆した人はどこの出身？　なにか言ってた？」

「まあ聞いてなさい。まだ続きがある。なるほど、そういうことか。ラーマッラーかベツレヘムだって。まだ確認はとれてないらしい」

「報復《ほうふく》があるでしょうね」ラミアは首を横にふった。「戦車がもどってくるんだわ。難民《なんみん》キャンプが爆弾攻撃されるんじゃないかしら。あたしたち、家に帰れなくなるかもしれない」

「ベツレヘム出身者なら、こっちはだいじょうぶだ」ハッサンが言った。「でもむこうは徹底《てってい》的《てき》にとっちめられるぞ。自爆攻撃をした人の家は見つかり次第、ブルドーザーで押《お》しつぶされる。その上で、町じゅうに外出禁止令が出される」

「あなたのお母さん、ベツレヘムにお住まいじゃなかったかね？」ウンム・ハッサンが、さっき移住のことを話していたアブー・フェイサルの娘婿のほうに顔を向けた。

「ええ」娘婿は心配顔で、早くも携帯《けいたい》電話を取りだしている。「母に電話して、血圧の薬を買うように言っておきます。この前戦車が来たときは、薬を切らして、たちまち発作を起こしましたからね」

カリームは、みんなに向かって大声で言いたかった。「アナウンサーが言ったこと、聞いてなかったの？　その人、自分の命を犠牲《ぎせい》にしたんだよ！　英雄だろ――殉教者《じゅんきょうしゃ》じゃないか！　ぼくたちみんなのために自爆してくれたんだ――パレスチナのために！　それなのに、よくそんなのんきな顔してられるね」

カリームはプイと立って、外の暗がりに出た。こんなに腹が立ち、こんなにさびしい思いをしたのは、これがはじめてだ。

背後の部屋の中で、椅子をうしろにずらす音がした。出てきただれかに、どうしたんだと、きかれるだろう。逃げよう。カリームは家の横から裏にまわり、古い物置《ものおき》が並んでいるところまで走った。さすがにここまでは追いかけてこないだろう。

気づいたときはおそかった。ふたつ並んでいる物置のひとつに電気がついていて、だれかが出てくるところだった。大おじさんだ。カリームはくるりとうしろ向きになって、光の届かないところに逃げこもうとした。でもアブー・フェイサルおじさんに見つかってしまった。

「カリーム、おまえだろ」少しもおどろいた声ではない。「お入り。見せたいものがある」

しぶしぶ、カリームはおじさんにくっついて物置の中に入った。この古い小屋に入ったことは、あったようななかったようなな。少なくとも、こんなに暗くなってから入るのははじめてだ。中はだだっぴろくて四角い。アーチ型の天井からは裸電球がひとつ、ぶら下がっている。四方の石壁《いしかべ》をくりぬいた物入れに、オリーブの瓶《びん》や乾燥《かんそう》タマネギが置いてある。ドアの近くには束《たば》ねた薪《まき》。部屋の中央には干《ほ》し草《くさ》の山。その干し草に口を近づけて、一頭のロバが立っている。

「ここに入ったことはあるかね？」とききながら、アブー・フェイサルはロバのところにいき、マメだらけの働き者の手を、針金《はりがね》みたいにごわごわのロバのたてがみに置いた。

「うん、たぶん」カリームは言った。

「わしはこの部屋で生まれたんだぞ」とアブー・フェイサル。「ここに、おまえのおじいさんとおばあさんは住んでいた。ひいおじいさんとひいおばあさん、そのまたひいおじいさんとひいおばあさん、てな具合に何百年ものあいだ、この部屋と、となりの部屋で暮らしとったんだよ。神さまに召されたおまえのおじいさんは、すぐ目の前にモダンな家を建たがね、サウジアラビアでかせいだ金で。でも、ここはいまでも、古くて懐《なつ》かしい家族の家だ」

カリームは部屋の中を見まわした。昔はどんな部屋だったのか、ここでどんな暮らしをしていたのか、想像もつかない。

「こんなところで寝《ね》てたの？」

アブー・フェイサルは散らばっている干し草をかき集め、ロバの鼻先に差しだしてやった。

「そうさ。夏はすずしいし冬はあったかい。なかなか快適な家だ。もちろん近代的というわけにはいかんがね。オイル・ランプで明かりをとって。水道もなかったな。でもいずれ、わしらもそんな暮らしにもどるだろうよ。入植者が給水タンクの銃撃《じゅうげき》を続けたら、水はなくなってしまうもんな」

アブー・フェイサルはロバの背をなでた。眠《ねむ》そうなロバは、灰色《はいいろ》のわき腹をぴくりと動かし、片足をあげ、しっぽを振《ふ》った。

「背中《せなか》におできができてな」アブー・フェイサルが言った。「もうすっかり治っているが、まだ大事にしてやらんと」

カリームはロバに近寄って傷《きず》あとを見ようとした。どこにおできができていたのか、もうほとんどわからない。ロバが吐《は》く息の甘《あま》いにおいと、おとなしく立っている姿《すがた》が、気持ちを落ち着かせてくれる。

アブー・フェイサルはロバの餌《えさ》をつめた袋《ふくろ》の上に腰をおろし、太くて白い眉《まゆ》の下からカリームを見あげた。

「おまえも、きょうはひどい目にあったな」アブー・フェイサルが言った。

カリームは、頭にドッと血が流れこんだような気がした。

「だれも、なんにもしないいんだもん！」カリームの心のもやもやが、一気に吹きだした。「父さん――あいつらに裸にされたんだ――それからあいつら、父さんに銃をぶっぱなした――ぼくたちにも――ぼくたちのオリーブ畑なのに！　それなのに父さんたら、なんにもしないいんだ。それにさっき、みんな聞いてたんだよ、自爆した人のことを――殉教者のことを――それなのに、みんな、家にちゃんと帰れるかどうかなんてことばっか話して。ぼくはすごく――すごく恥ずかしい！」

カリームはおじさんの向かい側の餌袋の上に、がっくりとしゃがみこんだ。しばらくのあいだ、アブー・フェイサルは口をつぐんだままだった。それから藁《わら》の束に手をのばし、指でもてあそんだ。

「そんな簡単《かんたん》な話ではない」ようやくアブー・フェイサルが口を開いた。「なにもかも、そう簡単にはいかん」

「簡単さ、シーディ《おじさん》、簡単だよ！　やつらは、こっちの土地を取りあげて、ぼくたちを殺そうってんだよ。こっちだって、やり返して、やつらを殺さなくちゃ。それが正義ってもんでしょ！　あったりまえじゃないか！」

アブー・フェイサルは足にまとわりついている服をたくしあげた。

「いいかい、おまえに話しておきたいことがある。やつらが占領《せんりょう》をはじめたのは一九六七年、おまえが生まれるずっと前のことだ。そのころ、わしはこの村で農業をやっていた。まだ若造でね、おまえらみたいに。でも時間だけはたっぷりあったから、毎日、あれこれ考えたよ。畑にいれば、考える時間はいくらでもあるからね。わしはこう考えた。『ひょっとすると、やつらのほうが正しいのかもしれない。わしらよりいいやつなのかもしれない。となれば、やつらには、わしらの土地を取りあげたり、その土地を好きなように使う権利があるのかもしれない。ひょっとすると、わしらは、やつらが言うように、役立たずのダメ人間なのかもしれない』とな」

カリームの顔が、怒りでみるみる真っ赤になり、袋の上でじりじりしながら体をゆすった。

おじさんは、気にもとめずに話をつづけた。

「それで、わしはやつらを、じっくり観察することにした、時間をかけてね。やつらのほうが優《すぐ》れた人間なのかどうか、見きわめたかったんだ。けっきょく、やつらのほうが優れているわけではないとわかった。悪いのもいればいいのもいる、品行方正なやつ、不良、欲張り、いばりくさったやつ、やさしいの、悩《なや》んでるの、いろいろいるのさ。つまり、どいつもみんな、ただの男や女や子どもだった——わしらみたいに。人間なんだよ」

「人間？　おじさんは、あの入植者たちを、人間なんて呼《よ》ぶ気？」

「そうだ。人間だ。わしらと同じく。そういうことがわかって、ほんとにがっかりしたよ。やつらを見て、わしら人間てのは、その気になりゃあ、どんなことだってしでかすものだと、わかったからね。わしらだって、ああならんとは言いきれん。人間てのは、底なしに悪くなるってことを、やつらが見せてくれたわけだ。わしらだって、強くなって立場が変われば、いまのやつらと同じことをするだろう。征服《せいふく》した者と征服された者がいれば、こうなるってことだ。権力をにぎったものは餌食《えじき》にした相手を憎《にく》む。憎まんことには、自分らがしでかしていることに耐えられんのだろうな。やつらの目の中では、わしらは毛の先ほどの価値《かち》もない——自分らより劣《おと》ったものにしか見えんのだ。人間なんて思っちゃいない。わしが長いことかかって学びとったのは——みんな同じ人間だと認《みと》める広い心が、やつらにはないってことさ」

カリームはしばらく黙っていたが、やがて、小声で言った。「悪いのは、ぼくたちじゃない。やつらのほうだ。やつらは、パレスチナの子どもたちを、あんなに殺してる。ぼくたちは、それゃ、やつらに石は投げるさ。でもやつらは、ぼくたちに銃弾《じゅうだん》を浴びせて殺すんだよ」

「だからって、やつらのところに飛びこんでいって、やつらを爆破《ばくは》していいのか？　きょう死んだイスラエルの中学生――おまえやジャマールと同じくらいの年だろうが。むざむざと死ぬこたあ、なかったんじゃないか？　あの子たちの家族は、いまごろどんな思いをしてる？　それから怪我《けが》をした子たちはどうだ？　脚《あし》や腕《うで》をふっとばされ、一生、不自由な体で暮らすことになる、目も見えなくなるかもしれんのだぞ？」

カリームは、おじさんの話など、もう聞いていられなかった。

「やつらは、ぼくたちを憎んでる。ぼくたちを破滅《はめつ》させようとしてるんだ。ぼくは、やつらを憎んでやる、やつらみんなを。相手の年なんか、かまってられるか。簡単さ、シーディ《おじさん》、さっき言ったけど。ちゃんちゃら簡単さ」

アブー・フェイサルは声をたてて笑ったが、目は悲しそうだった。

「いまはそれでいい。でもわしが言ったことは覚えておくんだぞ。けっしてそんなに簡単な話じゃないんだから」

カリームと大おじさんが部屋にもどったとき、子ども以外はみんなまだテーブルについていた。カリームとおじさんがいなかったことには、だれも気づいていないようだった。

部屋には、沈《しず》んでいてもしかたない、明るくいこう、という雰囲気《ふんいき》がただよっていた。

「もうひとつオリーブをおあがり」ウンム・ハッサンが、テーブルの向かい側にすわっている嫁《よめ》のラミアのほうに、陶器《とうき》の深皿を押しやった。つやつやした緑色のオリーブが入っている。「ひょっとすると、来年はひと粒も摘めないかもしれないからね」

ラミアは、胸《むね》をそらせておなかをたたいた。

「もうこれ以上はとてもとても。もうたっぷりいただきましたもの」

「ねえ、みんな、なんでそんなに心配すんのさ？」いとこが言いながら、深皿を引き寄せてオリーブをつまんだ。「イスラエル人て、ぼくたちのこと、すっごく好きなんだってさ。だから来年はぼくたちのかわりにオリーブを摘んで、売ってくれるって。特別価格で――たかーく」

このジョークに、みんなニヤリとしたが、だれも笑い声はたてなかった。

「ワッラーヒ《神さまに誓っていわせてもらうがね》」年取ったおばさんが言った。「あの人たち、いったいいつになったら出ていって、わたしらのことはわたしらに任せてくれるのかねえ？」

「これまで、わしらに任せてくれた人なんか、いたかいな？」テーブルの端《はし》のほうのアブー・フェイサルが言った。「イスラエルに奪われる前は、わしらの土地は植民地とかいってイギリスが支配しとったんだぞ。この村からも三人が、イギリスに殺されよった。わしのじいさんの時代には、トルコの植民地だったしな」

「そのうちいつか、きっといつか任せてもらえる、インシャーアッラー《もし神さまがお望みなら》」年取ったおばさんが言った。

「ぼくたちも自爆すべきだよ、できるだけ大勢、殺すべきなんだよ」カリームが、おじさんに反抗的な目を向けながら口をはさんだ。

「ぼくはバカなまねはしない。移住するんだもん、ぼく」いとこが言った。

食事のあいだほとんど口を開かなかったハッサン・アブーディだが、ようやく姿勢《しせい》を正して、テーブルのまわりを見わたした。

「忍耐《にんたい》だよ」ハッサン・アブーディが言った。「でも忍耐には勇気がいる。こっちはあくまで人間らしくふるまうことだ。そこが強さの見せどころなんだから。やつらが、こっちのものを盗《ぬす》んだり、こっちをバカにしたら、恥《はじ》をかくのはほかでもない、やつらのほうなんだ」

カリームは父さんを見た。夕食がはじまるまでの父さんは、なんだかちぢこまっているように見えた。でもいまは、いつもの父さんにもどっている。円満な父さんに。カリームは父さんのことが急に愛《いと》おしくなって、自分でもおどろいた。テーブルをぐるっとまわっていって、父さんの首にすがりつきたい。でも、父さんに抱《だ》きついている自分を思《おも》い浮《う》かべたら、それだけで恥ずかしくて、顔が真っ赤になるのがわかった。

「恥をかくのはほかでもない、やつらのほうなんだよ」ハッサン・アブーディは重々しい声でくり返した。

カリームは、どっと疲《つか》れが出た。喉《のど》にあくびがこみあげ、胸がふくらんだと思ったら、思わず大きな口を開けてしまった。ラミアが気づいた。

「早く寝たほうがいいわ」ラミアが言った。「あしたの朝は、七時半までには出発しないと。家までどのくらいかかるか、わからないもの」

9

ラーマッラーにもどれて、とりあえずホッとしたが、ふたたび自爆攻撃《じばくこうげき》がはじまって、またよくないことが起きそうだという不安が町にただよっていた。ハッサン・アブーディがアパートの外の駐車《ちゅうしゃ》スペースに車を止めると、女の子ふたりが待っていましたとばかり車からとび出した。カリームがウォークマンを耳からはずして座席《ざせき》の横のドアを開けたときには、ファラーはもう一階と二階の真ん中あたりまで階段を駆《か》けあがっていた。

「ラシャ！」ファラーが大きな声で呼んでいる。「帰ったよー！　ラシャ！」

カリームがファラーのあとを追ってアパートの中に入ろうとしたとき、母さんに呼《よ》び止《と》められた。「そんなにあわててどこに行くつもり、カリーム？　おみやげを車からおろすのを、手伝ってちょうだい。こんなにたくさん、とてもひとりでは運べないから」

カリームはムッとしながら、母さんが差しだしたバスケットを受けとった。しおれかけた野菜がたくさん入っている。

手伝いをさせられるのはきまって、ぼくなんだから。ファラーはいつも、なんにも言いつけられずにすんでいる。よーく覚えているけれど、ぼくなんか八歳のときにはもう、しょっちゅう母さんの手伝いをさせられていたんだぞ。

　行きとちがって帰りの道中は、まずまずだった。あのチェックポイント《検問所》*に近づくにつれ、カリームは体がコチコチになるほど緊張《きんちょう》したが、意外にもチェックポイントは片づけられていた。こんがらがった鉄条網《てつじょうもう》と、戦車が道の真ん中まで押し出《おだ》していった岩ふたつが、道路を半分ふさいでいたが、それだけだった。せまい道なので、ただでさえトロトロした車列が、一段とノロノロ運転になり、這《は》うように通り抜けるしかなかった。父さんが辱《はずかし》められた場所を通るとき、カリームは目をつぶった。ここはカリームにとって、忘れようにも忘れられない場所になってしまった。そこをもういちど見る気には、とてもなれない。

　さらにもう二か所、チェックポイントがあり、その二番目のチェックポイントでは理由も告げられないまま二十分も待たされたが、結局、手の合図で通れといわれた。兵士たちが見つめる中、みんな顔の表情ひとつ変えず、呪《のろ》いの言葉は心の中だけでつぶやいて、通り抜けた。

　家に帰ってラミアがカリームに手わたした袋《ふくろ》は、どれも、とても重かった。村から帰るときは、いつもこうなのだ。おばあちゃんとおばさんたちが、野菜畑と果樹園《かじゅえん》から採《と》ったばかりの作物や物置《ものおき》の中のものを、山のように持たせてくれる――タマネギやレモンの袋、束ねたホウレンソウ、山のようなミントの葉やパセリ、ピクルスとオリーブとオイルの瓶《びん》。

「いまのうちに持っておいき」おばあちゃんは自分の家の果樹園でとれたブドウをもうひと房《ふさ》、嫁《よめ》のラミアの手に押しつけた。「ここで、いったいいつまで作物を育てられるものやら、見当もつきゃしない。今年は、うちのオリーブ畑がやつらに取られてしまったろう？　来年は、うちの畑の収穫《しゅうかく》はぜんぶ、やつらの仕事になるかもしれないからね」

あれやこれや片づけて、みんなで家の中に入ってみて、ははーんと思った。ジャマールは、まさか家族がこんなに早く帰ってこようとは思ってもいなかったのだ。家にもいないし、真剣《しんけん》に勉強をしていた形跡《けいせき》はどこにもない。キッチンのシンクは、よごれた皿の山、テレビを見るソファの前のティーテーブルは、飲んだあとのコーヒーカップとパンくずだらけ。

「ジャマールを留守番させたあなたのせいだわ」ラミアは部屋の散らかりように舌打《したう》ちしてから、夫にブツブツ文句を言った。「このようすじゃ、勉強なんて三十分もしなかったでしょうよ」

ハッサン・アブーディがラミアをなじった。

「行きがけのチェックポイントで、あいつが、わたしといっしょにいなくて残念だったとでも言うのかい？　いっしょにオリーブ摘《つ》みに行けばよかったとでも言うのかね？　あいつがいたら、真っ先にねらわれるのは、だれだと思う？　ねらわれるのは十七歳の少年だぞ！」

ラミアは下唇《したくちびる》をかみながら、夫のわきをすり抜けるようにしてキッチンに入ってしまった。

ハッサン・アブーディがテレビをつけた。

「けさ、イスラエル軍の戦車がベツレヘムに入り、厳重《げんじゅう》な外出禁止令を出しました。ラーマッラーでは、パレスチナ人の若者とイスラエル軍が衝突《しょうとつ》し……」

カリームはテレビの声を耳から閉め出した。

家に帰ったと思ったらすぐ、これなんだから。いつものピリピリした雰囲気《ふんいき》が、もう家の中にただよってる。

五分ほど前にもどったばかりだというのに、外に出ないではいられない気分になった。カリームはいつもの椅子《いす》のうしろからボールを取り出し、ソファのまわりをまわって玄関に向かった。

「ジョーニに会いに行ってくる」カリームは父さんの丸まった背中《せなか》に声をかけた。

テレビのリモコンをいじっていたハッサン・アブーディはぶつくさ言ったが、返事どころか振《ふ》り向《む》きもしなかった。

外に出て自分の足で歩くのは、なんて気分がいいんだろう。カリームはボールを小わきにかかえ、駐車場を横切り、短い路地を通って、丘をのぼる広い道に向かった。だれかに呼び止められてはかなわないと大急ぎでアパートを出たが、いつのまにか歩幅《ほはば》が小さくゆっくりになった。

広い道に出たら、右にまがってジョーニの家に行こうか？　それとも反対に曲がり、難民《なんみん》キャンプに行く道を通ってホッパーのところに行こうか？

考えながら歩いていたので、路地に曲がってきたジャマールに、もう少しで、ぶつかるところだった。ジャマールはプレゼントの包みをかかえている。

「カリーム！　なにしてんの、こんなとこで？」

「早めに帰ってきた。もどったばっか」

ジャマールが目を見開いた。

「みんな？　母さんと父さんも？　いっしょに帰ったの？」

「ぼくが村からひとりで歩いて帰ったと思うわけ？　もちろん父さんと母さんもいっしょだよ」

「なんで？　木曜日までって言ったじゃないか」

道路のわきに立たされていた父さんと、オリーブの林の中を追いかけてきた入植者が、カリームの目に浮《う》かんだ。いったいなにから話せばいいのだろう。

「それがね……やつらが……」

ジャマールは耳を貸《か》そうともしない。

「いつ着いたのさ？」

「いまさっき。言っただろ」

「母さん、ぼくらの部屋に入った？」

「たぶんまだ。でもさ、ぼくは入ったもんね」

カリームが口をすぼめた。

「そんな顔すんなよな、天才くん。午後から片づけるつもりだったんだから。時間はたっぷりあると思ってたんだ」

カリームは、ほんとうかいというように目を細めた。

「で、いままでなにしてた？　戦車のとこに行ったの？　ラーマッラーで衝突があったって、ニュースで言ってたけど」

ジャマールがはげしく首を振ったので、黒い髪《かみ》がはらはらと額《ひたい》にかかった。

「行ってない。おれの友だちはだれも行ってない。こんどのは軍事作戦だから、みんな、びびってる」

「爆弾《ばくだん》？」

「うん」

ふたりはだまって見つめ合った。カリームが、ジャマールの持っている包みをポンとたたいた。

「なに、これ？」

ジャマールは頬《ほお》をパッと赤らめ、包みを取られまいとかかえこんだ。

「やめろよ、カリーム。関係ないだろ」

ジャマールは弟を押しのけて走りだそうとして、ふと足を止め、カリームの肘《ひじ》をグイと引っぱった。カリームの腕《うで》からもう少しでボールがころがり落ちるところだった。

「写真のこと、なんかやってくれた？」

カリームは首を振った。

「バカ言うなよ。ぼくは村に行ってたんだぞ？ それともヴィオレットの写真、村にばらまかれてるとか？ 道のあちこちに落ちてたりして。木にひっかかってるかも。木で思い出したけどさ、信じらんないことが起きたんだぜ。うちのオリーブ畑、遠いほうの畑だけどさ、入植者が――」

ジャマールはすでに歩き出していた。

「そう、じゃ、話はあとで聞く。それから写真のことは忘れるなよ。約束《やくそく》したんだから」

ジャマールは、アパートの入り口に向かって走っていった。カリームには、階段を一気に駆けのぼり子ども部屋に走りこむジャマールの姿が見えるようだった。うまくいけば、母さんに部屋をのぞかれる前に、コンピューターゲームを片づけて、教科書を広げられるだろう。

カリームはジャマールのことを頭から閉め出した。もう広い道のところまで来ていた。右に曲がった。ジョーニに会いに行こう。写真のことがあるもん――早く片づけないと、いつまでもジャマールにせっつかれる。カリームは早くも、ジャマールとの約束を後悔《こうかい》しはじめていた。いかれた姉ちゃんの写真をくれなんて言ったら、ジョーニにあきれられるよ。きっと、ぼくが写真をほしがってると思われちゃう。ジョーニの軽蔑《けいべつ》しきった、まさか、って顔が見えるようだ。バカにして笑うだろうな。

カリームの足がまたゆっくりになった。ジョーニに会う準備は、まだできてないんだよな。写真を手にいれなくちゃならない理由を、前もって考えておかないと。なんかいい作り話はないかなあ。

とにかく、いまジョーニに会う手はないよ。イスラエル軍はジョーニの学校には手を出してないから、ジョーニはまだ学校にいるはずだし。

カリームはくるりと向きを変え、難民キャンプのほうに歩きはじめた。それでようやく気持ちが晴れてきた。ずっとこのときを待っていたんだ。サッカーができるあの新しい遊び場に行って、ホッパーがいるかどうか見てみよう。ホッパーがいなくても、もう少し瓦礫《がれき》を片づければ、塀《へい》に向かって、とっておきの遊びができる。穴だらけのデコボコの塀だから、やりにくいかもしれないけれど、そのうち慣れるんじゃないかな。とにかく、やれば面白くなるさ。

ホッパーのサッカー・グラウンドは、前より近い気がした。ずっと小走りだったが、ホッパーが住んでいるという家の横までのぼったところで、足を止めた。

入っていって、ホッパーを呼び出してもいいんだよな。でもまさか、そんなことはできない。考えてみれば、ほんとうの名前も知らないんだから。

家の裏手《うらて》からおばさんが出てきた。パレスチナの昔ながらの長い服、頭には白いスカーフ。重い袋をかついでいるせいで、一方の肩《かた》が下がり、体が前のめりになっている。

カリームが野菜畑のへりで立ちどまって塀ごしに見つめているのに気づいたおばさんが、だれだろうというように目の上に手をかざした。

「なにか用かね？」おばさんが声を張りあげた。その大きな割れた声には、いなかの人のなまりがあった。「なにをそんなにじろじろ見るの？　粉袋も見たことないのかい？」

不意をつかれたカリームは、返す言葉が見あたらず、さっと向きを変えると一目散に逃げ出した。恥《は》ずかしくて顔が赤くなった。おばさんのしわがれた笑い声が、坂道のうしろのほうから聞こえてきた。

思ったとおり、空《あ》き地《ち》にはだれもいなかった。カリームは空き地を横切って、奥の塀に向かった。ホッパーがいないと、なんだか他人の家に勝手に入っているようで落ち着かない。遠慮《えんりょ》することはないと自分に言いきかせ、ボールを置き、ためしに一発、蹴《け》ってみた。塀の表面に突き出ている石にはじかれ、ななめに跳《は》ねかえった。やっぱな。

ボールをひろってもういちど蹴った。今度は慎重《しんちょう》に、なめらかなところをねらった。ボールは塀にあたって、カリームのところにぴたりともどってきた。うれしくなって、また蹴った。アパートの壁を相手に蹴るときより、集中してやらないとだめだ。これはいい練習になるぞ。念には念を入れ、ねらいすまして蹴るから、いやでも技術がアップする。

もっと距離《きょり》をとろうとうしろにさがり、大きく横にそれて跳ねかえったボールを追いかけてはじめて、グラウンドの石が前より少なくなっているのに気づいた。さっぱりした場所が広くなっている。だれかがここに来たんだ。あんなに散らばっていた瓦礫を片づけるのは、さぞ大変だったろう。

ホッパーだ、あいつが来たにちがいない。とたんにカリームはうれしくなって、笑顔がこぼれた。

ぼくも片づけようっと。ボールを、ころがっていかないように石と石のあいだに置き、まわりを見た。棘《とげ》のある草がちょろちょろ生えている、あのあたりからはじめよう。家に帰るまでに、塀のところから錆《さび》ついた冷蔵庫が捨ててあるところまで、きれいにできるかもしれない。

ホッパーが、はじめて会ったときとおなじように音もたてずにだしぬけに現れたのは、カリームがひとつ残った壊《こわ》れたコンクリートのかたまりをひろい、だんだん高くなる石の山に放り出したときだった。おばけのようにヌッと現れた。

「またやってきたなんて意外だな」ホッパーがそっけなく言った。「自家用車で行ったまんま帰ってこないのかと思った」

ホッパーは、あいかわらず筋肉がひきしまり、背の高いやせた少年だったが、人なつこい笑顔が消えていた。

カリームは急に、最後に会ったときのことを思い出した。あのとき信じきって、なんのためらいもなく自動車の中に首をつっこんできたホッパーを、ぼくはずいぶん冷たくあしらってしまった。カリームは唇をかんだ。はずかしい。

「ぼくたち、うちのいなかに行っただけさ。けさ帰ったばっか。すぐここに飛んできたんだ」

「どこ、おまえんちのいなかって？」

「アッダラブ村ってとこ。おばあちゃんがいるんだ。いとこも大勢。いつもなら自動車で三十分で行けるんだけど、何時間もかかった。あっちもこっちも道路が封鎖《ふうさ》されててさ、長いこと止められるんだもん」

「いなかがあるなんて、いいな」ホッパーは、さらりと言いながら、ふと背を向けて、こわれたプラスチックの石油缶《せきゆかん》を横のほうに蹴とばした。

「おれのおばあちゃん、いまはテルアビブの郊外《こうがい》の村にいるんだ。イスラエルのせいで、一九四八年に家族みんなテルアビブから追い出されちゃった。それっきりおばあちゃんは、テルアビブに帰れない」

カリームはなんと答えればいいのかわからなかったが、ホッパーは返事を待っているようには見えなかった。ホッパーは、カリームが片づけた場所を見まわしている。

「おれがきのう、大働きしたの、わかった？」ホッパーが言った。

「わかったさ。すごいよ。ずいぶん時間かかったでしょ」

ふたりは笑顔で見つめ合い、気まずい雰囲気が吹き飛んだ。

「ボール、持ってきたんだね」石と石のあいだに置いたままになっているボールのほうを、ホッパーが顎《あご》でさした。

カリームはボールをひろい、答えるかわりに塀に向かって蹴った。ねらった場所にぴたりとあたり、ホッパーのところになめらかに跳ねかえった。ホッパーはたくましい足をつき出して、バシッと蹴った。ボールは石塀のざらざらしたところに当たり、思わぬ方向に飛んだ。ホッパーが自分の失敗にぶつくさ言っているすきに、カリームは走って膝《ひざ》で受け止めた。

ふたりは話もせずに、かわるがわる蹴った。カリームはじょうずだった。間に合いさえすれば、ねらいがはずれることはまずなかったが、ホッパーのほうは、あわててやみくもに蹴ってしまうので、思いがけない方向に跳ねかえる。それがかえって遊びを白熱させた。おもしろいったらない。

「すごーい」カリームが息をはずませながら言ったのを潮《しお》に、ふたりとも蹴るのをやめ、積み上げた石の山に倒《たお》れこんだ。真っ赤な顔で、汗《あせ》だくになっている。

「喉《のど》かわいたー」ホッパーが言った。「おれんちで、なんか飲もう」

カリームは粉袋を背負ったおばさんのことを思い出し、しりごみした。

「でも、ぼく、家に帰んなくちゃ。おくれると怒《おこ》られるもん」ホッパーが、ちらっとバカにしたような目をしたのが見てとれたので、カリームはそっぽを向きながら、行くと言えばよかったなと後悔した。「できたら、またあしたくるよ。学校がまだはじまってなかったら」

「まだはじまんないさ。イスラエルのやつらのしわざ、見てないの？　ぜーんぶ、めっちゃめちゃにしていきやがった。コンピューターは持ってっちまうし、机《つくえ》なんか、たたきつぶすしさ。学校に行けるようになるまでには、あと一週間はかかりそう」

「オッケー」カリームは帰りかけた。「あしたくるね。きょうとおなじ時間に」

「オッケー。またな」

「うん。またね」

カリームはつま先でボールをすくい上げ、軽く蹴りあげて、じょうずに手の中におさめた。腕時計を見た。思ったよりおそい。小走りにサッカー・グラウンドを横切って、坂道をのぼっていった。

坂をのぼりつめたあたりで、うしろから足音が近づいてくるのに気づき、振り向いた。ホッパーが全速力で追いかけてくる。

「学校までいっしょに行く」ホッパーはゆったりした歩調になり、カリームと並んで歩きながら言った。「学校がどうなってるか、ちょっと見たいから」

カリームは首をすくめた。

「オッケー」

学校のサッカー場は、サッカー場とは思えないほど荒《あ》れていた。ゴールポストはネットもろとも倒れてこわれ、なめらかだった土のグラウンドは、ここに集結していた戦車のキャタピラーのわだちで大きくうねっている。こわされた教室から出たこわれた机や椅子が、正面玄関の外に山積みになっている。職人《しょくにん》が校舎にはしごをかけ、ブロックやセメントを運び上げ、戦車からの砲弾《ほうだん》でぎざぎざの穴《あな》だらけになった壁を修理している。べつの職人たちが、窓枠《まどわく》に残っているガラスの破片《はへん》を取《と》り除《のぞ》いている。

「だから言っただろ？」ホッパーが言った。「学校がはじまるのは、まだ先だって」

「カリーム！」だれかが呼んだ。

カリームは振り返った。ジョーニがもう、こっちに向かって坂を駆けおりてきている。

カリームは、まずいなと思った。私立の学校のかっこいい制服姿のジョーニを、ホッパーはどう思うだろう。ジョーニのほうも、難民キャンプ出身のみすぼらしいホッパーを、どんな子だと思うだろう。

「行かなくちゃ」カリームはホッパーに小声で言うと、振り返りもせず、ジョーニのところに歩いていった。

ジョーニは空手の動作で二回たてつづけに蹴りを入れ、ころびそうになりながら、カリームの腕にすがりついた。

「もう帰ってたなんて知らなかったよ」ジョーニが言った。「これから町に行くんだ。いっしょに行かない？」

ジョーニは早くも、学校の前の坂をおりかけている。

「わかった、でも、向こうの道から行こう」カリームはホッパーから遠ざかるほうに向きを変えた。

「どうして？　遠まわりだろ」

「そうでもないさ」

「遠いってば。いつもこっちの道から行くのに。どうかしたの？」

カリームはイライラして首をすくめた。

「べつに。なんだか町には行きたくないだけ。それに、家に帰んなくちゃ。みんなが待ってるから。ぼくんちに来いよ」

「だめなんだ。ママに、薬屋で買い物してきてって、たのまれてるから。でも、ここでなにしてたの？　だれ、あの子？」

「だれでもない。いっしょにサッカーしてただけ」

ジョーニは学校の、荒れはてた運動場に目を走らせた。

「サッカー？　どこで？　ここじゃ無理だよね」

カリームはなにか言いかけたが、すぐ口をつぐんだ。イライラするなあ、もう。すっかりこんがらかっちゃったじゃないか。カリームはどぎまぎした。

ジョーニが怒《おこ》ったような顔をしている。

「言いたくないならいいよ。どっちみち興味ないし」

ジョーニはカリームの前を通りすぎようとした。カリームは通せんぼした。

「薬屋に行かなくちゃなんないって、どうして？」なんとかジョーニを引きとめて、きげんをなおしてもらいたい。

ジョーニは、まだブスッとしている。

「ヴィオレットが病気だから。インフルエンザ。薬を飲ませなくちゃなんないだろ」

いまがチャンスなのに。肩をポンとたたいて、明るいくだけた感じで、気のきいたことを冗《じょう》談《だん》めかして言うチャンスなのに。たとえば、「ヴィオレットっていえば、びっくりすんなよ。うちの頭のおかしい兄貴がさ、おまえのいかれた姉ちゃんのこと、好きになっちまったぜ。彼女の写真がほしいんだって」

でもいまは、そんなことを言える雰囲気ではない。ジョーニを怒らせてしまった。ジョーニはカリームの前をすり抜けて、もう坂をおりている。背中を見ただけで怒っているのがわかる。ホッパーのわきを通りすぎるときも、わざとそっぽをむいていた。

カリームは、道路からはがれたアスファルトのかけらを思いきり蹴とばした。爪《つめ》が割れたかと思うほど痛《いた》かった。あまりの痛さに目をキュッとつぶった。痛みがひいてきたので目を開け、ホッパーを腹立たしげにチラッと見た。ホッパーは、まだ学校の塀にさりげなく寄りかかったまま、カリームを見かえしている。

そのホッパーに背を向け、カリームは足を引きずりながら家路についた。心の中で、ぶつくさ言いながら。

*チェックポイント　パレスチナ人の行き来を制限するため、イスラエルが道路の要所要所に設けた検問所。

10

とっさに思わず、カリームは遠まわりの道を選んだ。はじめは、つま先が痛《いた》くて足を引きずっていたが、痛みもだんだん軽くなった。ずんずん歩いていくと、政府のお役人の新しくてかっこいい邸宅《ていたく》が集まっている一角にさしかかった。イスラエルの戦車が手当たりしだいに破壊《はかい》していった場所だ。つい最近、設置《せっち》されたばかりの金属製《きんぞくせい》の街灯《がいとう》も、へし折られて傾《かたむ》いたり倒《たお》れたりしている。バカでかい昆虫が怪我《けが》して倒れているみたいだ。舗装《ほそう》道路もあちこち粉々につぶされていた。きれいに並んでいたはずのダイヤモンド型の石畳《いしだたみ》が、戦車のキャタピラーのあとも生々しく割れている。

こんな無惨《むざん》な光景にも、カリームはほとんど気がつかなかった。バカなことをしてしまったという思いで、頭がいっぱいだった。

べつにどうってことないじゃないか、ジョーニがホッパーと出くわしたからって。なにをひとりで、やきもきしてるんだよ。

ジョーニのことが思われた。幼《おさな》いころからの友だちなので、ふだんはわざわざ考えることもないが、いまはとなりに立っているくらいはっきり思い出せる。丸い顔、ぽっちゃりした体つき、パリッとアイロンがかかった服、なんだかたよりない空手《からて》のキック、おどけた話しぶりや機転のきいた思いつき――カリームにとってジョーニは、いつも寝《ね》るときにかけているモコモコの赤い毛布と同じくらい身近な存在《そんざい》で、兄ちゃんのジャマールより、よっぽど仲がいいし、両親より大切なくらいだ。

どうしてジョーニと、けんかなんかしちゃったんだろう。

こんどはホッパーのことを考えた。どういう家の子かわからないが、元気がよくて、なにをしでかすかわからない少年。秘密《ひみつ》の、おおっぴらにはできない友だち。カリームはホッパーとも友だちになりたかった。

ジョーニとホッパーが並んでいるところを想像してみた。ふたりはちがいすぎる。ワシとニワトリくらいちがう、でなければ――でなければサボテンとヒマワリくらい。

ホッパーはジョーニのことを、たよりないヤツと思うだろう。ジョーニはホッパーを乱暴《らんぼう》な子と思うんじゃないか。

カリームは家に着いても、まだ考え続けていた。

「カリーム！」母さんのとげとげしい声にビクッとして、やっと我《われ》に返った。「こんな時間まで、いったいどこに行ってたの？」

母さんがプリプリしているのにおどろいた。

「ちょっと寄り道」

「どこに？　だれと？　なにしてたの？」

「サッカーだよ」カリームは、うそではないことを示すためにボールをさしだした。

母さんは茶色のセーターの袖《そで》をたくし上げて腕組《うでく》みし、信用できないというようにカリームを見つめた。

「どこで？　いつもの場所じゃないわよね。さがしに行ったのよ。どうして母さんにこんな思いをさせるの、カリーム？　どんなに心配したか、わかってるでしょ」

こうなったらお手上げだ。

「学校の友だちに会ったんだよ。その子んちの近くで遊んでた」

「そう」

母さんはちょっとためらってから、なにか言おうとしたようだが、ちょうどそのとき、キッチンからお皿かなにかが割れる音がして、続いてシリーンの泣き声《なごえ》が聞こえてきたので、あわてて見に行ってしまった。

カリームはサッカーボールをいつもの椅子《いす》のうしろにしまい、自分の部屋に入った。ジャマールはベッドのへりに腰《こし》かけ、友だちとの物々交換《ぶつぶつこうかん》で手に入れた使い古しのギターを、おぼつかない手でかき鳴らしている。調子っぱずれの歌までつけて。

「ドント　ブレイク　マイ　ハート、ベイビー

ドント　テア　マイ　マインド　アパート」

　ジャマールは目を上げてカリームの顔を見るなり、恥《は》ずかしそうに、あわててギターを下に置いた。

「母さん、なんか言ってた？」カリームは自分のベッドにドサッと腰かけながら言った。「なんで、あんなにカリカリしてるんだろう？」

　ジャマールがニヤリとした。

「母さんはだな、おまえが、ａ・死んだ、ｂ・イスラエルの刑務所に連れていかれた、ｃ・自《じ》爆《ばく》して殉 教 者《じゅんきょうしゃ》になった、ｄ・頭蓋骨骨折《ずがいこつこっせつ》のため意識不明で病院にかつぎこまれた、ｅ・死んだ、そう思ってたのさ」

　ジャマールは、ひとつあげるごとに指を折った。

「『死んだ』を二回も言ってる」

「母さん、二回言ったもんね。つまり、母さんはおまえが死んだと思いこんでたってことだ。二回じゃすまなかったな。百五十回くらい言ってた、正確《せいかく》には」

「出かけてたのは、たったの二時間だよ。ぜったい三時間はたってない」

「おまえもとうとう仲間になったか」ジャマールが立ち上がってのびをした。「教えてやろうか。おまえは、母さんのいちばんの心配の種になりつつあるってことだ。おれなんか、もう何年もそういう目にあってきたんだぜ、気がつかなかった？　おとなになりかかった人間が、払《はら》わなくちゃなんない犠牲《ぎせい》。お母さまは今後、おまえが外出先から帰るたびに、グチグチ、ネチネチ、詰問《きつもん》なさるってこと。父さんまでやりだすかも」

カリームの心はゆれた。おとなになりかかってることを、ジャマールが認《みと》めてくれたのはうれしい。でも両親があれこれ干渉《かんしょう》してきそうなのは腹立たしい。

「やなこった」カリームは、できるだけおとなっぽい調子で、さらりと言った。

「ごもっとも、ごもっとも。でも、そこはそれ、じょうずに。あれこれ細工しないと。ちょっとした工夫がぜひとも必要。だんだんわかるようになるさ」

ジャマールの先輩《せんぱい》ぶった口調に、カリームは腹が立った。なにかぴしゃりと言ってやる材料はないかと見まわすと、ジャマールの枕《まくら》のうえにプレゼントの包みが置いてある。

「プレゼント、サンキュー」と言いながら、カリームは手をのばして奪《うば》い取《と》ろうとした。

ジャマールの手が鞭《むち》のようなすばやさでカリームの手首にのびた。

「さわるんじゃない、このちびザル！」

「ワーオ」カリームはジャマールの手をふりはらった。「落ち着いて、落ち着いて。で、なに、それ？　スミレ《ヴィオレット》のにおいの石けん？　紫色《むらさきいろ》のスカーフ？　スミレの花の絵？」

ジャマールはカリームにとびかかり、ベッドに押《お》し倒《たお》した。

「関係ないだろ、青二才」

「関係あるもんね。彼女の写真、ぼくが手に入れるんじゃなかったっけ？」

「うーん」ジャマールが迷《まよ》っているような顔をした。「じゃあ、教えちゃおっかな、ネックレスでした。彼女、ぜったい気に入るぞ。だって、彼女の友だちが、ファンシーストアのショーウィンドウをのぞいて、これがいいとかなんとか言ってんの、聞いちゃったもんね。あした、わたすんだ。彼女、友だちみんなと映画に行くから。ねえ、それまで、そのバッチイ手で、ひっかきまわさないでくれよ、たのむから」

「むだ足を踏《ふ》まないほうがいいよ」カリームは、優越感《ゆうえつかん》にひたりながら言った。「友だちは映画に行くかもしんないけど、ヴィオレットは行かないもんね、ちゃーんとたしかな情報をつかんでるんだ」

「なにィ？　どうして？」

「彼女、インフルエンザでした。おメメ真っ赤で、鼻水たらしながらゲーゲー吐《は》いて……」

言葉の最後は悲鳴にかわった。ジャマールがカリームを羽交《はが》い締《じ》めにしたのだ。カリームは必死にもがいて、ようやくジャマールをふりはらい、起き上がった。

「どうしてネックレスなんか買えたんだよ？」カリームは息を切らしている。「ぼくたち、もう何か月も小遣《こづか》いもらってないのに。騒動《そうどう》が起きてから、もらってないんだぞ」

「だから言ったろ」ジャマールは目をそらしながら言った。「細工と工夫」

「どんな工夫？　まさか――まさか盗《ぬす》んだとか！」

ジャマールが顔をくもらせた。

「へんなこと言うよな。おれは泥棒《どろぼう》なんかじゃありません。ちょっとした物を、友だちに売っただけ、つべこべ言うから教えてやるけど。いい値《ね》で売れたよ、ほんと」

「なにを売ったの？　なに？」

「古いコンピューターゲーム。おれたち、やりすぎて、もう飽《あ》きちまっただろ。あんなもん、もういらないもん」

カリームの背中《せなか》を冷たいものが走った。

「どのコンピューターゲーム？　どれ？」

ジャマールはあとずさりしながら椅子をつかみ、自分とカリームのあいだのバリケードにした。

「ラインマン。でもさ、もう古いよ、あれ――飽きただろ。時代おくれだもん。あれは――カリーム！　やめろ！　なにすんだよ。カリーム！」

信じらんないよ。二十分後、カリームはふてくされながら思った。あんなにどたばた取っ組み合いをしてたのに、母さんが止めにこないなんて。きょうだけは来てほしかったのに。来てくれたら、母さんになにもかも言いつけてやるつもりだったのに。ヴィオレットのために、友だちとバカな取り引きをしたことをぜんぶ。そしてジャマールがすっかりあわてて真っ青になって、釣《つ》り針《ばり》につけられたミミズみたいに、のたうちまわるのを見たかった。それなのに母さんは来てくれなかった。ラシャのお母さんが来たもんだから、母さんは玄関に出ていって、おしゃべりに夢中《むちゅう》だった。

ジャマールは、カリームがものすごい形相《ぎょうそう》で怒《いか》り狂《くる》ったので、おどろいたらしい。

「兄ちゃんにそんな権利はない！」カリームは何度も何度も叫《さけ》んだ。「ラインマンは兄ちゃんだけのもんじゃない、ぼくのものなんだ。兄ちゃんなんか、大っきらい！　憎《にく》んでやる！」

「わかった、オッケー、わかった、だから、ごめん」ジャマールはなんども言った。「ねえ、埋《う》め合《あ》わせはしてやる。だから、やめてくんない？」

「埋め合わせって？　どうやって？　ラインマンを返してほしいんだよ。返せよな！」

けっきょく話がついた。ジャマールはなにかべつのものを売る。たとえばギターを。それでラインマンを買いもどす。ただしそれはヴィオレットの写真が手に入ってからの話。こういう段取りがついたからには、カリームに近寄らないのが得策《とくさく》だ。そこでジャマールは、革《かわ》ジャンのえりについているループに指をひっかけ、口笛を吹きながら、なにげないそぶりでアパートを出ていった。

悔《くや》しくて悲しくて、カリームはベッドの上にうずくまった。

人生って不公平だよ。なにもかも不公平すぎる。

ずっしりと重荷を背負わされたようで、気分がふさいだ。ここ数時間、ほかのことでいそがしくて、村でのできごとを忘れていた。父さんが辱《はずかし》められたことも、入植者が堂々とひとのものを盗もうとしていることも。今また、そのひとつひとつの光景がまざまざと思い出され、カリームの心に重くのしかかった。ラインマンが消えてしまったことで、急にほかのなにもかもが、前にも増して腹立たしく思えた。ラインマンは、外出禁止令が出たときの慰《なぐさ》めだった。がまんできなくなったときの、はけ口だった。体は縛《しば》りつけられていても、心だけは抜けだしていける遊び場だったのに。それをジャマールが売り飛ばし、ぼくをむざむざと裏切《うらぎ》ったんだ。

バカバカしいけど、あの写真を手に入れなくちゃ。カリームは歯ぎしりしながら考えた。なんとしても手に入れなければならない。いますぐジョーニに電話しよう。ジョーニと仲直りして、ジョーニの家に行き、写真のことをすっきり片づけてしまおう。

カリームはテーブルの上に置いてある携帯《けいたい》電話に手をのばした。自分の携帯は使えなくなっている。もう何週間も前にプリペイドカードを使いきっていたが、お金がなくて新しいカードを買えないのだ。でもジャマールのはまだ使える。カリームは深呼吸《しんこきゅう》してから、覚えこんでいる番号をたたいた。電話の呼《よ》び出《だ》し音が鳴っているはずのアパートのようすが、手に取るようにわかる。ジョーニのお母さんのローズおばさんは台所にいるはず。電話が鳴るのを聞いて、蛇口《じゃぐち》で手を洗《あら》い、手をふきふき電話に手をのばそうとしている。でなければジョーニが、自分の部屋でいつものようにステレオの音量を最大にあげているにもかかわらず、電話の音を聞きつけるかもしれない。きょうは、カリームとしては、ローズおばさんが先に電話口に出てくれればいいがと思った。

おばさんが出た。

「もしもし」カリームは自分でも声がキンキンしていると思った。「カリームです。あの――ジョーニはいますか?」

ローズおばさんが電話を下に置く音がして、それからジョーニの部屋のドアを開ける音。とたんに大きな音楽が聞こえてきた。おばさんのふくよかでゆったりした体つきや、パーマのかかった髪《かみ》や、いつも着ているフリルつきのブラウスが見えるようだ。それから低いぼそぼそした話し声がしたあと、おばさんが石の床《ゆか》をスリッパでパタパタ歩いてくる音がして、電話口にもどってきた。

「あの子はね――あのう――いまちょっと手がはなせないの」声で、おばさんがびっくりしているのがわかる。「あとで、たぶんかけ直すと思うわ。それでいいかしら?」

「ありがとう」カリームは小声で言い、携帯をもとの場所にもどした。カリームの心は前にもまして暗くなった。ジョーニは、ほんとに怒ってるんだ。よっぽど気分を損《そこ》ねたんだな。仲直りするには、電話一本ではすみそうもない。

するとカリームは、どういうわけか、なにくそ! という気になった。ジョーニのやつ、なにをそんなに騒《さわ》ぎ立《た》てるんだい? いいかい、ぼくはホッパーとサッカーをしていただけなんだぞ。ぼくはジョーニだけのもんじゃない。友だちはひとりだけなんてきまってるわけじゃあるまいし。

ジョーニなんて、くそくらえ！　みんなうるせえ！　カリームは怒った。あしたもホッパーのグラウンドにもどってやる。あさっても。行きたいだけ行ってやる。だれになんと言われようと、かまうもんか。

11

自爆攻撃《じばくこうげき》への報復を次々に受けているベツレヘムでは、町全体が閉鎖《へいさ》されている。イスラエル軍によってみんな家の中に閉じこめられ、八人が戦車からの発砲《はっぽう》で死亡した。また敵のブルドーザーに三軒の家が押《お》しつぶされ、中にいた人は命からがら逃げるのが精一杯《せいいっぱい》だった。それにひきかえラーマッラーでは、びくびくしながらも、まだふだんの生活が続けられた。

「大学が再開されたの」ラミアが翌日《よくじつ》の朝食のときに言った。「出勤《しゅっきん》しなくちゃ。でも大学まで、どのくらい時間がかかるものやら。いたるところ道路封鎖《ふうさ》ですもの。ラシャのお母さんにシリーンを預《あず》かってもらえるかどうか、たしかめないと」

それを聞いて、カリームはしめしめと思った。母さんが出かけ、ファラーの小学校が再開され、父さんが店に出かけてしまえば、自由に好きなことができる。

「カリーム」ラミアがカリームのほうを向いた。なにか言いつけられそうだ。カリームは固唾《かたず》をのんで待った。自由を満喫《まんきつ》できるはずの日が、むざむざと奪《うば》われるかもしれない。でもちょうどそのとき、玄関をノックする音がして、母さんはドアを開けにいった。

カリームは自分の部屋に逃げこんだ。となりのおばさんが帰り、母さんが出勤するのを待とう。うまくいけば、母さんはぼくに仕事を言いつけるのを忘れて、大急ぎで出かけてくれるだろう。

ついにチャンス到来《とうらい》。カリームは母さんの靴音《くつおと》が階段の下に消えるのを待ってから、キッチンのベランダに走り、母さんが坂をのぼってバス停に向かうのを見とどけた。まるで待ち合わせでもしたようにバスが来た。母さんが乗りこみ、バスは行ってしまった。カリームはすぐさま居間《いま》にとってかえし、ボールをひっつかむと外に出て、自由な気分に酔《よ》いしれながら階段を駆《か》けおりた。

学校のある丘《おか》をのぼりつめるまで、速度を落とさずに走り通した。振《ふ》り返《かえ》ればすぐ下に学校、その向こうに難民《なんみん》キャンプが見える丘のてっぺんまできて、ようやく立ち止まった。

イスラエルの戦車がまた動きはじめている。学校のすぐ上に、戦車が一台、茶色の巨体をさらして止まっている。ヘルメットをかぶり防弾チョッキを着た戦闘服姿《せんとうふくすがた》の兵士が、ライフルをかまえ、道路を封鎖し、通行人をひとり残らず足止めしている。

カリームは失望と怒《いか》りで拳《こぶし》をにぎりしめた。この国では、なにをするにも、どこへ行くにも、必ず敵に止められる。サッカーボールで遊ぶことすらできない。

兵士のひとりが目を上げた拍子《ひょうし》に、カリームは見つかった。じっとこっちを見ている。カリームはなにげない態度を装い、向きを変えてその場をはなれた。相手を刺激《しげき》してこわがらせたら、なにをされるかわかったものではない。十二歳の子どもでも大目には見てくれない。ぼくより小さい子だって、しょっちゅう撃たれているんだから。あいつらの指は、引き金にひっついて離《はな》れなくなっているらしい。

カリームはやるせない気分で家のほうに引き返した。遠まわりをしてホッパーのグラウンド(勝手にそういう名前をつけた)に行く手もある。向かい側の丘をのぼって、グルッと大きく迂回《うかい》する道があるのだ。でも結局、ラーマッラーを取り巻いているイスラエルの入植地のひとつにぶつかってしまう。そこの住民はなにをしでかすかわからない人たちだと聞いたことがある。待ち伏《まぶ》せし、行きずりの人をねらい撃《う》ちすることで有名なのだ。もしホッパーがいっしょにいたら、弱虫でないのを見せようと、そっちの道を行ったかもしれない。でもひとりのときに、わざわざ敵の標的にはなりたくない。

ノロノロと家に向かって歩いた。いくらなんでももう、宿題にとりかかったほうがよさそうだ。どうせ、いつかはやらなければいけないのだから。

その日の午前中は、思いがけず早く過ぎた。もちろん、やる気の起きない宿題もある。たとえば地理の問題。手早く終わらせた。英語の練習問題。これも大急ぎで片づけた。でも歴史は、思ったよりおもしろい。

古代エジプトのことが書いてある一節に釘《くぎ》づけになった。あの巨大なピラミッドや寺院をどうやって造ったのか、いくつかの学説が書いてある。どうしてあんな大きな石を移動《いどう》させ、あの高さまで運び上げることができたのだろう。カリームは、テーブルの上の本や消しゴムや鉛《えん》筆《ぴつ》を使ってピラミッドの模型《もけい》をつくろうと、あれこれ工夫した。そのうち大きなあくびがたて続けに出て、ピラミッドづくりはあきらめた。ひとりで家にいるなんて、やっぱりたいくつだ。けなげにも、早く学校がはじまればいいのに、なんてことまで考えてしまった。

お昼ごろになると、外に出たくてたまらなくなった。キッチンのカウンターの上のパンケースからパンを出し、冷蔵庫をあけてヒヨコ豆のペーストをすくい、ついでにオリーブを手づかみでとって食べた。浄水器《じょうすいき》つきの蛇口《じゃぐち》から水をたっぷり飲むと、玄関から外に出て階段を駆けおりた。

ホッパーのグラウンドに行くつもりはなかった。町の中心にいってみよう。小型インスタントカメラの値段《ねだん》をチェックしたいから。それほど高くなかったら、なんとかお金をひねり出さないと。もしジョーニと仲直りできたら、ジョーニの家に行き、ヴィオレットの写真を何枚か自分で撮《と》れるかもしれない。カメラをいじったことはないけれど、めちゃくちゃ簡単《かんたん》そうだ。撮りたいもののほうに向けて、ボタンを押すだけじゃないか。ジャマールには、いい写真を手に入れると約束《やくそく》したわけじゃない。写真って言われただけなんだから。

なんだか心もとないが、いちおう目的ができて、やる気満々になった。足早に、むしろ颯爽《さっそう》と歩いた。こわされた街灯《がいとう》が倒《たお》れていれば、避《さ》けてぐるっと小走りにまわり、歩道に紙やポリ袋が散らばっていれば、ひとつひとつ蹴《け》とばしながら進んだ。

ジュースの空《あ》き缶《かん》が溝《みぞ》に落ちているのが目にとまった。カリームはつま先でひょいと蹴り出し、空き缶をサッカーボールに見立ててドリブルしながら坂をのぼっていった。ドリブルに夢《む》中《ちゅう》で、ほかのことには一切、目もくれなかったが、ラウドスピーカーが聞きとりにくい声で「立ち入り禁止」と叫んでいるのに気づき、我《われ》に返った。

音声は左のほうから聞こえてくる。急勾配《きゅうこうばい》の丘のふもとのくぼ地からだ。ここから高速道路に向かう道は、イスラエルの入植者専用で、パレスチナ人が入りこまないように、武装した車輛《しゃりょう》がひっきりなしにパトロールしている。

いまも装甲車《そうこうしゃ》が三台、コンクリートでできた大きなバリケードの裏《うら》で待機している。それを避《さ》けて、人がどやどや丘を駆けのぼってきている。

なにが起きたのか見てみようと、カリームは坂をほんの少しくだった。

「行くんじゃない！」男の人がカリームに大声で言った。「入植者の専用《せんよう》道に、爆弾《ばくだん》が仕掛《しか》けられてる！」

「どこに？　どのあたり？」カリームが聞き返した。

「谷にかかっている橋の下だ」

「だれが置いたの？」

「そんなこと知るか」男の人はもうカリームを追《お》い越《こ》し、振り返りながら言った。「たったいま、見つかったところだ」

カリームも逃げもどろうとした。心臓がドキドキしている。周囲の人たちと同じように、あわてている。そのとき、やせた少年の姿が目の端《はし》に入った。白いTシャツによごれたズボンという格好《かっこう》で、下の、廃墟《はいきょ》になったビルの足場をのぼっている。橋のすぐそばだ。

少年の顔をたしかめようと、カリームは目を細めた。ホッパーみたいに見えるけど……。まちがいなくホッパーだ！　いったいぜんたい、あんなところでなにしてるんだ？　どうしてほかの人みたいに逃《に》げないいんだろう？

カリームは向きを変えて逃げようとした。でもすぐに立ち止まって振り返った。ホッパーに、来いよ、いっしょに足場をのぼろうぜ、とけしかけられているような気がする。声まで聞こえるようだ。「どうだい、勇気あるだろう。おまえはどう？　意気地《いくじ》なしとか？」

背すじがぞくぞくして、おなかが痛《いた》くなったが、カリームはかまわず人の流れにさからって坂をおりはじめた。

「なにバカなことしてんの？　撃たれちまうよ！」おばあさんにどなられた。

「そっちには行くな！」べつの人にも大声で言われた。

ホッパーはすでに足場のてっぺんに到達し、ビルの屋上をぐるりと取りかこんでいる低い壁《かべ》のうしろに飛びおりた。姿が見えなくなった。

カリームはできるだけ、目立たないようにしながら、道の端をそろそろ通って、橋のほうにおりていった。長い塀《へい》が次に切れるところまでいけば、塀の向こう側にもぐりこみ、兵隊たちに見られずに足場に近づける。塀の向こうには瓦礫《がれき》の山が続いている。入植者専用の道路ができたときに、家が一列まるごとイスラエルの戦車に砲撃され、そのまま打ち捨てられた残骸《ざんがい》だ。その瓦礫の上を歩いていけばいい。でも、塀の切れ目まで行くのも、むずかしそうだ。

自分がしていることを考えると、ゾッとした。二度、立ち止まって引き返そうかと思ったが、二度とも先に進むほうを選んだ。

もう少しだけ行ってみよう。ほんとうにあの上まで行くかどうかは、まだきめなくていいんだから。

坂をのぼっていく人の流れが、まばらになった。おぼつかない足どりで、なんとか早く歩こうともがいているおばあさんがひとり。肩にかついだコンピューターの重みで二つ折れになって歩いている若者がひとり。

カリームが塀の切れ目に近づき、あとひと息でそこに飛びこもうというとき、追いかけてくる足音に気づいた。あわてて振り返ると、おどろいたことにジョーニだった。

「なにしてんの、カリーム?」ジョーニは声が届くところまで追いついたところで、勢いこんできいた。「気でも狂《くる》ったの?」

カリームはジョーニの腕《うで》をつかみ、急いで塀の切れ目に引きずりこんだ。ここなら坂の上にいる人たちからも、下のイスラエル兵からも見られずにすむ。ふたりは立ったまま見つめ合った。

「そっちこそ、こんなとこでなにしてんの？」カリームがきいた。

「家に帰るとこ。こっちをまわって、いとこに会っていこうかと思って。そしたらすごい騒《さわ》ぎになってて、きみが見えたんだ」

ふたりは立ったまま、まだ見つめ合っている
「殺されに行く気？」ジョーニがきいた。「でも、そんなことは、このぼくがさせない」

カリームは幼《おさな》なじみの顔を見つめた。ジョーニが目をしばたたいた。丸い顔には玉の汗《あせ》。通学かばんを、指の関節が白くなるほどきつくにぎりしめている。ちょっと気負《きお》いこんでいるが、思いがけず勇ましい。

カリームの胸《むね》にあついものがこみあげた。

「まさか、ばかだな。殺されに行くわけじゃないよ。知ってるヤツが、あそこの屋上にいる。足場をのぼってくとこを見たんだ。そいつの名前はホッパー。ほんとはグラスホッパ《バッタ》ーってんだけど、長ったらしいからホッパー。同じ学校の子」

「だから？　同じ学校の子なら大勢いるよ」

「ほかの子とはちょっとちがう。難民キャンプに住んでた子。こないだ、いっしょにサッカーをしたんだ」

「どこに行ったのか、ぼくに話してくれなかった日？」

「うん。どうして話さなかったのか、自分でもわかんない。バカなことしちゃった。きみはあいう子、好きじゃないだろうと思ったんだよ。なんだか恥《は》ずかしくてさ。きみに、へんな子とつきあってるって思われそうで。たしかに、おかしな子だけど、おもしろいんだ。さっきも言ったろ――ほかの子とはちょっとちがうって」

とたんにジョーニの顔に笑みが広がった。

「へんなのは、きみのほうだよ。ぼくのこと、きらいになったのかと思っちゃったよ」

「うん、わかってる。ほんとにバカだった。ごめん」

サイレンの音が聞こえてきたので、ふたりは話すのをやめた。カリームは塀の切れ目からおそるおそる顔を出し、外をのぞいた。

「兵士が増《ふ》えてるぞ」カリームが言った。「それにイスラエルの救急車が、何台も来てる。きっと、でかい爆弾なんだ」カリームは急にわくわくしてきて、復讐《ふくしゅう》してやりたくなった。「爆発して、あいつらのむかつく道路がメチャメチャになるといいな。あいつらを自動車ごとぶっとばしてやりたい」

「爆弾、きみの友だちのホッパーとかいうやつの仕業《しわざ》じゃない？」ジョーニが言った。

「まさか。そんなもん、どこで手に入れられる、爆薬とかいろんなもん？」

「じゃあ、どうしてそいつは屋上なんかにのぼってるの？」

「それをたしかめたいんだよ。あいつらに見つからないように瓦礫の上を歩いていけば、ホッパーのところまで、のぼっていけるんじゃないかと思うんだ」

ジョーニは、前にもまして目をパチパチしばたたいた。

ジョーニのやつ、こわがってるな。自分ではどうせ認《みと》めないだろうけど。

ジョーニがこわがっていると思うと、カリームはかえって勇気が出た。

「こうしよう」とカリーム。「きみはここで見張ってて。ぼくだけ行ってみるから、もしなにかおかしなことがあったら――」

「きみをひとりで行かせるわけにはいかない」ジョーニの声はこわばっている。「ぼくもいっしょに行く」

ふたりは長いこと押《お》し黙《だま》っていた。黙っているあいだに、カリームはなにかが変わった気がした。これまでは、ふたりともほんの子どもでしかなかった。戦闘《せんとう》を遠くから見ているだけの子ども。両親にきびしく言われ、騒ぎには巻きこまれないようにしていた。

おとなになりかけてる人間、ジャマールはそう言っていた。

「来いよ、そんなら」カリームが言った。「かばんは、ここに置いてけよ。じゃまになるから」

ジョーニはかばんを置きかけて、首をふった。

「まずいよ。中のものにはみんな、名前が書いてあるもん。捜索《そうさく》で見つかったら、ぼくが爆弾を仕掛けたって思われる。そしたら、ぼくのせいで、家がつぶされちゃう」

瓦礫の山は、近づいてみると思ったより大きかった。あたり一帯、静まりかえる中、ふたりが瓦礫を踏みしめる音が、ばかに大きくひびく。それでもようやく、縦横《じゅうおう》に細かく組まれた足場の下に着いた。足場は、廃墟になっているビルの屋上まで四階分の高さがある。近くでよく見ると、思ったより高いのに、しっかり組まれているとはいえない。

カリームはとつぜん、腹立たしい気分になった。ジョーニに出くわしさえしなければ、あきらめて、こっそり家に逃げ帰る気にもなれたのに。でも、ジョーニにバカにされるのはいやだ。ここで引き返すわけにはいかない。

「ぼくが先にのぼるよ」ジョーニが小声で言った。青い顔がこわばっている。

「だめだ。ホッパーはきみのこと知らないんだよ。おまえのみにくい顔がニュッと出たら、あわてふためくかもしんない」

足場をのぼるのは、想像していたより簡単だった。手をかけて、ヒョイヒョイとのぼっていけることがわかった。ところが二階分のぼったあたりからは、下を見ると、思ったよりずっと高く感じられる。

おりるときは、どうなるんだろう?

そう思っただけで、カリームはへなへなになり、手に汗がにじみ出たが、高いことより姿を人目にさらしていることのほうが、もっとこわい。カリームとジョーニは、四方八方のかなり遠いところからも見えているにちがいない。イスラエルの兵士が、ほんの少し坂をのぼったら、すぐふたりの姿に気づくだろう。爆弾を仕掛けたやつらとみなされ、迷《まよ》うことなくぶっ飛ばされる。

その恐怖《きょうふ》があまりにも強烈《きょうれつ》で、落ちるこわさなどどこへやら、遮二無二《しゃにむに》よじのぼった。数分で壁と屋根のさかい目までたどりつき、ジャンプして屋上に飛びおりた。間一髪《かんいっぱつ》だった。下で戦車のエンジンが鳴りはじめた。坂をのぼってきている。イスラエルの兵士たちから、足場の全景がいつ見えてもおかしくない。そうなったらジョーニは、厚紙にピンでとめつけた蝶《ちょう》さながら、なすすべもなく全身をさらすことになる。

カリームはビルのへりから身をのりだした。

「ジョーニ！　急げ！　やつらが来てるぞ」ヒソヒソ声で言った。

ジョーニがカリームを見あげた。恐怖で血の気がひいている。

「動けないんだよ！　シャツがひっかかって！」

足場のボルトにシャツがひっかかっているのが見えた。ジョーニがシャツをはずそうと、もがけばもがくほど、かばんがじゃましてシャツがひきつれる。

戦車はノロノロ移動しているようだ。ありがたい。でもこっちに向かっていることにはかわりない。いつ姿をあらわしてもおかしくない。

「あわてるな。いま行ってやっから」カリームがおさえた声で言った。

カリームは歯を食いしばり、勇気を奮《ふる》いおこして行動に移《うつ》ろうとしたが、足を壁にそっておろす前に、だれかが横にきて屋上のへりを乗りこえた。ホッパーだった。

ホッパーは、あっというまに足場を這《は》いおり、ひっかかっているシャツをはずし、最後の数メートル、かばんごとジョーニをひっぱりあげた。ふたりもろとも屋上の壁を乗りこえ、そのかげにかくれたちょうどそのとき、装甲車がビルの端に姿を見せた。

しばらくのあいだ、三人は身じろぎもせず、うずくまっていた。カリームは動くことも話すことも、とうていできなかった。心臓がドキドキしすぎて、破裂《はれつ》するのではないかと思った。

最初に立ち直ったのはホッパーだった。体を起こし、眉《まゆ》をひそめ、ふたりをねめつけている。

「こんなとこでなにしてる、カリーム？　それにだれ、こいつ？」

「ジョーニ、ぼくの友だち」とカリーム。「きみこそ、こんなとこでなにしてんの？」

「おれの爆弾だから」ホッパーが、聞くまでもないだろうというように言った。「おまえたち、だれかに見られなかった？　もし見られたら、もうおしまい。一巻のおわり」

カリームはぽかんと口をあけて、ホッパーを見つめた。

「どういうこと、きみの爆弾て？　どうやって作ったの？　いろんなもん、どこで手に入れたの？」

ホッパーはカリームの腕をつかんでゆさぶった。

「見られなかった？　だれかに、ほんとに見られなかった？」

「たぶん」

三人はこわごわ振り返り、足場のへりの向こう側に目を走らせた。坂のすぐ上に、この建物より高いビルがあるおかげで、町の上のほうからはまったく見られないですむ。屋根の上までせり出した壁のかげにかくれていれば、地上から見られる心配もない。ジョーニとカリームは、ホッと大きく息をついた。ホッパーも、しぶしぶニコッとした。

「せっかく来たんだ」ホッパーが言った。「いいもの見せてやる」

ホッパーは屋上の反対側に向かって這っていく。壁のあちこちに、砲撃されたときの穴《あな》があいている。ホッパーは用心しながら、そのうちのひとつに這い寄り、穴から外をのぞいた。カリームとジョーニも、ホッパーの肩《かた》ごしにのぞいた。

下のほうに、橋と、その下に置いてあるふくらんだポリ袋《ぶくろ》が、はっきり見える。茶色っぽい影の中で、ポリ袋の白が、やけに目立つ。一見《いっけん》、ゴミが捨ててあるようにみえるが、ここからも、ワイヤーの束《たば》がポリ袋から突き出ているのがわかる。

「あれがそうなの？」ジョーニがささやいた。「あれ、爆弾？」

「ほんとにきみが作ったの？」カリームがきいた。「きみがあそこに置いたの？」

ホッパーがうなずいた。なんだかうれしそうだ。

イスラエルの戦車は、橋の向こう側のコンクリートの欄干《らんかん》にはばまれて、ここからは見えない。見えるのは、顔に透明《とうめい》の盾《たて》をつけ厚い防護服《ぼうごふく》に身を包んだ三人の男だけだ。

「爆弾処理班《はん》だ」ホッパーがささやいた。「時間がかかるぞ」

ここからは、長くのびた入植者専用道路がよく見える。道路を封鎖するための急ごしらえのバリケードの向こうで、車の列ができはじめている。いらだったドライバーたちが窓から身をのりだし、兵士やほかのドライバーに身ぶりを交えてなにか言っている。

「まあ見ててごらん。すごいことが、おっぱじまるから」ホッパーは控《ひか》えめながら得意そうだ。

「でも、あの爆弾」カリームが言った。「どうやったの――だから、その、爆薬とか。自分がぶっ飛ばされるんじゃないかって、こわくなかった？」

「こわい？　石と紙と、使い古しのワイヤーの束と粘着《ねんちゃく》テープが？」ホッパーがバカにしたように笑った。「おれを見くびるな」

「えっ、ほんものじゃないの？　いたずら？」カリームは、ホッとしたというのか、がっかりしたというのか、複雑《ふくざつ》な気分だ。

カリームの横では、ジョーニがふきだしそうになるのを、いっしょうけんめいこらえている。

「ホッパー、きみって――すごーい！」ジョーニは、これだけ言うのがやっとだった。

ホッパーが振り返ってジョーニを見た。カリームにはホッパーがどんな顔をしているのか見えない。バカにしてるんだろうか、それとも、そ知らぬふり？　ひょっとして、意地悪してやれって顔？

「名前、なんだっけ？」ホッパーがぶっきらぼうにきいた。

「ジョーニ。ジョーニ・ブートロス」

「ズハイール・フセインの親戚《しんせき》じゃないだろうね？」

「だれ？」

「ズハイール・フセイン」

「まさか。それってイスラム教徒の名前じゃないか。ぼくはキリスト教徒」

「ズハイールって、同じ学校の子なんだ。いやなヤツ。顔が似てるから、もしやと思って」

「そう？　ぼくみたいなハンサムな子が、きみの身近にもうひとりいるってことか、そうだろ？」

カリームは、地上の動きに気を取られていたので、友だちふたりのぎすぎすしたやりとりを、半分しか聞いていなかった。危険きわまりないときに、こんな屋上にいるなんて、なんだか夢《ゆめ》を見ているような気がする。それにひきかえ、ホッパーとジョーニは、まるで二匹《ひき》の犬のように、相手がどういう子か、たがいに嗅《か》ぎまわっている。カリームは、さっきのホッパーの剣幕《けんまく》におどろいていた。その一方で、ジョーニの冷静なところと、どんな人でも惹《ひ》きつけずにはおかない人柄《ひとがら》に感心していた。ホッパーもジョーニに心を惹かれはじめたらしい。カリームがホッとして振り返ると、ホッパーが意外にもニコニコしている。

「ふたりには、たまげたよ、こんなとこにのぼってくるなんてさ」とホッパーが言ったので、カリームも思わず笑顔になった。「見つかったらどうなるか、わかってんの？　たちまち撃ち殺されるんだぞ」

「見られないように気をつけなくちゃね」カリームは、さらりと言ってのけたものの、ほんとうはゾッとしている。

カリームはジョーニの袖をつかんで、壁のかげにひっぱりもどした。ジョーニのTシャツは、ローズおばさんがせっせと洗濯《せんたく》するおかげで真っ白だから、下から見ると旗に見えるかもしれない。

地上ではひとりの兵士がいままさにポリ袋ににじり寄り、慎重《しんちょう》にようすをうかがっているところだ。ほかのふたりの兵士はうしろ向きで、なにをしているのかわからない。

「遠隔操作《えんかくそうさ》で爆発させようとしてるね」ジョーニが物知り顔で言った。「わざと爆発させるんだよ」

兵士たちは準備を終えたようだ。橋から遠ざかった。ひとりが緊迫《きんぱく》した声で、なにかヘブライ語を叫《さけ》んだあと、姿が見えなくなった。

そして爆発。ドンという鈍《にぶ》い音だったが、少年三人は飛びあがった。橋の下からもうもうと土煙《つちけむり》がたちのぼっている。しばらくは、なにが起きたのかさっぱりわからなかったが、やがて土煙が風にのって移動すると、三人の兵士が遠くの土手のうしろから姿をあらわした。ポリ袋はどこにも見あたらないが、ずたずたになった白いプラスチックと、ちぎれた紙が空中を舞いながら、ゆっくり落ちている。兵士のひとりが、地面に落ちた破片《はへん》の吹きだまりを、腹立たしそうに蹴とばした。もうひとりが、その兵士をわきにひっぱっていき、かがんでなにかをひろいあげた。ひろったものを、ほかのふたりに見せ、大声でちくしょうというような言葉を吐《は》きながら、入植者専用道路の向こう側の斜面《しゃめん》に放りだした。

「なんだったんだろう？　爆弾の中になにか入れた？」カリームがきいた。

ホッパーはうれしそうにニコニコしている。

「石さ。表に『パレスチナに解放を』って書いてやった。裏には『イスラエルに死を』、横には『くそったれ』って」

「オー、ワーオ！　チョーかっこいい！」ジョーニは、口を閉じるのも忘れて感心している。

「でも、あいつら、アラビア語は読めないよ」カリームが茶々を入れた。

「英語で書いたもんね」

ホッパーが続けてなにか言おうとしたとき、三人は同時に、ブルンブルンいう音がだんだん大きくなっているのに気がついた。

「ヘリコプターだ！」カリームが叫んだ。「この一帯を捜索《そうさく》してるんだ。ぜったい見つかる！　捕《つか》まっちゃう！」

ホッパーはすかさず、広い屋上の上を見まわした。

「水道タンクの下」ホッパーが言った。「あそこなら、かくれられる」

「あそこはまずい」カリームは頭をフル回転させた。「熱感知器《ねっかんちき》を持ってるかもしんない。そしたら、見つかっちゃう。ビルの中の階段をおりなくちゃ」

「そんな暇《ひま》はない！　急げ！　もう来てる！」

ホッパーはすでに、むき出しのコンクリートの上を走っている。

「三人で入れるぞ！　こい！」ホッパーが呼《よ》んだ。

カリームとジョーニもホッパーの横に体をねじこんだ。水道タンク——かなり前に入植者にねらい撃ちされて穴があいている——の台の下はせまかったが、少年たちは体をぴったり寄せ合い、腕や足の一本も服の一部も見えないようにと必死だった。

ヘリコプターはもう真上に来てホバリングしている。耳をつんざく音がひびきわたり、プロペラがまわる規則正しい音がビュンビュンいっている。手をのばせば届くほど近く見える。見つかったんだ。ここに着陸しようとしている。機関銃を持ってるんだろうな。ぼくたち、もうすぐ死ぬんだ、とカリームは思った。

目をキュッと閉じた。手さぐりで、とにかく近くにあるものをにぎりしめた。

もうダメだ！　もうダメ！　もうダメ！

カリームはこの言葉を、頭上のプロペラのリズムに合わせて、頭の中でくり返した。

ほんの何秒かが、とんでもなく長く感じられた。カリームは、やるなら一気にやってほしいと心の底から思った。かくれている台の下から這いだし、ジャンプして、「早く！　やってくれ！　ぼくたちを殺してくれ！」と言いたかった。

すると突然、終わった。けたたましい音が空を遠のいていき、まもなく丘の頂の向こうに消えた。

少年たちはバネ仕掛《じか》けの人形のように、台の下から勢いよく飛びだした。カリームは胃《い》がひっくり返ったように気分が悪かった。ホッパーまで真っ青な顔をしている。おどろいたことに、ジョーニがいちばん冷静だった。ジョーニはかがみこんで、くるぶしのあたりをしきりに気にしている。

「バカ力だなあ、カリームって。ぼくの足をねじ切ろうとしただろ？　あんなにきつくにぎったら、血の流れが止まって壊疽《えそ》になっちゃう」

カリームは恥ずかしそうだった。

「ごめん。なにかにしがみつきたかったんだ」

「へえ、ジョーニだって、おれの腕をへし折りそうだったぞ」ホッパーが肘《ひじ》をさすりながら言った。「さあ、ここから出ようぜ」

三人は壁が切れているところまで行き、下をのぞいた。道路の封鎖は解《と》かれ、入植者の車が動きはじめている。救急車はいなくなっていたが、装甲車はまだいる。そのまわりに数人の兵士が集まり、中のひとりが携帯《けいたい》電話をかけている。兵士たちはいまのところ全員、ビルの向こうの端にいる。足場は見えない位置だ。

「急がないと」カリームが言った。「あたりをくまなく、さがすと思うよ」

足場をおりるのは、身の毛がよだつ思いだった。のぼるより、よっぽどこわい。それでもようやく、しっかりした地面におり立ったときは、ホッとして天にものぼる心地がした。ほどなく、三人は瓦礫の山の上をよろよろ歩きながらもどり、坂の上まで一気に駆けのぼって、いちおう安全な道に出て人ごみにまぎれた。三人は勝利の現場を見おろしながら、喜びの声をあげて跳《は》ねまわった。

12

こんなとてつもない体験をしたあと、ホッパーのグラウンドに行くことになったのは、ごく自然の成り行きだった。三人にとっては、わざわざ口に出して言う必要すらなかった。思ってもみなかったことが、コンクリートむきだしの屋上で起きたのだ。少年たちは仲よし三人組になっていた。

「くやしいな、ボールを持ってこなかったのは」グラウンドに着いたとき、カリームは言った。「思いっきり遊べたのに」

言いながらジョーニの表情を見て、この場所をどう思っているのか、さぐろうとした。

「ここで、どんなことがしたいわけ？」ジョーニが言った。カリームには、ジョーニが興味を持ったのかどうか、わからなかった。

「サッカーさ、あったりまえだろ？」カリームはホッパーに気をつかいながら言った。

「なんで？　ほかのことでもいいじゃん？」ホッパーが塀《へい》に肩《かた》をもたせかけながら言った。石と石のあいだからひっこぬいた枯《か》れ草《くさ》の茎《くき》を、くちゃくちゃ噛《か》んでいる。

「そうだよ、もちろん、いろんな可能性があるよ」ジョーニは歩きまわって、金属《きんぞく》の破片《はへん》や古いプラスチックのバケツをひろいあげてみたり、塀ごしに外を眺《なが》めたり、距離《きょり》を目で測ったりしている。「ここなら、いろんなことができる。なにができるか考えようよ」

「うーん。サッカーができたのに」カリームはいらだった。

ホッパーはジョーニのようすをうかがっている。くわえていた茎を口から出した。

「なにしよっか？　なんか思いつく？」

「わかんない。いま考えてるとこ。たとえば――えーと、あそこ。あのがらくたに埋《う》まってるの、ポンコツ自動車じゃない？　あのがらくたを、きれいに片づけてもいいね。基地《きち》みたいにしようよ。それからあのドラム缶《かん》。あれでなんかできるかも」

「きみが考えてることは、わかる」カリームはもどかしそうに言った。「空手《からて》をやる場所にしたいんだろ」

「空手、できんの？」ホッパーがもたれていた塀から体を起こし、興味津々《きょうみしんしん》の顔で身をのりだした。

ジョーニは答えるかわりに、さっと身がまえ、両手をあげて蹴《け》りをいれたが、よろけて、もう少しで尻《しり》もちをつきそうになった。

「ジョーニは、空手ができるって空想してるだけなのさ」カリームが言った。「格闘技《かくとうぎ》の金メダリストで、世界チャンピオンとか言ってるけどさ。パレスチナのチャンピオンってとこだと思うよ、どっちみち。ちがうな、ラーマッラーのチャンピオンか。まあ、その程度《ていど》のちっぽけなもんさ、たぶん」

「いいから、いいから、ふざけんな」ジョーニが体を立て直しながら言った。

ホッパーはふたりから離《はな》れて歩いていき、瓦礫《がれき》の山を調べている。

「きみの言うとおり、やっぱ、自動車だ。このがらくたをぜんぶ片づけたら、中に入れそう。おもしろいぞ。居場所《いばしょ》ができる。おれたちの居場所が」

ホッパーはかがんで、がらくたの山からつき出ているプラスチックの長いパイプをひっぱった。力まかせにひっぱったので、空き缶やペットボトル、割れたタイル、ちぎれたカーテンなどが一気にころがり落ちた。自動車の運転席側が丸見えになった。ドアがちぎれて、なくなっている。

「座席はちゃんと残ってるね」カリームも、なんだか興味がわいてきた。これはおもしろいことになりそうだ。

ホッパーは両手でがらくたと格闘している。がらくたを引きはがすにつれ、自動車が出てくる。突然、痛《いた》い！ と叫《さけ》んで飛びのき、親指を口に入れた。

「どうしたの？」ジョーニが言った。

「なんでもない。ちょっと切っただけ。ガラスの破片《はへん》で」

ジョーニはかばんに手をつっこみ、中のポケットから新しいティッシュを出してホッパーにわたした。ホッパーはティッシュで親指をくるみ、眉《まゆ》をひょいとあげてカリームのほうを見た。

「さすがだね」カリームが言った。「ジョーニって、いつもティッシュの袋《ふくろ》を持ち歩いてるんだ」

カリームはジョーニの背中をやさしくポンとたたき、ホッパーに笑顔を向けた。ジョーニは、そんなふたりには見向きもせず、がらくたをかきわけながら自動車の中に這《は》って入った。

「座席を取っぱらえば、ずいぶん広くなりそう」というジョーニのくぐもった声がしたと思ったら、すぐ小さく叫び、大あわてで出てきた。

「どうしたの？　中になんか？」カリームがきいた。

「わかんない。生き物がいるみたい。動いてた。もしかして――ほら――ヘビとか」

「ヘビ？　ラーマッラーのまっただ中に？　まっさかあ」ホッパーは笑い飛ばしたが、自動車の中に入ってたしかめようとはしなかった。

そのとき、まったく予想もしないことが起きた。ニャオーというするどい声とともに手足の長い、やせたぶちネコがしっぽを立て、三人のうしろから勢いよく走ってきて、自動車の中にもぐりこんだ。

「ヘビがいたら、勝ち目はないよね」カリームが言った。

三人はじっと立ったまま待った。金属のなにかを押《お》しのけるようなカチャカチャいう音がしたあと、まちがいない、子ネコの高い鳴き声がした。

「中で子ネコを産んだんだ」ジョーニがほっとした声で言った。「動いてたの、子ネコだったんだね」

カリームは自動車のわきからそっと中をのぞいた。バックシートで丸くなっているネコに、一匹《ぴき》の――ちがう、二匹《ひき》の子ネコがすり寄っている。親ネコは頭をあげ、カリームに歯をむき出してみせたが、攻撃《こうげき》はしてこない。

「おあつらえむきの場所だね」カリームはなだめるように言った。「よしよし。ここにいていいんだよ。おまえたちの場所なんだから」

カリームは、ネコがいるというのがすっかり気に入った。ネコがいるだけで、ただのポンコツ自動車が急にかけがえのないものに変わった。ネコはいい場所を見つけたものだ。安心していられる秘密《ひみつ》の隠《かく》れ家《が》。

ジョーニは自動車の前をふさいでいる瓦礫《がれき》の山から、コンクリートのかたまりを夢中《むちゅう》で取り除いている。

「待て。ストップ」カリームが手で押しとどめる仕草をしながら言った。

「どうかした？」とジョーニ。

「わかんない？　このままそっとしといて、逆《ぎゃく》にもう少し山を高くすれば、自動車をかくせるよ。ここに来る人は、ただの瓦礫の山って思うだろ。でも、ぼくたちだけは、こっそり中に入れるようにするのさ」

「いいね」ホッパーが歯切れよく言った。「気に入った」

「あいつらからかくれるには、もってこいだね」ジョーニも賛成した。

ホッパーは瓦礫の山の前を行ったり来たりしながら、うまくかくせるかどうか調べている。ジョーニはよじのぼって、自動車の屋根の上に立ち、グラウンド全体を見まわした。

「カリームが言うとおりだぞ」ジョーニがホッパーに大きな声で言った。「のぼってみろよ」

カリームとホッパーも瓦礫をよじのぼった。おんぼろマットレスのコイルに服をひっかけたり、ガラスの破片をもうちょっとで踏《ふ》みそうになったり。それでもようやく、みんなの体重で屋根が抜けないか心配しながら、こわごわ自動車の屋根に足をのせた。

ラーマッラーのあちこちの急坂から、町の景色を見なれているはずのカリームも、目の前に広がっているながめに目を見張った。岩だらけで干上《ひあ》がったパレスチナの丘は、午後の日ざしを浴びて金色と象牙色《ぞうげいろ》に輝《かがや》いている。でも、いたるところに新しいビルが立ち、以前はもっと木があったはずの場所も赤茶けた土がむき出しだ。うち捨てられた果樹園《かじゅえん》に古いオリーブの木が数本。そのやわらかい緑がそよ風にゆれて銀色に光っている。かつて庭だった場所の塀ぞいには、まだちらほらとイチジクの木が残っているが、それも町が広がるにつれて間もなく掘《ほ》り返《かえ》されてしまうのだろう。それにひきかえ、西にかたむきはじめた太陽が照らすラーマッラーと海のあいだのイスラエルは、丘《おか》も平野も、なんて青々としているのだろう。

「で、どうするつもり？」ジョーニの問いかけに、カリームは足もとの瓦礫の山のことにひきもどされた。

カリームは下を見た。瓦礫は、ダンプカーの荷台をかたむけて自動車のまわりに捨てられたようだ。平らではなく、自動車の屋根より低いところもあれば、同じくらいの高さのところもある。自動車の向こう側の扉《とびら》はこわれずについているが、瓦礫に完全に埋まっていて開きそうもない。自動車の前のほうには瓦礫のすきまがあるので、奇跡的《きせきてき》に割れなかったフロントガラスから中がのぞけそうだ。

「屋根をなにかでおおったほうがいいね」ホッパーが言った。「そうすれば、だれかがここにのぼったとしても、まさか下に自動車があるなんて思わないだろ」

「うん、でも中の明かりはどうする？」カリームが反対した。「自動車をぜんぶおおったら、フロントガラスもふさぐことになって、中はまっくらだよ」

ホッパーは答えるかわりに、屋根から近くの山に飛びおり、なにかをたぐり寄せはじめた。残るふたりもそばまで這いおりていく。ホッパーは重い石やコンクリートブロックの下から、こわれた鎧戸《よろいど》をひっぱり出そうと苦心しているのだ。ふたりもいっしょになって、押したり引いたりした。筋肉が引きつり、手に切り傷を負ってもなんのその、夢中でとりくんだ。しばらくしてようやく、三人は仕事を終え、勝ちほこった顔でひっぱり出したものを見おろした。すぐに、くずれそうな瓦礫の上をすべったりよろけたり苦労しながら、鎧戸を自動車の屋根のところまで運んだ。

三人は鎧戸をていねいにおろした。

「ヘーイ」カリームが言った。「これを見ろ。前後に動かせる。ぼくたちがここにいて、中を明るくしたいときは、フロントガラスのへりのところまで寄せておく。帰るときや、中にかくれたいときは、反対側にひっぱってもとにもどしておけばいい」

三人は試してみた。鎧戸が自動車の屋根の上をそろそろ動き、ボンネットの上の瓦礫のすきまを完ぺきにおおってくれた。鎧戸が屋根の鉄板をこすって大きな音がしたとたん、自動車の中から、なにをするのかとばかり、ゴロニャーという怒《いか》り声が聞こえた。

「こわがらせちゃったね」カリームが言った。「ぼくたちに慣れてもらわなくちゃ」

「食べ物を持ってきてやろうよ」とジョーニ。「牛乳とか肉の切れっぱしとか」

「肉?」ホッパーが、まさかという顔できいた。「おまえたち、ネコに分けてやるほど肉があんの?」

「父さんが、店をやってるから」ジョーニがホッパーに言った。「古くなって売り物になんない肉が、たいてい残ってるんだ。人間は食べられないのがね。でもネコなら、だいじょうぶだと思うよ」

下の難民《なんみん》キャンプのモスクから、ラウドスピーカーに電源《でんげん》を入れる雑音《ざつおん》が聞こえてきたのに続き、夕方になったことを告げる祈《いの》りの言葉が町じゅうにひびきわたった。

「もうそんな時間?」カリームが言った。「うっそ」

カリームはジョーニを見た。見たとたんにびっくりして、自分を見おろした。ジョーニも同じことをしている。ひどい格好《かっこう》になっているのに、はじめて気がついた。顔も手も泥《どろ》だらけのほこりだらけ、服にはべっとりしたものがこびりついている。ジョーニは制服のシャツが袖口《そでぐち》から肘《ひじ》まで裂《さ》けているのを見つめ、カリームはジーンズの膝《ひざ》にかぎ裂《ざ》きの穴《あな》があいているのを呆然《ぼうぜん》と見おろした。

「母さんにぶっころされる」ふたり同時に言った。

それから、いっしょに声をたてて笑った。カリームはめちゃくちゃ幸せで、なんともいえずうれしくなった。家に帰ってからどうなろうが、かまうもんか。こんなに楽しい一日だったんだもの。きょうはほんとに、とびきりすばらしい一日だった。

「ぼくたち帰んなくちゃ」カリームはホッパーに言って、瓦礫の山から飛びおりた。「またあしたね」

ホッパーのグラウンドを出て坂を途中《とちゅう》までのぼったところで、カリームは大事なことを思い出した。

「ねえ、ジョーニ」カリームは言った。「いいこと教えてやるね。うちのバカ兄ちゃん、きみの姉ちゃんに気があるんだぜ。彼女の写真がほしいんだって」

ジョーニは急に足を止め、信じられないという顔でカリームを見つめた。

「なんだって？」

「ほんとなんだ。あきれるだろ？」

「なんでまた、ヴィオレットなの、よりによって。ヴィオレットだって！　ジャマール兄ちゃんて、かっこいいと思ってたのに」

「一枚くらい、持ってるだろ？　写真？」

「心配すんな。山のようにあっから。ヴィオレットっておめでたくってさ、なんかあるとすぐ写真を撮《と》ってもらうんだ。まかしとけって。お安いご用」

カリームの肩の荷が一気におりた。片手を上げると、その手をジョーニがポンとたたいた。道が二股《ふたまた》になった。わかれる場所だ。

「あしたは？」カリームが眉をちょっとあげながらきいた。

「もちろん」ジョーニは言いながら、かばんを反対の肩にかけなおし、きびきびした足取りで帰っていった。

13

これまで聞いたこともないような大きい雷《かみなり》が頭の上に落ちたのは、こっそりアパートに入ったときだった。居間《いま》をそっと通り抜け、だれにも見つからずに自分の部屋に入ってしまいたいと思ったのもむなしく、その雷は玄関のドアを開けた瞬間《しゅんかん》にはじまった。

「カリーム！」母さんが金切り声をあげた。「いったいどこに行ってたの？　何時だと思ってるの？　母さんがどれだけ心配したか、考えてごらん、寿命《じゅみょう》が半分……」

ここまで言って母さんはカリームのすさまじい姿《すがた》に気づき、すくみあがって言葉を切った。

「まあ、カリーム！　爆弾《ばくだん》にやられたのね！　その服！　ズタズタじゃないの！　怪我《けが》は？　やられたのはどこ？」

「やられたわけじゃない。怪我もしてない。外出してただけだよ」カリームは用心深く答え、母さんを振《ふ》りきって逃げようとした。

母さんはカリームの体をすみずみまで調べ、ホッとしたとたん、また猛烈《もうれつ》な勢いで怒《おこ》りだした。

「外出？　『外出』ってどこへ？　どういう『外出』？　なにかたくらんでるのね。面倒《めんどう》なことに巻きこまれたんでしょう。カリーム、母さんに話してごらん。どこに行ってたの？　なにをしてきたの？」

ハッサン・アブーディもキッチンから出てきて、尋問《じんもん》に加わった。怒《いか》り狂《くる》った雷はいっこうに衰《おとろ》える気配がなく、カリームには、もう何時間も続いているように思えた。ファラーは、おもしろいことがはじまったとばかり黒い目をキラキラさせながら、シリーンとの遊びをほったらかしにして一部始終を見つめている。シリーンは、あまりの剣幕《けんまく》におびえ、ラミアのズボンにしがみつき、だっことせがんでいる。ジャマールが帰ってきて、のんきな顔で台風の目の中に足を踏《ふ》み入《い》れてはじめて、事態《じたい》がやわらぎはじめた。ジャマールはドアを入ったところで立ち止まり、聞き耳をたて、それから前に進み出た。

「だいじょうぶだよ、母さん。カリームはジョーニと出かけてたんだから。ふたりを見かけたけど、ぶらぶらしてるだけだったよ」

父さんと母さんの鉾先《ほこさき》がジャマールに切りかわった。部屋の雰囲気《ふんいき》がいくぶんおだやかになった。

「ジョーニといっしょ？　じゃあなぜ、カリームはそう言わないの？」

カリームは口をとがらせ、一方の肩《かた》をグイと上げた。

「だって、ひとこともしゃべらせてくんなかったじゃないか」

「母さんに向かって、その言葉づかいはなんだ」父さんがぴしゃりと言った。

「ぼくが親だったら」ジャマールが、小さな笑い声までたてながら、さらりと言った。「こんなことは放っとくけどな」

父さんと母さんがジャマールをにらみつけた。ジャマールはなだめるように両手を広げた。

「カリームは十二歳だよ、父さん。けんかでもしたんだろ。問いつめたって無駄《むだ》だよ。シャワーでも浴びさせてやったら？　くさくってかなわない。カリームのとばっちりで、こっちまで夕飯にありつけないのかよ。きょうの夕飯はなに、母さん？　ミートボールのにおいがしてたけど」

カリームは待ってましたとばかり、バスルームに駆《か》けこんだ。服を脱《ぬ》ぎすて、シャワーの下に立った。ジャマールの落ち着いた見事な采配《さいはい》ぶりに舌《した》を巻き、心の底からありがたいと思った。シャワーの水は、いろんなことがありすぎた一日のよごれと垢《あか》を洗い流しただけではなかった。カリームの心にはまだ、ビルの屋上で味わった恐怖《きょうふ》のなごりが突《つ》きささっていたが、シャワーを終えてタオルで体をふくころには、その心の傷《きず》もほとんど癒《い》えていた。落ち着いてみると腹ぺこで、くたくただった。

よごれた服をまとめてひろいあげ、洗濯機《せんたくき》の横のバスケットに放りこもうとして、はたと手を止めた。ホッパーのグラウンドに行けば、また同じようによごれるにきまってる。行くたびにきょうみたいな騒《さわ》ぎになるのは、まっぴらだ。

母さんも忘れてしまった古い服を持っていって、自動車の中にかくしておこうっと。

気のきいた思いつきに元気が出た。タオルを体に巻きつけ、よごれた服をバスケットに投げこみ、子ども部屋に行った。

「さっきはありがとね、ジャマール」カリームが言った。

ジャマールはテーブルでなにか書いているところだった。知らんぷりしている。

「ジョーニに話しといたよ」カリームはつづけた。「兄ちゃんにたのまれた写真、持ってきてくれるって」

ジャマールが、はじかれたように振り向いた。

「ジョーニに、理由は言わなかったろうな？」

「あったりまえさ」こういうときのために、答えもちゃんと用意してある。「ラーマッラーの若者についての調べ物に必要ってことにしてある。宿題だって」

「いい子、いい子。ところできょうの午後、どこにいた？」

カリームが用心深い顔になった。

「ジョーニといっしょだよ、兄ちゃんが言ったように。ぼくたちを見たんじゃなかったの？」

「見てない。あてずっぽうを言っただけさ」

カリームはまよった。ジャマールには、ホッパーのニセ爆弾のことや、屋上の真上に来たヘリコプターのことを話したかった。ジャマールなら、大喜びでほめてくれるにきまってる。でも兄弟だからって、完ぺきに信用できるわけではない。次になにかが起きたとき、ジャマールがきょうの貸《か》しを利用する気になったら、きっと父さんと母さんになにもかもばらしてしまうだろう。

「夕ごはんですよ！」ラミアが呼んだので、カリームの深刻《しんこく》な悩《なや》みは立ち消えになった。

カリームはあわてて清潔なTシャツに首を通し、兄弟そろってキッチンに行き、いつにない仲よしムードでとなりあった席についた。


カリームが次になんとか家を抜け出すことができたのは、翌日《よくじつ》の午後になってからだった。母さんは、道路のチェックポイント《検問所》でイスラエル軍に長時間待たされるのを心配して朝早く大学に向かったが、ハッサン・アブーディのほうは、まったく急いでいるようすがない。居間の大きなテーブルの上に帳簿《ちょうぼ》を広げ、眉間《みけん》にしわを寄せて心配そうに見入っている。

「店はまだ閉めたままなの、父さん？」カリームはおずおずと聞いてみた。

「きょうの午前中には開けるつもりだ。商品を運びこむことになっている。どうだい、おまえ、そうやってぶらぶらしてるのなら、いっしょに行って、手伝ってくれないか。まだまだあれこれ、きれいにしなければならんのでね」

カリームは、しまったと思いながら唇《くちびる》をかんだ。

それでもやってみれば、店の手伝いもけっこうおもしろかった。よごれのひどい在庫商品も、きれいさっぱりさせると、もとどおり見栄《みば》えがするようになるものだ。電子レンジも扇風機《せんぷうき》もミキサーも、棚《たな》の上でピカピカしている。新しい商品は、すぐには来ないだろうと思っていたのに、奇跡的《きせきてき》に到着《とうちゃく》。ハッサン・アブーディの憂鬱《ゆううつ》そうな顔もひとまず明るくなった。さっそく陳列棚《ちんれつだな》に場所をつくり、一つ二つ荷を解《と》いて並べ、残りは店の奥《おく》に順序《じゅんじょ》よくしまった。

「遊びにいっていいよ、カリーム」ようやく父さんの許《ゆる》しが出た。「またけんかするんじゃないぞ、いいね？」父さんに肩をやさしく抱《だ》かれ、カリームの心は、うしろめたさと、とまどいと、父さんへの愛情でこんがらかった。

店に着くなりかくしてしておいた古着の入ったビニール袋《ぶくろ》を、カウンターの下から取り出し、逃《に》げるように店を出た。すっかりおそくなってしまった。ジョーニはもうとっくに学校を出ているはずだ。ホッパーのグラウンドで、いらいらしながら待っていることだろう。

ずっと走り続け、息を切らせてグラウンドに着いた。最初はだれも来ていないのかと思った。ひとわたり見まわしてがっかりしたが、すぐに、瓦礫《がれき》の山に埋《う》まった自動車の中からヒソヒソ声が聞こえてくるのに気がついた。脱色《だっしょく》したお気に入りのジーンズをよごさないように注意しながら、瓦礫をかきわけかきわけ、そろそろと進み、自動車の横から中をのぞいた。

ジョーニがひとりでかがみこみ、一匹《ぴき》の子ネコの前で肉片をぶらぶらさせている。子ネコがそれに飛びつき、両前足で取ろうともがいている。親ネコは油断《ゆだん》しているわけではないが、こわがりもせず、舌《した》なめずりしながら後部座席でゆうゆうと寝《ね》そべっている。

「すごく利口《りこう》だよ、子ネコたち」ジョーニがカリームをチラッと見あげて言った。「この子のほうが元気がいい。ジンジャーって名前つけちゃった。もう一匹いるけど、小さくて弱っちい。食べさせようとしても、なかなか食べてくれないんだ」

カリームが見ている前で、ジンジャーが小さなするどい爪《つめ》をひっかけて、ジョーニの手から肉片を奪《うば》い取《と》った。カリームは足がつりそうになったので、体重を移《うつ》しかえた。

「着がえなくちゃ」カリームが言った。「古着を持ってきたんだ。ゆうべ、母さんがかんしゃくを起こしたからね、ぼくを見て」

カリームは体をよじりながら、自動車から離《はな》れた。ジョーニがあとに続いた。

「うちでも。まるでぼくが、なにかとんでもない犯罪《はんざい》をやらかしたみたいだった。人殺しとか。古着を持ってきたのは正解だね。ぼくも思いつけばよかった」

「ここに置いとくつもりなんだ。自動車の中にかくして」

ジョーニがうなずいた。

「あったまいい。ぼくもそうしようっと」

「ホッパーは？」

「さあ。まだ来てない」

カリームは見まわして、着がえる場所をさがした。簡単《かんたん》に見つかった。ホッパーのグラウンドのへりには瓦礫の山がいくつも連なっているので、かくれる場所ならいくらでもある。あっという間に、色あせたTシャツとジャマールのものだった戦闘服風《せんとうふくふう》のズボン姿になって出てきた。母さんもこの服なら、なくなったなんて気づかないだろう。ジョーニが通学かばんからなにやら取り出した。

「なに？」カリームがきいた。

「写真。姉ちゃんの。こんなんでいいのかなあ」

自信がなさそうな口ぶりだ。

「これなんだけど、どうしようかな」

カリームは、ぐずぐずしているジョーニの手から写真を取りあげるなり、ふきだした。

「ふざけてる！」

スタジオで撮《と》った芸術写真だ。ヴィオレットがバラの花のアーチを背景に気どっている。首をかしげ、頰《ほお》に手をあて、なにかを訴えるような目でカメラを見つめ……。完ぺきだ。ジャマールなら、こういうロマンチックでいやらしいのに、飛びつきそうだ。でもちょっと気に入らないところがある。ヴィオレットの唇《くちびる》のすぐ上に髭《ひげ》、目のまわりにひしゃげたメガネが描き加えられているのだ。

「ちゃんちゃら簡単そうだったんだけど」ジョーニが言った。「うそじゃないよ、ヴィオレットの写真なら山のようにあるってのは。でもさ、忘れてたんだけどね、ヴィオレットのおセンチな仲間たちって、アルバムづくりに夢中《むちゅう》なのね。そいで、みーんなアルバムに貼《は》りつけちゃってるんだ。さがしまくったんだよ、ほんとに。でも、貼ってないのは、これっきゃ見つけられなかった。あとは、ママが家じゅうに飾《かざ》ってるフレーム入りならあるんだけど、それをこっそり持ってくるのは、いくらなんでも無理だろ？」

「だれが描いたの、メガネとか？」

「ぼく」ジョーニが恥《は》ずかしそうな顔をした。「ずっと前にね。すっごくしゃくにさわったから、そばにあったマジックで、ササッと書いちゃった」

「マジックなんだね、ボールペンじゃなくて？」カリームは写真を目の高さに持ち上げ、じっと見た。

「うん」

「じゃあ、こすれば消せるかも。マジックって、こういうツルツルした紙には、しみこまないもん」カリームは石の上に腰《こし》をおろし、ジョーニのかばんを膝《ひざ》にのせ、その上に写真を置いた。

それから指をなめ、髭から消しにかかった。

「写真まで消えちゃうよ」カリームの肩ごしにのぞきこんでいるジョーニが、無理だよという顔で見つめている。

「ちょっと待て。消えてきた、ほら」

カリームは写真を上にかざした。ヴィオレットの口もとはやっぱりおかしい。唇の上が黒々として、しばらく髭を剃《そ》っていない男みたいになっている。でも、前よりはずっとましだ。

次はメガネ。ジョーニは怒《いか》りにまかせて、ここから描いたんだな。髭よりインクがばっちり滲《し》みてるもん。黒い線はとれてきたが、写真もそれだけはげてくる。ヴィオレットの顔が、まるでフクロウみたいになった。目のまわりに灰色《はいいろ》のまるい線と白くこすれたあとがついている。どこがどうと言えないが、少しやばい顔になってしまった。

「ちょっとつけてみたら、色を」と言いながら、ジョーニがかばんに手をつっこんだ。ペンケースを出してカリームにわたした。

カリームはクリーム色のクレヨンを選び、消した部分にぬりはじめた。カリームの半分あけた口の端《はし》に舌がチラチラ見えるのは、集中している証拠《しょうこ》。ようやくぬりおえ、写真をかざし、どうだいとばかりジョーニに見せた。

「遠くから目を細めて見ると、まあまあよさそう」ジョーニが言った。

カリームもうなずいた。

「写真にはちがいないもんね。まちがいなくヴィオレットだし。文句を言われるすじあいはないよ。ありがとね、ジョーニ。命の恩人《おんじん》だよ、きみは。これでやっとラインマンを返してもらえる」

足音がしたので、ふたりいっしょに振《ふ》り返《かえ》った。ホッパーが歩いてくる。

「ヘイ」ホッパーはそっけなく言った。

「やあ」カリームが答えた。もう少しで「どこ行ってたんだよ」と言いそうになったが、ホッパーが不きげんそうなこわばった顔をしているので、声をかけそびれた。

「はじめないの？」ホッパーはふたりを不満そうに見た。この場所、もうとっくに見ちがえるようになってるとばっか思ってたのに、と言いたげな顔で。

「はじめるって、なにを？」ジョーニがきいた。

ホッパーは答えない。腕組《うでぐ》みをして、まじめくさった顔で見まわしている。カリームとジョーニは、ぽかんとして待った。

「おれたちの基地《きち》、もっと安全にしなくちゃ、もっとかくして」ホッパーがようやく口を開いた。「これじゃ簡単《かんたん》に見つかっちゃう、やつらがさがしにきたら」

「入り口をかくすってことでしょ？」

カリームは言いながら、早くも古いドラム缶《かん》に目をとめた。歩いていって、中をのぞいた。半分くらいまで泥《どろ》と石が詰《つ》まっている。押《お》してみた。びくともしない。

「手伝ってくれよ、そこのふたり！」カリームは振り返りながら大声で言った。「横に倒《たお》せばころがせるから」

三人がかりでドラム缶を倒し、自動車のほうにころがした。

「もとどおり立てれば」とカリーム。「まわりにいろんなもんを、立てかけられる。グラウンドじゅうから、もっとあれこれ集めれば、通路みたいなのが作れる。まっすぐじゃなくてクッと曲がった道を自動車の入り口までつなげよう。そばまで来てよーく見ないと、どうやって入るのかわかんないと思うよ」

ジョーニは心をおどらせた。

「もう少しドラム缶がいるね。二個か三個くらい」

「きちんと並べちゃだめだよ」カリームが忠告した。「目立ちすぎるから」

カリームは早くも別のドラム缶のほうに走った。そのドラム缶は横向きに倒れ、ぐすぐすの土に半分埋まっている。カリームは上のほうをひっぱって、動かそうとしている。ジョーニとホッパーが手伝いに駆《か》けつけた。みんなでひっぱっていくとちゅう、中の土や小石がザラザラこぼれ落ち、ドラム缶が急に軽くなった。場所をじょうずに選んで据《す》えつけたので、自動車の入り口が見えなくなった。

「うまくいったね」ジョーニが言った。「もうひとつ――」

「それ、あとにしよう」カリームは待ちきれずに言った。「どこ、ボールは？　遊ぼうよ」

ホッパーがジョーニの腕を持ち上げて腕時計を見た。

「長くはやれないよ。もうすぐ行かなくちゃ」

「なぜ？」ジョーニはがっかりした。

「母ちゃんが待ってるんだ」ホッパーは言いにくそうに答えた。

そう言われては、カリームもジョーニも言葉がつげない。

「母ちゃん、エルサレムに行ったんだ、きょう」ホッパーが言った。「兄ちゃんのサリームに会いに」

「兄ちゃん、エルサレムでなにしてんの？」ジョーニがきいた。

「刑務所《けいむしょ》に入ってる。アル・ムスコビヤの」

カリームはふるえあがった。パレスチナ人の囚人《しゅうじん》を拷問《ごうもん》にかけることで有名な、イスラエルの刑務所だ。

「いつ捕《つか》まったの？」ジョーニがきいた。

「一か月前」ホッパーが大きなため息をついた。「おれとサリームが、チェックポイントにいたとき。兵士が、女の兵士なんだけどさ、サリームに身分証明書を見せろって。それが、ぬれちゃったんだ、地面がぐちゃぐちゃの水たまりだったから。サリームは証明書をちゃんとわたしたんだけど、その兵士が受けとりそこねて、ぬかるみに落としやがった。それをサリームにひろえって」

カリームの口もとが怒《いか》りでこわばった。

「ひろったの？」

「まさか。おまえたち、サリームのこと知らないもんな」ホッパーは誇《ほこ》らしさと悔《くや》しさがまざりあった声で言った。「プイッて、そっぽを向いただけ」

「で、どうなったの？」

「兵士が『ひろいなさい』って言ったんだけど、兄ちゃんは身動きひとつしなかった。おれ、ものすごくこわくなっちゃってさ。やばいことが起きるのがわかったから。兵士がまた言った。

『ひろいなさい。ひろわないとどうなるか、見せたげる』兵士は言いたい放題だった。ここぞ力の見せどころって感じ。しかたなくサリームはひろった。しょうがなかったんだ、だって、早くしないと証明書がびしょぬれになって、使えなくなっちゃうもん。これですんだってホッとして歩きはじめたんだけど、その女の兵士がべつの兵士のとこに行ったのね。こんどは男の兵士。そいで、なんか言ってるなって思ったら、そいつがサリームをジロッと見てどなったんだ。『おまえ、ちょっと来い』って。そいで証明書を見るなり言ったんだ。『読めないじゃないか。泥だらけで。この証明書はもう使えない。もどれ。おまえは通さん』そいでそれから、ひどいことになった。ひどすぎた」

ホッパーは声をふるわせ、袖《そで》で目をはげしくこすった。カリームはどうしたらいいかわからなかった。あんなにしっかりしているように見えたホッパーなのに。カリームはなんでもいいから言葉をかけてやりたいと思ったが、いい言葉が浮かばない。

「サリームは、怒《おこ》ったのなんの」ホッパーが続けた。「いちどは立ち去ろうとしたんだけど――もうがまんできなくなったんだよ、きっと。イスラエル兵の腕をつかんでゆさぶりながら叫《さけ》んだんだ。そしたら、さらにふたりの兵士が駆けつけてきて、兄ちゃんをつかまえて、手錠《てじょう》をかけて、押し倒して。兄ちゃんはおれを見あげて言ったんだ。『母ちゃんをたのむ。騒《さわ》ぎに巻きこまれるんじゃないぞ』って。

そのまんま、兄ちゃん、連れて行かれちゃった。先週になってやっと、母ちゃんが兄ちゃんの居場所をさがしだした。そいで、きょうはじめて、母ちゃんが会いにいったんだ。朝六時に家を出て、チェックポイントはうまいこと通れて、エルサレムにも入れたのね。でもそこで二時まで待たされて――六時間も――そのあげく、兄ちゃんには会えないって言われたんだって。家に帰るしかないじゃん。母ちゃん、ずっと泣《な》いてるんだ。おれ、ちょこっと家から出たくなっちゃってさ、そいでここに来たんだ。でももう帰んなくちゃ。おれまで捕まるんじゃないかって、母ちゃん、心配ばっかしてるから」

「そりゃそうだよ、ニセ爆弾《ばくだん》をしかけたりする子だもんね」カリームは、気分を引き立てようとした。

ホッパーはニコッと笑った。

「おれの、ちっぽけな仕返しさ」

ジョーニが通学かばんをひろいあげた。

「ぼくたち、きみのいない間に、ここを作り変えたりしないから」ジョーニが言った。「待ってるよ、いっしょにできるまで」

カリームはがっかりしたが、顔には出さないように気をつけた。これから計画を練りながら作っていくのを、楽しみにしていたのに。

「わかった。オッケー。ジョーニの言うようにしよ」カリームが言った。

ホッパーはもじもじした。それから目をそらせながら言った。「会いに行ってくんない?

母ちゃんに会ってくんないかな。母ちゃん、心配してるんだ。おれがキャンプの荒《あら》っぽい子たちと、うろつきまわってるんじゃないかって。なんかひどいことに巻きこまれるんじゃないかってさ。本物の爆弾とか。おまえたちに会えば安心すると思うんだ、きっと」

「ふーん、ってことは、ぼくたち、弱っちいふたり組ってことかあ」ジョーニが言った。

とたんにホッパーの顔がこわばった。

「もういいよ。来なくていい。へんなこと言って、ごめん」

ホッパーが帰りかけた。

「ちがうってば、ぼくたち行く、もちろん、行くよ」カリームはあわてて言った。「着がえて服をかくすから、ちょっと待って」

カリームは着がえる場所に走りこみ、すぐさま、こざっぱりした服になって出てきた。よごさないようにじゅうぶん注意しながら、這《は》うようにして自動車の中に入り、ネコを小声でなだめながら、前の座席の下によごれた服をまるめてかくし、体をくねらせながら外に出てきたのだ。

「あったまいい、ここに置いとくなんて」ホッパーが感心して言った。「じゃ、行こう」

14

こじんまりした石造りの家の金属《きんぞく》のドアは、半分開いていた。ホッパーはそのドアをいっぱいに押《お》し開《あ》けながら、外の踏《ふ》み段《だん》の上で靴《くつ》を脱《ぬ》ぎすてた。カリームとジョーニも、おずおずとホッパーにならった。

入ったところは、しっくいの白い壁《かべ》にかこまれた小さい居間《いま》だった。色鮮《いろあざ》やかな刺繍《ししゅう》のクッションを並べたソファが、一方の壁をふさいでいる。あとは二客の肘《ひじ》掛《か》け椅子《いす》と、造花がちょこんと飾《かざ》ってある低いティーテーブル。それだけで部屋はほとんどいっぱいだった。肘掛け椅子には老人が腰《こし》かけていた。頭にかぶった白いクーフィーヤには、黒いひもが二重に巻いてある。しわだらけの栗色《くりいろ》の顔に、燃えるようなするどい目。その目をじっと床《ゆか》に落とし、杖《つえ》に両手をのせていたが、少年たちが入っていくと目をあげ、とたんに明るい表情になった。

「おお、サーミー」老人はホッパーを見あげて言った。

サーミー？　カリームはびっくりした。サーミーってのが、ホッパー《バッタ》のほんとうの名前なんだ。

ホッパーをあらためてながめた。ふつうの名前で呼ばれているのを目《ま》の当たりにすると、なんだか子どもっぽく見えてくる。

ホッパーはかがんで、老人にキスをした。

「このふたり、ぼくの友だちなんだ、シーディ《おじいちゃん》」とホッパー。「カリームとジョーニ」

「よう来たな」おじいちゃんが手招《てまね》きした。「すわれ、すわれ」

ホッパーが、部屋の開けっぱなしのドアから出ていった。カリームとジョーニはソファのすみっこで、貝のように押《お》し黙《だま》ってすわり、部屋の外から聞こえてくる食器の音やヒソヒソ声を聞いていたが、やがてホッパーがお母さんを連れてもどってきた。カリームにはひと目でわかった。前に声をかけてきた袋《ふくろ》を背負《せお》った女の人だ。お母さんのほうは、カリームのことを覚えていないらしい。目を真っ赤に泣《な》きはらし、疲《つか》れきった顔をしているが、どうにか笑顔を見せてくれた。

「これがジョーニ。私立の学校に行ってる子」ホッパーはお母さんに、いい友だちだろうといわんばかりに紹介《しょうかい》した。「それからカリーム。学校の友だち。町の反対側に住んでるんだ。どの教科も優等生」

カリームは恥《は》ずかしくてもじもじした。ホッパーの変わりようには目を疑《うたが》った。むこう見ずで、やんちゃな少年が、従順《じゅうじゅん》で折り目正しい息子になっている。体までちぢんで子どもっぽくなったような気がする。

ホッパーのお母さんはポケットから小銭《こぜに》を取り出し、ホッパーにわたしながらなにか小声で言いつけた。玄関を飛びだしていったホッパーは、しばらくして両手に炭酸《たんさん》飲料のボトルを持って帰ってきた。テーブルの上に置いてあった栓《せん》ぬきでボトルの口をポンと開け、順送りでわたしてくれた。カリームとジョーニは、急に喉《のど》がかわいていることに気づき、おいしそうに飲んだ。

「あれがサリーム？」天井近くの高いところにかけてある額《がく》入《い》りの写真を見あげながら、カリームがきいた。面長《おもなが》の若者がまじめな顔で写っている。

「ちがうよ。古い写真だよ。ぼくの父ちゃん」ホッパーが言った。

おじいちゃんはため息をついて首をふった。

「あの子に安らぎを」

気づまりな空気になり、ジョーニとカリームは目を見合わせた。ホッパーのお母さんが深いため息をついた。

「あれから一年だ、そろそろ」お母さんが言った。

「仕事をさがしにクウェートに行ってた」ホッパーが怒《おこ》ったような口調で説明した。「ここじゃ、仕事なんて見つかんないもん。父ちゃん、うちにお金を送ってくれたんだ。そいでやっと難民《なんみん》キャンプから出られて、ここに引《ひ》っ越《こ》せた。でも、父ちゃんが働いてたビルで、事故が起きちゃって。なんでそんなことになったのか、よくわかんないんだけど」

少年たちが来たおかげで、ほんのつかの間だけかわいていたお母さんの涙《なみだ》が、また静かに頬《ほお》を伝いはじめた。ホッパーのおじいちゃんが身をのりだして、お母さんの手をやさしくたたいた。

「カリームって、サッカーがメチャうまいんだよ、母ちゃん」ホッパーがあわてて言った。「いっしょにサッカーやったんだ」

お母さんは涙をぬぐって、ほほえんだ。

「そりゃよかった。ほんとによかったね。みんな、厄介《やっかい》ごと、起こさんようにね。刑務所《けいむしょ》に入れられる子は、うちの息子ひとりでたくさんだもの」

ジョーニはさっきから部屋の中を見まわしていた。視線《しせん》はエルサレムのアル・アクサー・モスクの写真から、赤いクロスステッチ刺繍で文字が書いてある額へ。「我《わ》が家《や》に神のご加護《かご》を」という言葉が読みとれる。視線をこんどは、釘《くぎ》にかけてある大きくて古びた鍵《かぎ》に移《うつ》した。

ホッパーのおじいちゃんが、ジョーニが見つめているものに気づいた。

「わしらの家の鍵じゃ」おじいちゃんがうなずきながら言った。

ジョーニは横目で金属の玄関ドアを見た。壁にかかっているのは、ずっしり重い昔風の鍵で、どう見てもあの玄関にはそぐわない。

「この家のではないぞ」おじいちゃんが言った。「ラムレにある、わしらの家の鍵じゃ」

ジョーニがおどろいた顔をした。

「でもラムレって、イスラエルでしょ」ジョーニが言った。「あっちに行くのは許《ゆる》されないのかと思ってた」

おじいちゃんは目をしばたたいた。

「許してくれるもんか！　あいつら、入れてはくれん！　今でもはっきり覚えとる、わしらが、おん出されたときのことをな。もうかれこれ五十年になるが、あの光景はきのうのように目に浮《う》かぶ。半狂乱《はんきょうらん》になる者、おびえきった者、手当たりしだいの銃撃《じゅうげき》。わしらは運がよかった。そりゃあ大勢の人が撃《う》たれよったからな。いよいよ家を出るとき、わしのおっかさんが玄関に鍵をかけて、その鍵をわしにわたしてね、『だいじに持っていておくれ。すぐにもどってこようね。騒動《そうどう》がおさまるまでには、二、三週間かかるかもしれないが』ってな。おっかさんに、わかるわけがないわな。やつらが、わしらの家からなにもかもぶんどって、二度とふたたび帰らせてくれないなんてこたあなあ？」

おじいちゃんは顔を真っ赤にしていた。まだ続けたかったようだが、ホッパーの視線に気づき、首を振り振り話題を変えた。「そうか、おまえたち、サッカー少年ってわけか？　そりゃあいいわ。ワールドカップのパレスチナ代表、じゃな？」

みんな声をたてて笑った。部屋の空気がやわらいでホッとした。

「ありがとね」数分後、三人で家を出たとき、ホッパーが言った。三人は、お母さんが丹誠《たんせい》こめて作っている野菜畑のへりをまわるようにして、道路に向かっていた。「おまえたちに会って、ふたりとも少しは気が晴れたと思うよ、きっと。サリームのことで気が気じゃないし、おれがいないあいだは心配のしどおしだし」

「心配するのも無理ないよ、爆弾《ばくだん》でぶっとばすまねなんかする息子だもん」ジョーニが言った。ホッパーは恥ずかしそうにニヤッとした。が、カリームは聞いていなかった。ホッパーの家族のことや、その身に起きた悲惨《ひさん》な出来事を、ずっと考えていた。

「きみのお父さんのことだけど、ぼくも悲しいよ。クウェートで、そんな死に方したなんてさ」カリームが、つっかえつっかえ言った。

ぼくだったら、父さんが死んで、ジャマールが刑務所に入れられたら、いったいどうするだろう。考えるだけでゾッとする。

ホッパーって、なんて勇敢《ゆうかん》なんだろう、感心しちゃうよ。

「きみんちって、きみとサリームだけ？」ジョーニがポケットから取り出したティッシュで、顎《あご》にたれたソーダの滴《しずく》をぬぐいながら言った。「ほかに兄弟はいないの？」

「いるよ。ムナ。結婚してキャンプに住んでる」ホッパーは、丘を少しくだった、家とせまい道がごちゃごちゃ並んでいる場所を顎で示した。

「あれって、ほんとにラムレの、きみんちの鍵？」カリームが興味津々《きょうみしんしん》できいた。

「うん。あれはいつまでも大切にとっておく。やつらが、おれたちを昔の家に帰してくれるまで」ホッパーは敵意のこもった声で言った。

「でも、イスラエルのやつらは難民を故郷《ふるさと》に帰してはくれないよ」カリームは声に出してしまってから、言わなければよかったと後悔《こうかい》した。

ホッパーは無言だったが、なんてこと言うんだ、とでもいうように肩《かた》をいからせた。

難民じゃなくてよかった、とカリームは思った。これまで、難民キャンプにいる人たちのことなんて、考えたこともなかった。

ジョーニが言った。「もう帰んなくちゃ。パパに、数学の勉強をもっとしろって言われてるんだ。今晩《こんばん》から家庭教師が来るんだって」

ジョーニとカリームはホッパーにバイバイと言って、足早に町に向かった。どちらも、無駄《むだ》口《ぐち》をきく気にはなれなかった。

「写真、ありがとう」カリームが、わかれ道のところで言った。

「なんなら、次は写真じゃなくて本物を差し向けてもいいよ」ジョーニが言った。「女ってさ、兄弟にわざといじわるするよね」

「うん、するする」カリームはファラーのことを考えていた。「きみの観察は正しい」

帰ってみると、ファラーとラシャが、女の子の部屋で遊んでいた。キャーキャーいう声が聞こえてくる。どうやら、いやがるシリーンをおだてて、なにかを着せようとしているらしい。

「ジャマールはもう帰ってる？」カリームは母さんに、できるだけ自然に聞こえるように言った。

母さんが、キッとした目でカリームを見た。

「あたりまえでしょ。あんたはどこに行ってたの？」

「ジョーニといっしょ」カリームは、文句はないでしょといわんばかりに言った。「いっしょに――写真に絵を描いてた」

「絵ですって？」ラミアがおどろいた顔をした。「あんたにそんな趣味《しゅみ》があるとは知らなかった……」

もうそのときは、カリームは自分の部屋に飛びこみ、ドアを閉めていた。

家に帰ってくるまでは、ジャマールに写真をプレゼントできると有頂天《うちょうてん》になっていた。さすがにぼくは手際《てぎわ》がいいよな。ジャマール、喜ぶぞ。それよりなにより、ラインマンがもどってくる。たっのしみぃ。ところがいま、ハンサムなジャマールのむっつりした顔を前にすると、しかも、せせら笑うような上目づかいで見られると、なんだか自信がなくなってくる。いじくりまわした写真は、目と唇《くちびる》のまわりにこすったあとがあり、考えていたよりお粗末《そまつ》な写真かもしれない。ジャマールは、バカにされたと思うかも。

「おみやげがあるんだ」できるだけ気負《きお》わない口調で言いながら、カリームはジャンパーの内ポケットに手をつっこんだ。

ベッドに寝《ね》そべっていたジャマールが飛び起きた。

「手に入れたのか？　見せろ」

自信がないのをかくす大げさな身ぶりで、カリームは写真を取り出し、両手を差しだしているジャマールにわたした。それからジャマールの手が届かないところまであとずさりして待った。

ジャマールはいかにも大切そうに受けとった写真を、じっと見おろした。うれしそうな顔が、みるみるくもり、がっかりした顔になり、なんだこりゃ、という表情になった。

「いたずらがきされてる」

「写真屋が手を入れたんだろ。修正することもあるから」

「なんだか――目のまわりに、メガネみたいなのがぼんやり」

「ほんと？　見せて」

カリームはジャマールの手から写真をひったくり、しげしげと見るふりをした。

「ちがうだろう。光のせいだよ。背景がいかすね」

ジャマールは写真を取り返し、カリームの顔をまじまじと見た。

「ヘイ！」　カリームは両手を広げた。「お礼の品は？　ぴったりだし、欲しかった写真だろ？ヴィオレットの写真、って言ったよね。これ、ヴィオレットの写真じゃん、まさしく。すっごくいい写真だよ。『すげえ、ありがとう、カリーム。なんていい弟なんだろう。すぐラインマンを返すよ。今すぐ上着を着て、取り返しきてやる』ってことになんない？」

「ふん。ここに、こすったあとがあるんだよな。唇の上に」

「だれの唇？　なんの話？」

ふたりは取っ組み合うチャンスをねらって、ぐるぐるまわった。ファラーがドアを開けて、ふたりをじっと見ている。ジャマールは写真を急いでテーブルの上の本の下にかくした。ファラーがそれに気づいて、ニヤッとした。カリームはファラーの前に立った。

「こんど、のぞき見なんかしたら、このオジャマ虫め、おまえの人形、両足なくして一生、病院行きだからな」

ファラーの口がゆがんで開き、みるみるうちに泣《な》き顔《がお》になった。

「泣くなったら！」ジャマールが居丈高《いたけだか》に言った。「出ていけ。すぐ」

ファラーは無言で部屋を出て、音を立てないようにそっとドアを閉めた。

ジャマールはテーブルを前にしてすわり、目の前に写真を立て、じっと見つめている。そのうっとりした顔を見て、カリームはあきれた。

ということは、あの写真でいいってことだ。気に入ったってことじゃないか。

「ラインマン」カリームは浮《う》き浮《う》きした声で言った。「ラインマン、ラインマン、ラインマン」

「わかってるって」ジャマールは平然としている。「そのうちな。約束《やくそく》する。だから、うるさく言うな。わかったか？」

15

学校が再開されたのは、その二日後だった。教室にはまだ、新しいコンクリートや塗料《とりょう》のにおいがたちこめ、塵《ちり》や砂《すな》ぼこりがいたるところに積もっていた。理科の実験室は見るかげもなくこわされてしまったので、時間割はぜんぶ変更《へんこう》になった。学校用のコンピューターも持ち去られ、だいじな記録がみんななくなってしまったので、事務室は大混乱《だいこんらん》だった。けれども、みんなが力を合わせてがんばったおかげで、授業《じゅぎょう》だけははじまった。

「学校って、どうしてこんなにつまんないんだろう？」カリームはきょうもまた、そう思った。応急修理をした机《つくえ》を前にすわっていても、窓の外ばかりながめ、ムハンマド先生の抑揚《よくよう》のない声は半分しか耳に入っていない。

後頭部をぴしゃりとたたかれ、我《われ》に返った。

「カリーム・アブーディ！」知らないうちに、ムハンマド先生がすぐうしろに立っている。先生はカリームの髪《かみ》の毛《け》をむずとつかみ、顔をあげさせた。見あげたカリームの目に、ムハンマド先生の不きげんな顔が飛びこんだ。鼻の穴《あな》から鼻毛が飛び出し、白目に赤い血管《けっかん》が網《あみ》の目に走っているのが見える。

「ノートをとれ！　ノートを！　わたしが黒板に書いたことを、ノートに書き写すんだ！　なぜ教科書を開いてない？　鉛筆《えんぴつ》も手にしてないのか？　おまえは怠《なま》け者《もの》だ、でなければ、うすのろか？　それとも耳が聞こえないのかい？　どうなんだ？」

「ごめんなさい、ウスターズ《先生》」カリームは小声で言った。

髪をつかんでいる先生の手が少しゆるんだのがわかり、しぶしぶ鉛筆を持った。ムハンマド先生は手を放し、ゆっくりした足取りで教壇《きょうだん》の教卓にもどった。

カリームはため息をつき、黒板に書いてあることを写しはじめた。

昼休みまでの時間の、なんとたいくつで長ったらしいことか。カリームは言いつけどおりに書き写し、練習問題をやり、ノートをとった——先生たちの視線《しせん》から逃《のが》れるには、素直にやるしかないのだ。どの先生もピリピリと心配そうな顔で、ちょっとした不注意や規則違反《いはん》にも、ふだんよりきびしい態度でのぞんでいるように見える。カリームはもうたたかれてしまった。もういちどたたかれるのは、いくらなんでもまずい。

とはいえ、なかなか集中できない。またもや視線は窓の外、ムハンマド先生の一本調子の声など耳に入らず、机の上に広げた教科書のことは頭からすっぽり消えていた。

ドカンという爆発音《ばくはつおん》が、すぐ近くから聞こえ、カリームはギクリとして顔をあげた。いつもの恐怖《きょうふ》が体を走り、鳥肌《とりはだ》がたった。窓ぎわの生徒たちは、とっさに床《ゆか》に伏《ふ》せ、ガラスが飛び散るのを恐れて教室のなかほどに這《は》って集まった。

やせっぽちで口数の少ないワシームは、はじかれたように立ったかと思うと、体をこわばらせて直立不動のまま、甲高《かんだか》いおびえ声で泣《な》きだした。

教室のドアが開き、事務室のおじさんが中をのぞいた。

「イスラエル軍は難民《なんみん》キャンプのほうに移動《いどう》しているそうです。校長先生からの連絡《れんらく》です。許可《きょか》なしに学校から出ないように」事務室のおじさんは言葉を切り、ワシームを見て、顔の表情をゆるめた。「だいじょうぶだよ、ハビービー。ここは安全だから」

床に伏せていた子どもたちは、おそるおそる立ちあがり、自分の席にもどった。突《つ》っ立《た》ったまま、まだベソをかいているワシームは、唇《くちびる》をかんで泣くのをこらえ、じっと前を見つめている。ムハンマド先生が机の間を通って歩み寄り、ワシームの腕《うで》に手をかけた。カリームには聞きとれないが、先生はなにか小声で話しかけている。ワシームは銃声《じゅうせい》や爆発音が聞こえると、いつもようすがおかしくなる。お父さんの身になにかが起きたせいなのだが、なにがあったのかはわからない。いまではみんな、ワシームのただならぬおびえかたに慣れてしまった。

教室ではまだ恐怖がさめやらなかった。子どもたちはイライラと落ち着かない。ムハンマド先生が教室の前のほうの教卓にもどった。

「静かにしなさい」先生が大声で言った。「はじめからやりなおそう。二十三ページを開いて。いちばん下の問題……」

だれも聞いていない。みんな窓のほうに目を向けている。窓の外の、遠くの音に耳をそばだているのだ。

ムハンマド先生は、自分も手がふるえているのに、ふだんどおり子どもたちをどやしつけた。「そこを読め！　さっさと読め！」当てられた不運な子をせきたてた。「おまえは、うすのろか、ノータリンか？　それとも両方か？　もうたっぷり時間を無駄《むだ》にしただろうが？　おまえたちは、万にひとつも、まともな教育は受けられそうにない。外で起きていることなんか忘れて集中しろ」

無理しちゃって、とカリームは思いながら、先生をねめつけた。自分だってこわいくせに。こわいもんだから、ぼくらに八つ当たりしてるんだ。どうしてジャマールの先生みたいな、やさしい先生に受け持ってもらえないんだろう？

バシール先生は、けさもまた廊下《ろうか》で、大勢の生徒にかこまれていたっけ。生徒たちはみんな期待に満ちた生き生きした顔をしていた。

カリームは下を向いて教科書を読んでいるふりをしたが、文字がおどっている。体をかけめぐった爆発音のショックがまださめやらず、なにも手につかない。

心の向くままにホッパーのグラウンドのことを考えた。それで少し心が落ち着き、心配がうすらいだ。瓦礫《がれき》を片づけてサッカーができる広さになったら、試合ができる、ほんものの試合が。ほかの子もさそってチームをつくれば、チーム同士の対戦だってできるぞ。ぼくたちだけの場所にしようっと。子どもが自分たちだけで好きに使える場所。

教室のほこりっぽい床の上で足がひとりでにすいすい動き、ホッパーのグラウンドでサッカーをしている気になった。ピッチを駆《か》け抜《ぬ》けながらミッドフィールダーにパス。ペナルティエリアに入ったところでまたボールを受け、ディフェンダーをひとりかわし、ボールをぴたりと足もとに引きつけたまま、ポーンと遠くへキック、すると――やったー！　ゴール！

教室の中は落ち着きはじめていたが、カリームの心は、はるかかなたにすっとんでいる。勝ちほこってフィールドをあとにし、大観衆の声援《せいえん》にこたえて両手を上げ、そのあとテレビカメラのレンズに向かって品のいい笑顔をふりまく。

カリームは唇をなめた。あれだけ走るとさすがに喉《のど》がかわく――あ、ちがった、修理中の校舎から舞い上がるほこりのせいだった。どっちにしろ、それでまたカリームの頭はさまよいはじめた。ホッパーのグラウンドにいると、しょっちゅう喉がかわくんだよな。ジョーニにたのんで、お父さんの店からソフトドリンクを持ってきてもらおう。自動車の中に置いとけばいい。いまに夏になったら、どこかに日かげを作って、ゆっくりすわれるカフェみたいにしたいな。かっこいい！　そうすれば、ずっと落ち着いた感じになるよ、きっと。

ホッパーとはクラスがちがうので、授業のある時間帯に見かけることはほとんどなかった。それでも昼になって、午前組の子たちが下校するのと入れちがいに、午後組の子が登校してくるころ、ふたりはいっしょに校門を飛びだした。

ふだんは並んで歩くのだが、きょうはホッパーが先のほうをずんずん走っていく。

「待ってー！」カリームはうしろから大きな声でよんだ。

ホッパーは歩調をゆるめない。カリームは全速力で駆けだしてやっと追いついた。

「どうしたのさ？　そんなに急《いそ》いで？」

振り向いたホッパーの顔が、怒《おこ》ったように引きつっている。

「あの銃撃《じゅうげき》！　難民キャンプのほうから音がしたんだって」

うかつだった。カリームは騒《さわ》ぎが家の近くではないとわかって、ホッとしていた。ホッパーの気持ちなんて、考えもしなかった。

ふたりはいっしょに走り続けた。角を曲がるたびに、もしや戦車や装甲車《そうこうしゃ》と鉢合《はちあ》わせしないか、号令をかける声や大きなエンジンをふかす音が聞こえないかとビクビクした。しかし心配するようなことはなにも起きなかった。道も、なんの問題もない。

ホッパーはお母さんの野菜畑のわきの道に駆けこんだ。ホッパーのおじいちゃんが、家の外で、べつの老人と立ち話をしている。

「学校で銃撃音を聞いたんだ」ホッパーが息を切らせて言った。「キャンプで騒ぎがあったって言ってたけど。なにかあった、シーディ《おじいちゃん》？」

おじいちゃんは顔をしかめながら、痛《いた》いほうの腰《こし》からもう一方の腰に体重をうつした。

「もうおさまった。でも逮捕《たいほ》していきよった。ターレック・ズハイールとアリ・ファアードと、ほかにも何人かが連れていかれた。一斉逮捕《いっせいたいほ》ってやつじゃ。戦車からの砲弾《ほうだん》で穴《あな》をあけられた家もある。五人が怪我《けが》をしたよ。死んだ者がいないのが、せめてもの救いじゃが」

「ムナは、だいじょうぶ？」

「ああ、あの子は無事だ。母ちゃんがようすを見にいってきた」おじいちゃんは老人のほうに向きなおった。「あんたが言っとるのは、ユーセフの息子のことじゃろう。ところで、こいつの兄っこがな……」

ホッパーとカリームは道路のほうにゆっくりもどるところだったので、老人たちの話し声はだんだん聞きとれなくなった。

「きみの兄ちゃん、どうなったの？」カリームがきいた。「なんかわかった？」

ホッパーは首をふった。

「あんまり。さぐりだすのはとってもむずかしい。おじさんがエルサレムにいるんだ。だれかが解放されるたびに、なにかわかるかもしんないって、刑務所《けいむしょ》まで見に行ってくれてる。でもおじさんも仕事があるから、そんなにしょっちゅう行けないんだよ」

ふたりともちょっと黙《だま》りこくった。

「ぼくたちで、そこに行けたらな、アル・ムスコビヤに。そいで、サリームを助け出したいよ」カリームが言った。「ほらジェームズ・ボンドみたいにさ」

カリームは腰のあたりに銃をかまえクルクルッとまわす仕草をしてから、バーンとぶっぱなす音をまねた。

ホッパーは、つらそうな顔で笑った。

「心配でたまんないんだ」ホッパーが言った。「兄ちゃんに、とんでもないことが起きるんじゃないかって。このまんま死んじゃって、二度と会えないんじゃないかって」

16

ホッパーのグラウンドに着いたとき、ふたりは沈《しず》んでいた。カリームが自動車の中からボールを出してきて、ホッパーのほうに蹴《け》ったが、ホッパーはショートバウンドしたボールを足の下で止めてしまった。それからホッパーは、苦労してきれいにしたスペースの真ん中にデンと取り残されたままのじゃまっけな岩の上に、腰《こし》をおろした。ホッパーはもの思いにふけっていて、カリームには声のかけようもなかった。

ニャーという声に、ふたりは振《ふ》り向《む》いた。どこからともなくネコが出てきていた。ネコはホッパーの脛《すね》に体をこすりつけてから、軽やかに岩の上にとびのり、ホッパーの横にちょこんとすわった。きれい好きとみえ、前足をもちあげ、おなかの白い毛をなめはじめている。

ホッパーは小声で話しかけながら、ネコの頭をやさしくなでている。ネコは一瞬《いっしゅん》、聞いているようなそぶりを見せたあと、首を弓なりにかがめてホッパーの手に顔をこすりつけた。それを見つめていたカリームには、ネコとホッパーが話をしているような、ふしぎな光景に見えた。きみの気持ち、よくわかるよとでもいうように、ネコはホッパーの手をかいがいしくなめ、それから喉《のど》をゴロゴロいわせた。ホッパーはやさしい顔で、ネコの喉をなでてやっている。

どっちも――なんて言ったらいいんだろう――野性味たっぷりっていうか、そんな感じだもんな、とカリームは思った。

なんだかうらやましい。

「子ネコたちはどこ?」カリームが大きな声を出した。「自動車の中にはいなかったけど」

「ぐんぐん成長してるときだからね」ホッパーが、ネコのことならなんでも知ってるといわんばかりの、わけ知り顔で言った。「探検《たんけん》に出かけてるんだろ」

ジョーニが息せききってやってきて、通学かばんを地面に放りだした。ホッパーが立ちあがり、ジョーニを岩の上にすわらせてやった。

「町は、すごい騒《さわ》ぎになってるよ」ジョーニが言った。「また何人か拘束《こうそく》されたんだ。イスラエル軍がそこらじゅうにいる。ここまで来るのも、やっとだった」

反射的《はんしゃてき》に、思わずやってしまういつもの癖《くせ》で、みんな一斉《いっせい》に顔をあげ、聞き耳をたてた。緊張《きんちょう》で顔がこわばっている。やがてジョーニがかがんで、通学かばんを引き寄せた。中をかき回し、グニャッとしたポリ袋《ぶくろ》を取り出すと、さかさにして、ニワトリの頭と内臓《ないぞう》のかたまりを地面に落とした。ネコはひと声あげて飛びおり、かたまりのにおいをかぎ、くだいた頭を選んで、がつがつ食べた。それから内蔵をくわえ、わき目もふらず瓦礫《がれき》の山のほうに走っていった。

「子ネコちゃんのパーティーだね」ジョーニが言った。

ネコはすぐにもどってきた。まっすぐホッパーのところに行き、ホッパーの足にまとわりついて喉を鳴らした。

「お礼を言う相手はこっちだよ、その子じゃなくて」ジョーニがネコに注意した。「このチキン、だれが持ってきてやったと思ってんの?」

うれしそうに笑っているホッパーの顔が、急に子どもっぽく見えた。

「おれのことが、いちばん好きなんだよね、アジーザ」

「アジーザ?」カリームがびっくりして聞きかえした。

「うん。この子の名前」

「ネコが自分で名乗ったのかよ?」カリームは妙《みょう》に腹が立った。

ホッパーは答えなかった。アジーザはまたチキンの切《き》れ端《はし》をくわえて走り去った。

「ねえ」カリームがもどかしそうに言った。「早くサッカーでもやんない?」

カリームは、大きな試合の補欠《ほけつ》選手がライン際《ぎわ》でウォーミングアップするときのように、ジャンプしながら走りまわった。

ほかのふたりは、のそのそと岩から離《はな》れた。きょうはどうやら、遊ぶ気分ではないらしい。

カリームも心の底の底では気が乗らない。

ホッパーがジョーニのほうへボールを蹴り、ジョーニがめんどうくさそうに蹴り返した。それを見て、カリームもやる気が失《う》せた。すると突然、ボールが飛んできたので、がむしゃらに蹴った。思ったより遠くにすっ飛び、瓦礫の山の上に落ちて見えなくなった。

「バカもん」ジョーニが冗談《じょうだん》めかして言い、ボールのあとを追って山にのぼった。「ぶきっちょすぎる」

カリームは、いよいよムッとした。なにもかもしゃくにさわる。

ホッパーがいつの間にか瓦礫の山のところに行って、アジーザと子ネコたちをさがしている。

カリームは、みんなできれいにしたスペースを見やった。

ここのどこがいいわけ？　こんなとこ──最低。おもしろいことなんか、なんにもありゃしない。それに、このぼくともあろうものが、まっすぐに蹴ることすらできなくなっている。

ボールがカリームのほうに跳《は》ね返《かえ》ってきた。カリームはそれを受け、目をあげてジョーニを見やると、ジョーニは両手に空《あ》き缶《かん》を持って、瓦礫の山から音をたてておりてくるところだった。

「いいもの見っけー」ジョーニが大きな声で言いながら、意気揚々《いきようよう》と缶を振りまわしている。

「なんだよ。くだらない。ただの缶じゃないか」カリームが意地悪く言った。

ジョーニがカリームのくるぶしに足をからげ、いどみかかってきた。カリームはようやくバランスをとりながら、ジョーニに向きなおった。ジョーニがカリームの顔に缶を押《お》しつけてくる。

「ペンキだよ。緑と赤のペンキ。中に、まだたくさん残ってる。ほら」

ジョーニが缶を振って、音をさせた。

ホッパーももどってきた。

「ペンキ？　見せて」

「蓋《ふた》がとれないんだ」ジョーニが言った。「開けてみたいんだけどね。でも横にたれてるから、色はわかる」

ジョーニがポケットから折りたたみ式のナイフを取り出し、刃を蓋のふちにひっかけて、こじ開けようとした。

「気をつけろ。なんだか折れそう」カリームが言った。「貸《か》してみな」

カリームはジョーニからナイフを受けとると、ナイフの刃をしまいスパナーをひっぱりだした。少しガチャガチャやっただけで蓋が開き、少年たちはトロッとした派手な緑色の液体《えきたい》をのぞきこんだ。

「きれいだね」ジョーニがため息をついた。

「すげえ」ホッパーが言った。

もうひとつの缶も開けた。赤は緑よりもっときれいだった。ケシの花のように鮮《あざ》やかで、血のようにつやつやときらめいている。

「黒か白があればな」カリームが言った。「パレスチナの旗が作れるのに」

「どうやって？　旗にするったって、色を塗《ぬ》るもんがないよ」ジョーニが言った。

「ある、あるってば」カリームはワクワクしてきた。「うしろの壁《かべ》。あそこに旗を描いたら目立つよ」

「でも黒と白がないもんな」ジョーニが、話し合いを振り出しにもどした。

ホッパーはアジーザをじっと見ている。アジーザは舞いもどってきて、ジョーニがチキンを入れてきたポリ袋の肉汁《にくじゅう》を、きれいになめているところだった。

「旗なら作れるよ」ホッパーがのんびりした口調で言った。「落ちてる石を使うのさ。ペンキをぬって、あとは黒と白のポリ袋をかぶせればいい。地面に置いとくしかないけどね」

聞いていたふたりは、ぽかんと口をあけてホッパーを見た。

「ホッパー、かっこいい」ジョーニが言った。

「やるねえ」カリームも言った。

にわかに元気が出て、三人は石を集めにべつべつの方向に散った。そして数分後には、石がひと山あつまった。

「ペンキ用の刷毛《はけ》がないね」ジョーニが言った。

「そんなもん、いらん」とホッパー。「ここで待ってな」

ホッパーは瓦礫の山のほうに駆けていって、すぐに使い古しのホイールキャップを持ってもどってきた。それを地面に置くと、大きくて浅《あさ》いペンキ入れになった。ホッパーは緑色のペンキをその中に注ぎ入れ、最初の石を浸《ひた》し、地面に置いてかわかした。

「ぼくにもやらせて」カリームが言った。

三人でかわるがわるやった。色の載《の》り具合はじゅうぶん満足できた。ペンキがなくなるまでに、十八個の石が鮮やかにきらめく緑色に染《そ》まった。

「靴《くつ》にベタベタついてるよ」ジョーニがカリームに言った。

「だから？　きみの手だってベタベタじゃないか」カリームがやり返した。「顎《あご》にまでつけてら」

ホッパーはべつのホイールキャップを取ってきて、早くも赤いペンキを注ぎこんでいる。こんどは、もっと慎重《しんちょう》にやらなければならない。赤いペンキは缶の中に少ししか残ってないし、ネバネバしている。一個でも多くできるように、ぼろぼろのカーテンの端《はし》っこを刷毛がわりにして塗った。それからカーテンの残りの部分を使って、手や足や顔をふいたが、たいしてきれいにならなかった。

「ふたりとも、ひどい顔」ジョーニがげらげら笑った。「顔じゅう、ペンキだらけ」

「そんなの、へーっちゃら」とホッパー。

「ぼくも。母さんに、ぶっころされるけど」とカリーム。

カリームは早くもあたりを見まわし、旗を完成させるための黒と白のポリ袋をさがしている。瓦礫の山のまわりには、裂けたポリ袋ならいくらでも散らばっていた。あっという間に、かなりのポリ袋が集まった。

緑色の石を長く並べ、上に白いポリ袋で縞《しま》もようをつくった。大きな黒いポリ袋に入っているゴミを捨て、それを二枚使ったら、三番目の縞にする石をぜんぶくるむことができた。旗の一方の端《はし》に赤い石を手際《てぎわ》よくならべ、三角形にした。

完成。三人は立ちあがり、手づくりの旗に見入った。

上出来だ。思っていたよりずっと見栄《みば》えがする。旗のまわりをまわって、いろいろな角度から見ては感心した。

「もっと大きいのだって作れたよね」カリームは言いながら、一直線になっていないのが気になる白い石を押して直した。

「これくらいで、じゅうぶんだよ」とジョーニ。

「サリームが解放されたら、これ見て、おどろくだろうな」とホッパー。

カリームのきげんはすっかりよくなっていた。満足しきって、自信がわいてきた。こんな小さなグラウンドだけど、ぼくたち、すごいことをやったよね。これでこのグラウンドは、正《しょう》真正銘《しんしょうめい》ぼくたちのものだ。

17

いつものようにテレビがついている。居間《いま》のすみの暗いかげで、目をぎらつかせながら。すぐわきの背の高い観葉植物が、じゃましてやろうといわんばかりに枝をのさばらせている。ニュースがはじまった。

「けさイスラエル軍が、ガザの難民《なんみん》キャンプに侵入《しんにゅう》、八歳の男の子を含《ふく》む三人のパレスチナ人が殺され、イスラエル兵ひとりが負傷《ふしょう》しました。またジェニンの町にも戦車が入り、自爆攻撃《じばくこうげき》の容疑者《ようぎしゃ》の家三軒《けん》が壊《こわ》され、逃げおくれた中年の女性が戦車に轢《ひ》かれ死亡しました」

どうしてこんなに悪いニュースばかりなんだろう。そう思っただけで、カリームの心にいつもの緊張《きんちょう》がはしり、おなかが痛《いた》くなった。たまにはいいことが起きたって、よさそうなものなのに。

カリームは四《よ》つん這《ば》いになって、ソファの下にころがったペンを取ろうともがいていた。すぐ頭の上では両親が、アナウンサーの一糸乱《いっしみだ》れぬ声を聞きながら、なすすべもなく押《お》し黙《だま》っているのがわかる。カメラがべつの葬式《そうしき》の場面に切りかわったとみえ、親族が泣《な》いている声が聞こえる。

カリームは腕《うで》を思いっきりのばし、細い指の先をペンにからませようと苦心していた。ソファが低すぎて、きちんとにぎれるほど腕をのばせないのだ。ようやく、ペンをほんの少しずつ手前にころがすのに成功した。

「やつらは満足しないようだ、この国から我々をひとり残らず追い出し、全土を自分のものにするまでは」ハッサン・アブーディがしぼり出すように言った。「いいか、ラミア……」

カリームは、その先は聞かないことにした。ペンがソファの下からころがり出てきたので、それをひろい、自分の部屋に入ってドアを閉めた。三十分か一時間、わき目もふらず勉強して、終わったらホッパーのグラウンドに行こう。出かけるからには、宿題をまじめに片づけないと。試験にはなんとしてもパスしなくちゃならないからね。

それから一時間、いっしょうけんめい勉強した。教科書をずらりと並べた机《つくえ》に向かい、舌《した》をチラチラ動かしながら作文を書いた。やがて、フーッと大きく息をつき、ペンを置いて立ちあがり、しのび足で部屋のドアのところに行った。アパートを出るときは、両親の不意をつき、文句を言うひまを与えないにかぎる。カリームは用心しながらドアを開け、音をさせずに部屋を出た。居間は、もぬけの殻《から》だったが、キッチンから両親の声が聞こえている。

「ジョーニに会ってくる」カリームはキッチンのドアから顔だけ入れ、すばやく声をかけると、大急ぎで首をひっこめようとした。しかし逃《に》げる前に母さんが目をあげ、きびしい声で言った。

「あら、だめよ、いけません。家にいなさい」

「えーっ？　そんなの無理だよ、母さん。ジョーニに数学を教えてもらうんだから。ジョーニが言い出して……」

父さんが不きげんそうな顔になったので、カリームの声がしぼんだ。

「あんたには、ベビーシッターをしてもらわなくちゃならない」ラミアが言った。「口ごたえはたくさんよ、カリーム。ちびちゃんたち、おとなりには預《あず》けられなくなったの、ラシャのお母さんがお葬式に行ったから。どっちみち、シリーンはまた耳を痛《いた》がってるから、よそには行きたがらないでしょう。父さんは店にもどらなくちゃならないし、わたしは町で約束《やくそく》があるし」

「なんでいつも、ぼくなんだよー？」カリームは、こわごわ父さんのようすを見ながら、できるだけ不満そうに言った。「ほかの人じゃだめなの？　ジャマールはどこに行ったのさ？」

「バシームと試験勉強の真っ最中よ、それくらい、わかってるでしょ。いつまでも、つべこべ言わないの」母さんがぴしゃりと言い返した。「あなたにもそろそろ、落ち着いてもらわないとね。行き先も言わないで、しょっちゅう家から抜けだして、帰ってくるときは、どろどろによごれて。このあいだなんか、ペンキだらけ！　上から下までなにもかも！　ジョーニと絵を描いてるなんて言いわけは、もうたくさんよ。母さんを見くびらないでもらいたいわ。家にいるときも、ぼーっとしてるし。どういうつもりなんだか。シリーンのお薬は四時だから、おくれないように。冷蔵庫のビンから小さじ一杯《ぱい》ずつ。それからファラーにいやがらせをしないこと。まだ小さいんだから、やさしくしてやらないと」

カリームは、のろのろ部屋にひっこみ、ベッドに体を投げだした。母さんが出かけるしたくをしているのが聞こえる。ベッドルームを出たり入ったりしながら、鍵束《かぎたば》をさがしたり、外出用の靴《くつ》にはきかえたりしている。父さんが出かけてドアをしめる音がして、しばらくすると、母さんが子ども部屋をのぞいた。

「忘れないでね。四時に小さじ一杯よ。冷蔵庫の中のビンに入ってるから」

それから母さんは出かけていった。

カリームはブツブツ言いながら起きあがった。いまごろはもう、ふたりともホッパーのグラウンドに向かっているはずだ。ぼくのこと、どうしたんだろうと思ってるだろうな。カリームは通学かばんから携帯《けいたい》電話を取りだし、新しいカードを手に入れておいてよかったと思いながら、ジョーニに短いメールを送った。

送ったと思ったら、となりの部屋から物音が聞こえた。続いてファラーがべそをかいている高い声。ファラーのやつ、シリーンのものまねをしてるな。からかって、泣《な》かせようとしてるんだ。

カリームは妹たちの部屋に行き、すばやくドアを開けた。

「やっぱり、おまえだ」カリームはファラーをねめつけた。ソファでシリーンの横にすわっていたファラーが振《ふ》り返《かえ》って、カリームのほうを見た。いたずらが功《こう》を奏《そう》したので、顔を輝《かがや》かせている。「おもてに出ろ。下で、ラシャやほかの子と遊んでこい。母さんが帰ってくるまで、あがってくるんじゃないぞ」

ファラーがニヤニヤ笑った。

「ラシャなんて、いないもん。ママといっしょに行っちゃったもん」

「うそだ。さっき見たぞ、下でうろついてるとこを。ラシャがいなくても、ほかの子がいるだろう。いますから――」カリームは腕時計を見た。――「三分以内に出て行かないと……」

「いかないと？」ファラーが、真剣《しんけん》な顔できいた。

「子ども部屋に閉じこめて、だれとも遊べなくしてやる」カリームは調子にのって言った。

ありがたいことに、おどしがきいた。

ファラーは、しかめっつらでブツブツ言っていたが、バービー人形をテレビのうしろから出してきて、うすよごれた毛布の切《き》れ端《はし》でくるみ、抱《だ》いてドアのほうにいった。それから、わざとドアを大きく開けっぱなしにして出ていった。

カリームはドアを閉め、シリーンを見にいった。ソファの上で寝そべっている。親指をくわえているので、唇《くちびる》の端がめくれている。

「なんか飲みたい」シリーンが言った。

カリームは冷蔵庫からジュースを取ってきて、シリーンが飲むあいだ横にすわっていた。長い午後はまだはじまったばかりだ。ビデオの棚《たな》から『トムとジェリー』のアニメを選び、シリーンのとなりにどっかとすわり、いっしょに見た。

ビデオが終わる前に、シリーンは眠《ねむ》ってしまった。カリームはたいくつすぎて、じっとしていられなくなり、キッチンからベランダに出た。シーツがほしてある。村に行った日から、ファラーはよくうなされる。町の緊張が高まると、そのたびにおねしょをしてしまう。

カリームは生《なま》がわきのシーツをかきわけ、手すりにもたれて外をながめた。丘の斜面《しゃめん》に建《た》ち並《なら》ぶ新しいアパートのあいだを縫《ぬ》うように通っている道路は、閑散《かんさん》としている。人も車もほとんど通っていない。すぐ下の駐車場《ちゅうしゃじょう》から、子どもたちの甲高《かんだか》い声が聞こえてきた。どこかにファラーとラシャもいるのだろう。

向きを変えて部屋の中にもどろうとしたとき、ファラーの姿《すがた》が目の端に入った。別棟《べつむね》のアパートの、玄関にのぼる階段の上に、ひとりですわっている。人形を胸《むね》にしっかと抱きながら。女の子がひとり、ファラーの前で、手を腰《こし》にあて首を一方にかたむけて立ちはだかっている。そのまわりを数人の子が取りまき、ふたりのようすをじっと見つめている。

カリームには、その女の子の言葉までは聞こえなかったが、ファラーがたじろいでいるのが見てとれた。ファラーが前のめりになって、なにか叫《さけ》んだ。まわりの子たちが笑った。カリームはラシャを見つけた。少しはなれた壁《かべ》を背に、こまった顔で立ち、目を伏《ふ》せて親指をしゃぶっている。ほかの子が四、五人、スキップをしながら歌いはじめた。歌の言葉が五階のバルコニーまで、はっきり聞こえる。

「ファラーはくさい、おしっこのにおい！　ファラーはくさい、おしっこのにおい！」

なんてかわいそうなことを言うんだ！　憎《にく》たらしい、いじめっ子たちめ！　カリームは後先《あとさき》も考えずアパートの部屋を飛びだし、階段を駆《か》けおりた。建物の正面玄関を全速力で、たけり狂《くる》った雄牛《おうし》のように飛びだした。目がギラギラしている。

「おまえ」カリームはガキ大将《だいしょう》を指さした。「このちび悪ガキ。きたない爪《つめ》しやがって、オリーブの林が手から生えてくるぞ」次の子を指さす。「鳥の巣《す》みたいなモジャモジャ頭だな。ミミズや鳥の糞《ふん》だらけなんだろう」

子どもたちは、ぽかんと口を開けて、カリームを見かえしている。

「おまえは」カリームが次の子に向かって言った。「ロバのウンコの中をころがったな。くせえったらない。ここまでにおってくる」

自分でもびっくりするほど、ののしりの言葉が次々に口をついて出て、カリームの怒《いか》りは、ようやくおさまった。

「あたしは？」いちばん小さい子が、次は自分の番だというように、ほかの子をかきわけて前に出た。「あたしは、どう？」

「鼻くそがとびだしてるし、目やにがついてるし、ミッキーマウスみたいな顔だし、前歯がないし」いかにもうれしそうな顔をされては、カリームも思わず笑顔になって続けるしかない。

ラシャが子どもたちのうしろから、おずおずと進み出て、階段の上のファラーの横に、ぴったりとくっついてすわった。

「もう家に入りたいんだろ、ファラー」カリームはさりげなく言った。

ファラーがラシャを横目で見た。ラシャが首を横に振った。次にファラーはほかの子どもたちを見て、それからカリームを見あげた。ファラーは唾《つば》をのみこんで言った。「ワリードの頭にはミミズなんかいないよ、カリーム。いるのはケムシだもんね」

たいしておもしろくないジョークだったが、みんな笑い、意地悪をしていたことなど、けろりと忘れた。

「勝手にしろ」カリームは、そのままくるりと背中を向け、階段に向かった。建物の入り口のところで振り返ると、ファラーがありがとうという目で、ニコニコしながら見送っているのが見えた。

カリームは、兄貴らしいことがしてやれた満足感でいっぱいになりながらアパートにもどり、時間をたしかめ、シリーンを起こして薬を飲ませた。それから、べつのアニメのビデオをセットして、シリーンに見せてやった。

ファラーがひとりぼっちで、ほかの子にいじめられるのを見たのはショックだった。これまでは、ファラーのことを、ひとりの人間として、まじめに考えたことなど、いちどもなかった。ただの子ども、それも、じゃまっけなヤツという目でしか見てこなかった。でも、いまにして思えば、近ごろのファラーは少しおかしい。ちょっとしたことにも怯《おび》えるし、自信をなくしているし、大きな音がするとすぐ泣き出す。爆発の音やかすかな発砲音《はっぽうおん》に、気が狂《くる》ったような反応を示すこともある。

カリームはあくびをした。留守番するのもあと一時間。でも、その一時間がとんでもないほど長く感じられる。家の中では、やりたいことなんか、なにもありゃしない。第一、やろうって気が起きない。頭の中は、ホッパーとジョーニのことでいっぱいだった。ホッパーのグラウンドで、ふたりはいまごろなにをしているだろう。そのことばかり考えていた。

ラミアが帰ってきて三十分ほどたったとき、ジョーニが電話してきた。

「旗が、ずっとかっこよくなったよ。ペンキがまた見つかったから、大きくしたんだ。うんと遠くからも見えるようになった」

「すごーい」カリームはうらやましそうに言った。

「でも、またペンキだらけになっちゃった。髪《かみ》の毛《け》まで緑色。とくにホッパーは見物《みもの》だよ。火星人みたい。あしたは来られる？」

「行けないんだ。またベビーシッター。となりのおばさんが、まだ帰ってこないから。行けるのは木曜になりそう」

「待ってるね、じゃあ」

「うん。またね」

18

これじゃ、なにもできないよ。カリームはこの言葉を、いったいどれだけ頭の中でくり返したことだろう。

毎日の暮らしは緊張《きんちょう》の連続だった。学校では先生が、山のように宿題を出してくる。校舎が何週間もズタズタにされていたので、先生たちはそのおくれを取りもどそうと躍起《やっき》になっているのだ。それに、イスラエルの戦車はすぐにも町にもどってきて、外出禁止令を出すにきまっている。そうしたらまた、みんな家の中に閉じこめられてしまう。

カリームは授業中、勉強に身を入れようと、いっしょうけんめい努力していたが、どうしても集中できなかった。考えが、まるで油をさした自転車のようにスイスイと、ホッパーのグラウンドに行ってしまうのだ。カリームの頭の中で、ホッパーのグラウンドは立派《りっぱ》な施設《しせつ》に変身していた。とはいってもサッカー場が堂々と真ん中にあるのはもちろんだ——なんといってもいちばんだいじな場所なのだから——でも、あれこれおまけがついている。頭の中で組み立てたスタジアムは、小さいけれどなにもかもそろっている。報道関係者専用《せんよう》の席と選手のための更衣室《こういしつ》までついている。それから——これを忘れちゃだめだろうが——スタジアムのまわりは小さい町のようになっていて、カリームのお気に入りの店がぜんぶ集まっている。まずインターネット・カフェ。ここにはおもしろいゲームがひとつ残らずそろっていて、お金を払《はら》わなくても遊べるし、いつ行っても順番待ちなどしなくていい。飲み物やスナック菓子《がし》の売店もある。さらには、ハラハラ、ドキドキのおもしろい映画だけをやっている小じんまりした映画館まである。

でも、夢《ゆめ》というのは終わってほしくないときに突然《とつぜん》、かき消えてしまうものだ。はじけてなくなるにきまっている泡《あわ》みたいな幻《まぼろし》。インターネット・カフェだって？　頭はだいじょぶなのか？　映画館？　スナック菓子の売店？　ホッパーのグラウンドは、まともにサッカーができる場所さえないんだぞ。ただの、小さなグラウンドじゃないか、一方の端《はし》が瓦礫《がれき》の山だらけの、それだけの場所だよ。

このあたりでたいてい、カリームの夢はむかつく現実に引きもどされる。そしてムハンマド先生からのげんこつが頭にとんでくる。ほかの先生がとつぜん目の前に立っていて、ビシバシ質問され、クラスみんなの前で恥《はじ》をかかせられることもある。

ホッパーのグラウンドに実際に行って、計画を進めるチャンスはまったくなかった。山のようにでる宿題のせいだけではない。ラシャのお母さんが帰ってきて、ラミアが留守のときは、女の子たちの面倒《めんどう》をまたみてくれるようになった。でもこんどは放課後、父さんからしょっちゅう店の手伝いを言いつけられるのだ。

ハッサン・アブーディは、ふさぎこんでなにも手につかない自分を奮《ふる》いたたせ、もういちど商売を盛《も》り返《かえ》そうとがんばりはじめていた。ショーウィンドーの飾《かざ》りつけを一新し、カタログを丹念《たんねん》に調べ、にっちもさっちもいかなくなっているラーマッラーの市民の、かたい財布《さいふ》のひもを、どうやったらゆるめてもらえるか、さまざまな工夫をこらしている。カリームの仕事は、掃除《そうじ》をするそばからたまるほこりを払ったりふいたりすることと、父さんが裏《うら》の倉庫に商品を見にいっているあいだに客が来た場合にそなえ、店番をすることだった。

カリームの頭の中はホッパーのグラウンドのことでいっぱいだった。それでも最近、ジャマールがめずらしく緊張した顔で、口をキュッと一文字に結んでいるのが気になっていた。ジャマールは、高い棚《たな》の上の本と本の間に（好奇心《こうきしん》いっぱいのファラーの手が届かないように）そっとかくしてあるヴィオレットの写真を、いまでもしょっちゅう取り出して見入っているが、なにかほかのことにも頭を使っているようなのだ。自分の携帯《けいたい》電話のプリペイドカードはとっくに使いはたし、家族の電話にたよらなければならなくなっている。親友のバシームからの電話は、ふだんからたびたびかかるが、ここのところ、やけに多い。以前のふたりは、夕方になると町の中で待ち合わせ、カフェやショッピングモールで時間をつぶしていたが、最近はどうやら、べつのことをやっているらしい。ジャマールは、ぜったいなにかをたくらんでいる。

水曜日の昼さがり。カリームは気が進まないながらも、父さんの言いつけで、店の奥《おく》の箱を次々に店先に運んだ。その仕事からようやく解放され、家に帰ろうとしたとき、ジャマールとバシームが道の反対側を足早に歩いているのが目に飛びこんできた。人ごみを縫《ぬ》うようにしながら、行商人が歩道にずらりと並べている手押し車《ておぐるま》を、じょうずにかわして歩いていく。ふたりとも、やってやるぞといわんばかりの、ひどく緊張した面持《おもも》ちで、カリームはがぜん好奇心をかきたてられた。

「ジョーニに会いにいってくるよ、父さん」カリームは店の奥にいる父さんに声をかけた。

「おそくならずに帰るから、必ず」

それから、するりと通りをわたり、気づかれないように注意しながら、年上の少年ふたりのあとをつけた。

はじめのうちは苦労した。歩道が混《こ》みあっているので、背の低いカリームは人々の頭にさえぎられ、ふたりを見失いそうになった。でもジャマールとバシームが広い繁華街《はんかがい》にさしかかると、やっと楽にあとをつけられるようになった。

兄ちゃんたち、この広い道路をまっすぐ歩いていき、ラーマッラーの旧市街《きゅうしがい》からカランディアに行く気だな。カランディアには、イスラエルに入るための大きなチェックポイント《検問所》があり、イスラエル軍がサンドバッグを積みあげて武器をかくしている。見張りのための高い塔《とう》や、コンクリートの壁でくねらせた通路があり、人の行き来がきびしく制限されている。人々が通ったあとで突然、警告《けいこく》もなしにチェックポイントが閉鎖《へいさ》され、両側で騒動《そうどう》が起きることもある。

ところが、おどろいたことに、ジャマールたちはカリームの予想に反して突然右に曲がり、急な坂をずんずんくだりはじめた。新築《しんちく》のアパートが道の両側にズラッと並んでいる場所だ。住宅地なので人通りがほとんどなく、屋台もないから、かくれるのはむずかしい。でもジャマールもバシームも目ざす場所があるようで、ボールのようにはずみながら歩いていく。振《ふ》り返《かえ》ることはなさそうだ。

ふたりはもうすぐ坂の下に着きそうだ。そのまま進めば丘《おか》の斜面《しゃめん》をのぼる急坂になる。カリームはまだ下り坂の中ほどにいたが、「よっ!」とあいさつを交わす声が聞こえてきたのに続き、左の道からふたりの若者が出てくるなりジャマールたちのほうに駆《か》けよった。カリームは目をこらしてだれなのか顔を見ようとしたが、無理だった。ふたりとも黒と白のチェックのクーフィーヤで頭と顔の下半分を覆《おお》っていて、目しか見えない。それでもカリームにはわかった。背が低くてずんぐりしているほうはバシームの兄さん、ファスナーつきのデニムのジャケットを着たしなやかな体つきのほうはターレック。ジャマールの遊び仲間の中で、いちばん落ち着いていて、みんなから一目《いちもく》置かれている青年だ。

ターレックとバシームの兄さんが、来たほうを指さした。すると四人の若者はそっちのほうに歩きはじめた。が、またすぐ立ち止まった。ターレックがジャマールの首を、続いてバシームの首を指さした。カリームがしのび足でようやく十字路のところまでたどり着き、高い石塀《いしべい》のかげからのぞいていると、ジャマールとバシームが、いつものようにスカーフがわりに首に巻いているクーフィーヤをはずすのが見えた。そしてターレックたちと同じように頭にまきつけた。静かな住宅街なので、カリームのところまで四人の話し声が聞こえてくる。

「石投げ用のパチンコ、持ってきた？」ターレックがジャマールにきいた。

「いや」ジャマールが答えた。

カリームはもう少しでゲーッと言いそうになった。ジャマールが？　あの、ぶきっちょの兄ちゃんが？　パチンコで石を投げる気かよ？　緊張でおなかが痛《いた》くなっているが、つけてきたのは正解だった。しめしめ、ジャマールがぶざまなことをやらかすのは、まちがいない。こりゃ、見物《みもの》だぞ。

ターレックがポケットに手を入れ、布でできたひもをジャマールにわたした。ジャマールは受け取り、強さをたしかめるように両手でピンピンとひっぱった。ターレックがバシームを見た。バシームはポケットからパチンコをひっぱりだし、得意そうにターレックの目の前で振ってみせた。小さいゴム製のパチンコだ。自動車のタイヤのチューブで作ったのだろう。両端からひもがぶら下がっている。

「すばらしい」

ターレックはバシームの肩《かた》をたたき、ジャマールにうなずき、小さな一団の先頭に立って歩きだした。カリームはあとを追って十字路を曲がり、よその家の門から門へとすばやく移動《いどう》しながら、ひるむことなく、ぴたりとついて行った。

行き先はすぐわかった。いま歩いている人気のないわき道は、すぐに下の谷からのぼってくる賑《にぎ》やかな道にぶつかる。そこに、イスラエルの急ごしらえのバリケードができていた。ジープ型の装甲車《そうこうしゃ》が屋根の黄色いランプを点滅させながら片側の車線をふさぎ、少し離《はな》れたところでは戦車が、反対側の車線に横向きに止まっている。ということは、ここを通ろうとすれば、人も車も戦車の大きな銃身《じゅうしん》の下を、くねりながら進まなければならない。通り抜けようとする人は、いまのところだれもいない。有刺鉄線《ゆうしてっせん》が道路をまたいで張られているし、自動車が踏《ふ》むとタイヤがパンクする「龍《りゅう》の歯」と呼ばれているとがった武器が、地面いっぱいに撒《ま》いてある。バリケードが築《きず》かれたことが早くも伝わったのだろう。通過しようと行列をつくる車はない。やってきた車は、状況《じょうきょう》をひと目見るなり引き返し、べつの遠まわりの道をさがしに行く。

カリームは、敵の姿《すがた》を見るなり、いつものように、恐怖《きょうふ》と憎《にく》しみでいっぱいになった。前方の四人のこわばった顔つきから、兄ちゃんたちも同じ気持ちなのがわかる。四人は歩きながら石をひろい集めた。ちょっとかがんでは、戦車がほとんどあとかたもなく踏みつぶしていった歩道から、小石や割れたコンクリートの破片《はへん》をひろっている。

どこから見てもリーダーの風格《ふうかく》のターレックが、まだ待てと押しとどめているそばで、ほかの三人はそれぞれのパチンコに石をはさんでいる。次の瞬間《しゅんかん》、耳をつんざくような叫《さけ》び声《ごえ》がした。カリームには「パレスチナに解放を！」と聞こえたその声とともに、ターレックがおどり出た。慣れた手つきで、長いひものついたパチンコを頭のまわりでビュンビュンまわし、最後に手首をすばやく返してひもをゆるめた。石はバシッという小気味よい音とともに装甲車の横腹にあたり、はねかえって地面に落ちた。

たちまち蜂《はち》の巣《す》をつついたような騒ぎになった。戦車の向こう側ではちょうど、年とった農夫が野菜を満載《まんさい》した小型トラックを、余裕《よゆう》のない道でUターンさせようとあせっていた。五人のイスラエル兵のうち三人はそれをあざ笑っている最中だったが、ふたりがすぐ走り出てきた。三人目はあわてて戦車に乗りこみ、巨大な銃身を動かして少年たちの顔にねらいをさだめようとしている。

すでに、バシームとバシームの兄さんもそれぞれ石をぶっぱなしている。バシームの石は、ジープのすぐ手前の地面に当たった。兄さんの石は運よく、ジープに寄りかかっていたふたりの兵士の片方の、鉄のヘルメットのわきを、ヒュッと音をたててかすめた。ふたりの兵士は即《そく》座《ざ》にジープの裏側に逃げこみ、車体をバリケードがわりにして、屋根にライフルを這《は》わせ、少年たちに照準《しょうじゅん》を合わせている。

恐怖でカリームの血は凍《こお》りついたが、一方ではワクワクして、心が熱く燃えたった。ジャマールを見ると、パチンコを不器用にいじくりまわしている。ついさっきまで、ジャマールがぶざまなまねをするのを見てやろうと楽しみにしていたのに、いまは、心の底から、兄ちゃん、うまいことやってくれと思った。完ぺきなアーチでミサイルを飛ばしてくれ。憎たらしい兵士の眉間《みけん》に命中させて、ぶったおせ。

「急げ、ドジ」カリームが声に出してつぶやいたとき、ジャマールのパチンコが、ターレックのパチンコをまねて、空中でまわりはじめた。一瞬、うまく飛びそうに見えたのだが、カリームの予想どおり、ジャマールが早く手を放しすぎたせいで、石はあらぬかたに飛び、壁に当たってポトリと落ちた。

ほかの三人は、ミサイルを雨あられと飛ばし、恐ろしげな叫び声をあげ続けている。

「イスラエルに死を！」

「パレスチナに解放を！」

「アッラーフアクバル《アッラーは偉大なり》！」

ジャマールは、こんなことやってられるかとばかりパチンコを投げ出し、石をひろっては、素手《すで》で投げはじめた。カリームは、自分も投げている気で指に力をこめた。駆けつけていっしょに投げたくて、足がムズムズする。でも、一歩を踏み出す勇気がなくて立っていた。ターレックとジャマールのことが、イスラエルの兵士たちよりこわいのだ。

ぼくがあとをつけていたと知ったら、烈火《れっか》のごとく怒《おこ》るだろう。ジャマールは、ことあるごとに、それを持ち出すにきまってる。

ヘブライ語でどなっていた兵士たちが、バカに静かになった。ターレックの石がジープの屋根に当たり、向こう側に飛んだ。それを潮《しお》に、兵士たちが行動を起こした。それぞれがライフルをかまえ、二発の銃声がほとんど同時にひびいた。音を聞くなり、カリームはさっと頭を下げ、少年たちのほうを上目づかいで見た。ジャマールとバシームは反射的《はんしゃてき》にうずくまったが、ターレックは差しせまった危険にまったく気づいていない。クーフィーヤをかぶった頭の上でふたたび、ぐるぐるまわるデルヴィーシュ《トルコの修道僧》の踊《おど》りさながら、パチンコをビュンビュンまわし、石を飛ばした。こんどは的《まと》をはずれ、ジープのフロントガラスをおおっている頑丈《がんじょう》な金網《かなあみ》に当たった。兵士たちの銃弾《じゅうだん》も、大きく的をそれた。

するとうしろのほうから、カリームが無意識のうちに恐《おそ》れていた音が聞こえてきた。サイレン。戦車の中にいる兵士が、救援《きゅうえん》を求めて電話をかけたのだろう。ジャマールたち、早く気づかないと窮地《きゅうち》に立たされる。手足をもぎ取られるか、運が悪ければ、イスラエルの刑務《けいむ》所《しょ》で頭蓋骨《ずがいこつ》を割られる。

「ジャマール！　バシーム！　やつらが来てるぞ！　急げ！　うしろから来る！」カリームは絶叫《ぜっきょう》しながら物かげから飛びだし、兄ちゃんのほうへ走った。「逃げろー！　早く！」

ジャマールは、また石をひろおうとしている。カリームには、クーフィーヤからのぞく目だけしか見えない。怒りで真っ赤に燃え上がった目。しかしいま、その目に警戒《けいかい》の色がはしった。ジャマールはカリームを押しのけて叫んだ。「バシーム！　さがれ！　やつらが来る！　ターレック！　ふたりとも！」

一斉《いっせい》に来た道を引き返すものと思ったが、ジープのうしろからまだ銃弾が飛んでくる。とっさにどこかにかくれるしかない。ターレックのあとを追って、次々に塀を乗りこえ、アパートの敷地《しきち》に入り、地下の駐車場《ちゅうしゃじょう》に駆けこみ、敷地の反対側に抜けた。

われさきにと遮二無二《しゃにむに》走り、坂をのぼった。立ちはだかる建物をよけて大まわりし、ドアや門を次々に抜け、古びた庭園のこわれかかった塀を一斉にのりこえ、道路をわたり、うち捨てられて石ころだらけになったオリーブ畑を通り抜け、ようやく人通りの多い道にたどりついた。なんとか逃げおおせることができた。

思いがけないことが起きたのは、ここさえ抜ければと裏通りを全力疾走《しっそう》しているときだった。かぶっていたクーフィーヤをはずすことに気をとられていたジャマールが、クーフィーヤが顔にかかって一瞬、視界《しかい》をさえぎられたすきに、窓から歩道に突《つ》き出《で》ていたエアコンの角にぶつかったのだ。とがった角がこめかみに当たり、血が顔にしたたり落ちた。

カリームは、逃げている少年たちと同じく、兵士からの弾丸が届かないところまで逃げようと必死だったが、同時にジャマールに近づきすぎないように注意していた。でもジャマールがエアコンにぶつかり、よろけてあとずさり、額《ひたい》に血が光っているのを見るなり、駆けよった。

「だいじょうぶ?」

ジャマールはカリームをジロッと見た。

「あったりまえ。なにバカなこと言ってんの? 頭をぶち割り、ぶっ倒《たお》れそうになるなんて、願ったりかなったり」

赤い血が流れる下で、顔が真っ青になっている。ジャマールは、へなへなと目を閉じた。カリームが急いで体を寄《よ》せて支えると、ジャマールはしぶしぶカリームの肩に頭をもたせかけ、なんとか倒れずに踏みとどまった。

「あそこには、どれくらいいたの？」カリームが見えすいた質問をした。「撃たれなかった？　やつらの銃声を聞いたけど。ゴム弾だったの、それとも実弾？」

ジャマールは目を開けて、疑《うたぐ》り深そうな目でカリームを見おろした。

カリームはポケットをさぐって、くしゃくしゃのよごれたティッシュを見つけ、ジャマールにわたした。ジャマールはそれを傷口の下にあて、血が流れ落ちて目に入るのをふせいだ。

「おれたちがどのくらいいたか、完ぺきに知ってるくせに。あとをつけて来たんだろ、へぼスパイ」

カリームは傷《きず》ついた顔をした。

「あとをつけた？　ぼくがわざわざ？　ムハンマドおじさんちに行こうとしたら、叫び声が聞こえたから、見に行っただけだよ」

ジャマールの頭の傷は深くはないようだが、血がなかなか止まらない。クーフィーヤの端を傷口に押しあて、額に血が流れ落ちるのをなんとか食い止めた。さきに大通りまでたどり着いていたバシームが、あわててもどってきた。

「ジャマール！　どうした？　わっ、やられたの？　だいじょぶか？」

「なんでもない」とジャマール。「ただちょっと――」

そこまで言ったとき、坂のずっと上のほうから甲高《かんだか》い悲鳴が聞こえた。少年たちが見あげると、女の子の一団が、青い顔でこっちを見ている。真ん中にヴィオレットがいる。そのヴィオレットが先頭をきって駆けおりてきて、あっという間に全員がジャマールを取りかこみ、口々に褒《ほ》めそやしはじめた。蝶《ちょう》の群れが花のまわりを飛びかっているみたいだ。

「いま、あんたのお兄さんに会ったよ」中のひとりがバシームに言った。「戦闘《せんとう》があったんだってね。あたしたちにも銃声が聞こえた。でも、彼、撃たれた人がいるなんて言ってなかった。ひどーい、やつら、実弾を使ってきたんだ！　傷は深いの？」

ヴィオレットは、ジャマールがおっかなびっくりおさえている指をクーフィーヤからはなさせ、自分の花柄《はながら》のスカーフをはずしてジャマールの額にやさしくあてがった。ジャマールはまた目を閉じたが、青白かった頰《ほお》が健康そうに赤らんだ。

「一センチ下だったら、脳《のう》をやられてたわ」ヴィオレットが深刻《しんこく》な声で言い、ほかの女の子たちが憤慨《ふんがい》してがやがや言った。「もう少しで殉教者《じゅんきょうしゃ》になるところだったね」

ジャマールが横目でカリームを見た。カリームは、せせら笑うように目を丸くした。

「ふらふらする？　病院で診《み》てもらったほうがよくない？」ヴィオレットが声をふるわせて心配している。

ジャマールは、しゃんと背すじをのばした。

「なんでもない。だいじょうぶ。ちょっとかすったんだ、それだけ」

「でも、これはひどいよ！　こんなに血が出て！」

カリームはムラムラして、せきばらいをした。

ジャマールはカリームの二《に》の腕《うで》をつかみ、痛《いた》いほど締《し》めつけてきたが、その手が小きざみにふるえている。

「ほんとに、だいじょうぶだから。すごく……すごくやさしくしてくれて……」

カリームはヘドが出そうで腕をふりほどこうとしたが、ジャマールがむずとつかんではなさない。

「もう帰んなくちゃ」ジャマールがしぶしぶ言った。「おそくなると、家で文句言われるから」

「そりゃ、そうだよね。たまげるだろうね、撃たれたなんて知ったら」とヴィオレット。

「いや、家族に話すつもりはない」ジャマールが気高《けだか》く見えた。「頭をエアコンにぶつけたとかなんとか、ごまかしとくよ」

カリームはふきだしそうになった。ヴィオレットはそれには気づかず、ジャマールの額を、最後にもういちどスカーフでふいた。

「血はほとんど止まってる。あとはたのんだわよ、カリーム。ふらついたりしたら、すわらせてあげてね」

カリームはもう、ジャマールを引きずりながら歩いていた。

「兄ちゃんたら……兄ちゃんてば……」声が届かないところまできて、カリームが切り出した。

ジャマールはうっとりした顔つきで、カリームの言うことなど耳に入らないようだ。

「兄ちゃんて、ごまかしの名人だね。正真正銘《しょうしんしょうめい》のスパイだ」

ジャマールがカリームを見おろした。

「彼女を見たか？　おれを見るあの目を見たか？　自分のスカーフで、おれの血をふいてくれちゃって！　なに？　なんでそんな目で見る？」

「兄ちゃんて、むかつくんだもん。撃たれたふりをするなんて」

ジャマールがニヤッと笑った。

「しょうがないだろ？　おれが言ったわけじゃないぜ。彼女が言い出したんだ。おれはうそなんかついてないもんね」

「そりゃそうだけど。でもさ……だって……」カリームは言葉につまった。

ジャマールがとつぜん、けわしい顔になった。

「おまえ、ほんとのこと、ばらしかけただろ、え？」

「まさか！　ぼくのこと、なんだと思ってんの？」

「いや、言おうとした。わかってた」

「でも、言わなかっただろ？　これからも言わない。だからその手、背中からはなしてよ」

カリームは逃《のが》れようと体をくねらせた。

「言わないほうが身のためだからな。だれにも言うな。ジョーニにも」ジャマールは内ポケットに手をすべりこませた。「さもないと、これをまた取り上げて、べつのやつに売りとばすからな」

ジャマールは四角い小箱を、カリームの手に持たせた。

「ラインマンだ！」カリームがパッと顔を輝《かがや》かせた。「どうやってお金、手にいれたの？　ギターを売ったとか？」

ジャマールがこまった顔をした。

「まさか。でも、そんなに知りたいなら、教えてやる。あのネックレス、店に返した」

カリームは、兄ちゃんがそこまでしてくれたのかと胸《むね》があつくなった。

「ふーん、そう」カリームはなぐさめるように言った。「でもネックレスなんか、もう必要ないよね。ヴィオレット、メチャ感動してたもん。兄ちゃん、かっこよかったよ、まじで」

ジャマールは、首に巻いたクーフィーヤを、血のシミがめだつようになおした。通りかかる人たちが、おやっ、ひどい目にあったんだね、という顔で見ていくのに、気をよくしているのがわかる。

「ほんと言うと、どっちにしても、あれは返した。バシームが親戚《しんせき》の女の子に聞いたら、ああいうネックレス、もう流行《はや》らないんだって。おれの判断《はんだん》ミス」

カリームは、小さいプラスチックの箱を、大切そうにポケットに入れた。

「そっか」と言ったものの、ジャマールのくるくる変わる思いつきに面食らっていた。「またとりあげないでよ。わかった？　ぼくにはこのゲームが必要なんだから。なくちゃこまるんだから。もしまたこれに手をかけたら、どんなことになるか、わかってるよね？」

「言いたいことは、わかってる。それ以上言わなくていい」ジャマールがいかにも仲のいい兄弟らしくカリームの肩に腕をまわし、ふたりそろって家路についた。

19

イスラエル兵との衝突《しょうとつ》でジャマールが勇敢《ゆうかん》に戦って怪我《けが》をした話は、枯《か》れ草《くさ》が燃え広がるような勢いで、ラーマッラーの若者たちのあいだに伝わった。とくに額《ひたい》の包帯《ほうたい》が目立っていた数日、ジャマールは英雄としてもてはやされた。にもかかわらず少しもいばった顔をしないので、またもやみんなに褒《ほ》めそやされた。ジャマールは、さすがに何人かの親友には、撃《う》たれたわけじゃないんだと打ち明けたが、皮肉なことに、それを聞いた人たちは、わかったわかったとうなずき、目配せしながらヒソヒソ声で言い合った。「おふくろさんを心配させたくない一心で、そう言っているだけなのさ」

カリームは、ラインマンがもどってきて有頂天《うちょうてん》だったが、ラインマンで遊ぶ時間はぜんぜんなかった。これまでの人生で、こんなにいそがしい目にあったのは、はじめてのような気がする。学校と、店と、友だちとの秘密《ひみつ》の約束《やくそく》、それをみんなこなしながら走りまわった。気をよくしているときは、ホッパーのグラウンドの完ぺきな青写真を頭の中に描くことができたが、落ちこんでいるときは、土ぼこりの舞い上がるデコボコの空《あ》き地《ち》にしか思えず、空《むな》しくなって心がふさいだ。

少年たちとこっそり会う時間は、ひとりでにきまってきた。予想外のことが起きないかぎり、三人とも午後三時ごろにホッパーのグラウンドに集まるようになった。その時間なら、ジョーニの授業《じゅぎょう》は終わっていたし、カリームも午前組の授業のあと店の手伝いをすませて駆《か》けつけることができた。ホッパーも、お母さんから言いつけられる手伝いが、だいたい終わる時間だ。ホッパーは、コーランの聖《せい》なることばを町で売るのはやめたらしい。ほとんどお金にならず、時間の無駄《むだ》だと気づいたのだ。

集合するとすぐ、みんなで自動車の中にもぐりこみ、ネコたちがいるかどうか調べた（ジョーニはいつも忘れずにネコにやる食べ物持参でやってくる。カリームもときどき、エサになりそうなものを探《さが》してきた）。そのあと、それぞれかくしてある服をひっぱりだして着がえ、しばらくボールを蹴《け》って遊んだあと、自分たちの計画にしたがって仕事に取りかかった。

「あの大きな岩、なんとかなんないかな」三人でひと休みしているときに、カリームが言った。白熱したはげしいゲームをした直後なので、息を切らせている。

「あの岩？　冗談《じょうだん》だろ？」ジョーニが、ひろった小石を大きな岩に向かって投げた。岩は、こともあろうに、ちょうどサッカーをするあたりのど真ん中に、デンと居《い》すわっている。小石はピシッと音をたてて岩に命中したものの、すげなく跳《は》ね返《かえ》された。「あれは動かせないよ。にっちもさっちもいかないさ」

ジョーニは立ちあがり、自動車の中に入っていったが、すぐオレンジジュースのボトルをかかえて出てきた。カリームの発案で、ジョーニが少しずつ持ってきては、ためているのだ。ジョーニは、炭酸《たんさん》でシューシュー泡だっているボトルを友だちふたりに差し出し、みんなでかわるがわる飲んだ。

ホッパーは口をふくと、岩のところまで行き、全体重をかけて力いっぱい押《お》してみたが、なにも言わずにあきらめ、ジョーニのところにもどってジュースのボトルに手をのばした。

カリームは顔をくもらせた。ふたりとも、なんですぐあきらめるんだよ、イライラするなあ、もう。カリームは眉根《まゆね》を寄せて岩を見た。人類は大きなものだって、いろいろ動かしてきたんだぞ。大昔のエジプト人を見ろよ。バカ力を発揮《はっき》するだけじゃダメ。頭を使わなくちゃ——頭を使えば、難問《なんもん》だって解決できる。

カリームは岩のところに行き、まわりをぐるっと歩きながら、岩の状態《じょうたい》を調べた。岩は、かわいた土にめりこんでいる。岩のすぐそばの地面を蹴ってみた。土ぼこりが舞いあがった。地面はそれほど固くないようだ。

冷ややかなサイレンの音が、静まりかえった町にひびきわたった。反射的《はんしゃてき》に三人とも身をちぢめ、振《ふ》り返《かえ》った。

「パレスチナ側のサイレンだろ。救急車の」ジョーニが自信なさそうに言った。

三人はじっと待った。なにかほかの音は聞こえないだろうか、叫《さけ》び声《ごえ》とか銃声《じゅうせい》とか、戦車の砲弾《ほうだん》が炸裂《さくれつ》する音、重いエンジンの音なんかが。サイレンがまた鳴ったが、さっきより遠い。

なにが起きたにせよ、サイレンは遠ざかっている。

カリームはなにも言わずに、また岩を調べはじめた。それから瓦礫《かれき》の山に駆けあがり、とがったタイルの破片《はへん》を見つけだし、それを持って岩のところにもどってきた。かがみこんで、岩に接している地面を掘《ほ》りはじめた。思ったより簡単《かんたん》だ。掘り返した土を、手で掻《か》き出《だ》していく。

ほかのふたりは遊びはじめた。

「ちがう、立つ姿勢《しせい》からちがってる」とジョーニ。「空手《からて》は芸術だからね。足の位置はこう、それでバランスよく……」

カリームは自分がしていることに夢中《むちゅう》で、ふたりの話など耳に入らない。

すでに山のような土を取りのぞいた。カリームは立ちあがり、手をつく場所を慎重《しんちょう》にきめて岩を押した。わずかに動いたのが手に伝わってきた。

「へーイ、そこのふたり！　動いたぞ！　手伝って！」カリームは叫んだ。

ジョーニとホッパーが駆けつけた。岩に満身の体重をかけ、足をふんばり、息を止め、ウーッと力んだ。

またわずかに動いた。

「ほーら！　もういちど！」カリームは息を切らせながら言った。

みんなでまた押した。力みすぎて血が頭にドッとのぼるのがわかる。肩《かた》の筋肉がコチコチになり、ブルブルふるえている。岩が一瞬《いっしゅん》、少しだけ動いたのが体に伝わってきたが、すぐまた微動《びどう》だにしなくなった。

「だめだね」ジョーニが体を起こし、手のよごれをはらった。

「だいじょうぶだって。ぜったい動かさなくちゃ」カリームは言い張った。

ホッパーは道のほうを見ていた。難民キャンプの学校の、午後組の授業が終わったとみえ、七、八人の少年が通りかかった。

「知ってるやつらだ」ホッパーが言った。それから声を張り上げた。「ヘーイ、マフムード！　アリ！　そこのみんなー！　ちょっと来い！」

少年たちが、ぶらぶらやってきた。

「この旗、だれが作ったの？　すごーい」中のひとりが言った。

「三人で作ったんだ」ホッパーとカリームとジョーニが口々に言った。

「なにやってんのさ？」あとから来た少年のひとりがきいた。

「この岩を動かしてんの」

「なぜ？」

「サッカーのピッチを作ってるから。この岩、じゃまっけだろ」

質問した少年がニコッと笑った。

「かっこいい」

その子はさっそく、かばんをおろし、肩を岩に押しつけた。ほかの子たちも、われさきにと加わり、すきまをさがして割りこんだ。

　カリームは、背の高い太った少年の肘《ひじ》に小突《こづ》かれてはみだし、唇《くちびる》をかんだ。なんだかおもしろくない。ホッパーのグラウンドは、ぼくたちだけのもの、ぼくとジョーニとホッパーだけのものなのに。知らない子ばっか。友だちでもなんでもない子じゃないか。よそ者に乗っ取られるなんて、ごめんだ。

　ふと見ると、岩が動きはじめている。ほんのちょっとかたむき、もう少しかたむき、地面の上でゆれている。

「やったー！」カリームが叫んだ。「ワーへッド！　イトネーン！　タラータ！　ワン！　ツー！　スリー！　よいしょー！」

　カリームの目の端《はし》に、道を通りかかった人が声におどろいて立ち止まり、振り返ったのが見えたが、夢中になっていたので、それ以上、気にもとめなかった。

「動いてるぞー！」カリームが大声で言った。「もういちど押してー！」

　根っこを残してねじ切られる木のように、大地にしぶとくへばりついていた岩が動いて、ころがり出て、止まった。

　道で立ち止まっていた男の人が近づいてきたが、カリームは相手にしなかった。

「そのまま押してー！」カリームは、その場でピョンピョン跳《と》びはねながら号令をかけた。

「もっと押してー！　そらいけー！　ころがしてー！　もうひと息！　もうひと息！　よー

し！」

少年たちは、おとなしくカリームに従《したが》った。

岩はゴロリゴロリと小気味よい音を立てながら、思ったよりずっと簡単に、かわききったグラウンドをころがり、瓦礫の山の横で止まった。

「カリーム？」聞きなれた声がした。「なにやってんの？」

カリームが振り向くと、頭の上からジャマールが見おろしていた。

「サッカーのグラウンドを作ってるのさ」カリームは岩の移動《いどう》に成功して舞い上がっていたので、ひたかくしにしていた秘密がばれることなど、気にもとめなかった。「もとがどんなだったか、見せたいよ。ぼくたちで、がらくたの山を、ぜーんぶ片づけたんだ。これからすごいことが、おっぱじまるぞ。それからこの旗、これもぼくたちで作ったんだぜ」

「おまえたちだけで？　鼻たれ小僧《こぞう》のくせに？」

「うん。ぼくとジョーニとホッパーで。あれがホッパー、あそこにいるのが」

ジャマールは、生意気《なまいき》なことやりやがってと思いながらも感心したとみえ、目を丸くした。

「なるほど、なるほど。いちおう感心してやるよ。そっかー、こんなことやってたのかー」

「そういうこと。でも兄ちゃんにはわかんないだろうな、どんなに大変だったか。見てよ、あそこの石ぜんぶだよ。ぼくたち……」

ジャマールが首を振った。

「話の続きはあとで聞く。それより、もう家に帰ったほうがいい。ニュース、聞いてないのか？　また爆破騒《ばくはさわ》ぎがあったんだ。イスラエルのやつらが――」

「だれか、ボール持ってなーい？」新入りの少年のひとりが、大きな声で言った。

カリームは、ジャマールのきびしい口調に気づいてはいたが、ひと遊びできそうなチャンスを、みすみす逃《のが》す気にはなれない。

「あるよー、そこらへんに」カリームは、さっきボール遊びをやめたあたりを指さしながら、肩ごしに大声で答え、それからジャマールの顔をもういちど見て、ほんとうに緊急事態《きんきゅうじたい》なのかどうか探《さぐ》った。

ジャマールは肩をすくめた。

「あと三十分くらいはいいかな。イスラエルがまた外出禁止令を出すらしい。戦車がもどってきてる。でも、ここに来るまでには、まだちょっと時間があるだろう。聞き耳をたてて、危ないまねはすんなよ。外出禁止令のさなかに、おまえが外で捕《つか》まってみろ。死ぬまで母さんの涙《なみだ》につきあわされるのは、こっちなんだからな」

カリームはうなずいた。

「いまの話、聞いた？」カリームはほかの子たちに向かって大声で言った。「戦車がもどってくるって」

「まだ来ないよ」少年のひとりが言った。「六時過ぎなきゃ、やつらは来ない。ボール、どこだって？」

「ここ」ジョーニが、溝《みぞ》にころがりこんでいたボールを、ひろいだした。

「見ろ、あそこにゴールまである」ラティーフと呼ばれている少年が、グラウンドの端にある壁《かべ》を指さしながら言った。カリームが一週間ほど前に、黒のマジックで、デコボコの壁に苦心しながら描いておいたゴールだ。

あっという間に少年たちは通学かばんをポンポン放りだし、反対側のゴールを作り、二組に分かれ、体を張ったすさまじいゲームをはじめた。カリームは、ホッパーと新入りの少年のあいだに飛びこみ、見事なタックルでボールを奪《うば》うと、ドリブルしながらピッチを駆けのぼった。

「カリーム！」ジャマールの声が聞こえた。「ぐずぐずすんじゃないぞ。三十分だけだからな。おれは先に行く。バシームのとこに寄んなくちゃなんないから」

そのあとのカリームは、なにもかも忘れ、試合に没頭《ぼっとう》した。

新入りのひとりがカリームをマークしはじめ、みごとな足さばきでボールを奪《うば》おうとする。うまい。本物の試合がはじまった。カリームは俄然《がぜん》やる気を出した。ひたすらボールに集中する。少しでも長くボールを支配しようと、工夫をこらす。急に足の切れがよくなった。足の腹にボールをトンとあててフェイントをかけ、敵をかわし、次の瞬間にはつま先をじょうずにつかってドリブル。

すると突然《とつぜん》、前が開け、最後の追いこみ。壁に描いたゴールめがけてラストスパート。ゴールキーパーの少年が低く構えて両腕を広げている。だがカリームには、キーパーの心理が手に取るようにわかる。右にジャンプする気だ。そこで左をねらう。絶好《ぜっこう》のタイミングと絶妙《ぜつみょう》の判断《はんだん》で、カリームの足がシュート。ボールはきれいなアーチを描いて壁にバシッ。ポストとクロスバーの角ぎりぎりのところにきまった。

すぐに試合再開。カリームのライバルがボールを追いかけ、あっという間に向こうの端に。それをホッパーとジョーニが追いかけている。そのとき一瞬、カリームの足が止まった。あまりのすばらしさに感極《かんきわ》まったのだ。息ができなくなるほどの感動。

努力したおかげで、夢《ゆめ》じゃない本物のグラウンドが目の前にある。ついに三人でやり遂《と》げたホッパーのグランウンド。がらくたの山をみごとなグラウンドに変身させたんだ。たしかに、夢見ていたような豪華《ごうか》なスタジアムではない。観客もいないし、テレビカメラも、メモをとる記者たちもいない。でも、そんなものは急ぐことはない。大事なのは場所だ。ぼくたちだけで作り出したこのスペース。

きょうは、思いがけないことが起きた。この新入りの少年たち――この子たちが来たってことは、考えてみれば、すごいことだった。おかげで、チームを組んで、本物の試合ができた。それからジャマール。ジャマールは、なにもかも認《みと》めてくれた。感心してくれた。カリームは、情熱とうしろめたさのあいだでずっと行き場をなくしていた気持ちが、やっとひとつに重なって落ち着いたような気がした。

でも、それよりなによりうれしいのは、サッカーのこと。頭と目と足が、もののみごとにハモってる。どの動きも魔法《まほう》のようだ。気力と体力と技術が、体じゅうにみなぎっている。大きな喜びに満たされて、試合にもどろうとしたちょうどそのとき、思っていたよりずっと近くで、ずっしり重い車輌《しゃりょう》の音がした――戦車か、ブルドーザーか、その両方か――地ひびきをたてて道を進んできている。

「やばい！　やつらが来てる！　すぐそこまで！」カリームは、ありったけの大声を張り上げた。

「マムヌーアッタジャッウル！」ラウドスピーカーが突然鳴りひびいた。「外出を禁止する！」

20

イスラエルの巨大な戦車三台の音を聞き、姿《すがた》を見たとき、カリームの心臓は早鐘《はやがね》のように打ちはじめた。目をこらし、耳をそばだてた。体じゅうに鳥肌《とりはだ》がたっている。

ほかの少年たちは蜘蛛《くも》の子を散らすように瓦礫《がれき》の山を駆けのぼり、その向こうに姿を消した。

「来いよ！」ジョーニが大声で呼《よ》んでいる。「早く！」

カリームは振《ふ》り向《む》きざまにホッパーにバイバイと叫《さけ》び、ジョーニのあとを追いかけようとしたのだが、ギョッとして足が止まった。みんな瓦礫の山をこえて逃《に》げているというのに、ホッパーだけは先頭の戦車めがけて走っている。

「ホッパー！」カリームが叫んだ。「止まれ！　バカなことすんな！」

そのとき、道路の向こう側にいる老人の姿が目に飛びこんだ。野菜を山のように積んだ手押《てお》し車《ぐるま》を押してきた老人が、戦車の進路からあわてて逃げようとしたのだろう、手押し車をひっくり返してしまった。溝《みぞ》に向かってころがっていくトマトやナスやリンゴを、右往左往《うおうさおう》しながら、ひろい集めようとしている。

老人が体を起こしたとき、カリームには、それがホッパーのおじいちゃんだということがわかった。

老人はおたおたしている。すると先頭の戦車が速度を落とし、バカでかい銃身《じゅうしん》をグルリとまわして老人にねらいをさだめた。

老人はよたよた逃げ出した。長い服のすそを両足にまとわりつかせながら。

カリームも逃げた。瓦礫に向かって走り、瓦礫の山をのぼっておりた。兵士のライフルの銃《じゅう》口《こう》が自分に向けられているのではないかと思うと、背中がゾクゾクする。

最後にもういちど振り返ろうとして足もとから目を離《はな》したすきに、足の下でぐらついていたコンクリートがかたむき、体がおよいだ。くるぶしにギクッとするどい痛《いた》みがはしり、つんのめってころんだ。痛めていたくるぶしを、さらにひどくひねってしまった。

立ち上がり、ノロノロ歩きはじめた。すると来た、戦車からのどなり声が。ヘブライ語なのでなにを言っているのかはわからない。またすべって、くぼみに落ちた。右の手のひらの親指のつけ根をすりむいた。

戦車が止まった。

やつらに見つかったんだ。ひっとらえにくる気だ。こわくて息ができなくなった。

肩《かた》ごしに振り返ると、落ちたくぼみは思ったより深く、戦車や戦車に乗っている兵士からは見えないことがわかった。空しか見えない。周囲は瓦礫の山。しかしどなり声が一段とけわしくなった。

血の出ている右手は見ないようにして、用心しながらそろそろと起き上がり、さびた二本のドラム缶《かん》の間からようすをうかがった。

ホッパーがひとりでいるのが見えた。野性味たっぷりの、やせた腕白《わんぱく》少年。先頭の戦車の前に立ちはだかり、はねまわっている。熱に浮《う》かされ、まるで水銀の粒《つぶ》のように、ちょこまか動きまわっている。抵抗《ていこう》してやるぞという気迫満々《きはくまんまん》だ。カリームが見つめていると、ホッパーはかがんで、地面に落ちているものをひろった。流れるようなその動作は、ほとんど目にも止まらぬ早さだ。カリームは目をこらした。なにをひろったんだろう？　紫色《むらさきいろ》の光るものだ。

「ナスだ！」カリームは声にならない声でつぶやいた。「ナスを、どうしようってんだ？」

いかにも、だいじそうに持っている。と、大胆不敵《だいたんふてき》にも、そのナスを口に持っていって、緑の茎《くき》を噛《か》み切った。それはまさに、手投げ弾《だん》からピンを引き抜くときの仕草だ。それからやおら、ねらいを定め、戦車に向かって投げつけた。

戦車の砲塔《ほうとう》の上では、鉄のヘルメットをかぶり防護服《ぼうごふく》をまとった鶯色《うぐいすいろ》の人影が、M16ライフルの照準《しょうじゅん》を、ちょこまかはねまわっている少年に合わせようと苦労している。大声で警告《けいこく》を発した次の瞬間、その兵士は飛んできたナスをよけて身をかわした。ナスは戦車の横腹にあたり、グシャッとつぶれた。

カリームは体をかたくして手をにぎりしめていたが、心の中で、燃えるような拍手《はくしゅ》を送った。

「おみごと、ホッパー、すばらしい！」カリームは口の中で言った。「でも、早く逃げないと。

逃げろ！」

ところがホッパーは、逃げるどころか、またもや戦車めがけて突進《とっしん》しはじめた。カリームが度肝《どぎも》を抜かれて見ていると、巨大な銃身めがけて跳《と》びあがった。次の一瞬は、まるでスローモーション映画のように見えた。ホッパーが、運動場の鉄棒で遊んでいるような身軽さで、銃身にぶらさがったのだ。

瓦礫の山にかこまれて見ているカリームには、ホッパーが、まばゆい光に包まれた不屈《ふくつ》の鉄人に見えた。しかしいつまでも幸運が続くとは思えない。すぐうしろの戦車の砲塔に、穴《あな》から出てくるウサギのように、兵士が次々に姿を現わした。たがいに大きな声をかけあいながら、それぞれライフルのねらいを定めている。

カリームは見ていられなくなった。目をキュッと閉じ、怪我《けが》をしていないほうの手をにぎりしめて額《ひたい》をたたいた。たて続けに銃声が鳴りひびき、どなり声が聞こえた。カリームには、ホッパーのぐったりした死体が舗装路《ほそうろ》にころげ落ちるのが見えるような気がした。この目でたしかめなければ。

カリームの目に飛びこんできたのは、しなやかな体つきのホッパーが、あっちへこっちへ素早く身をかわしながら、横道に向かっているところだった。さすがの戦車もちょっとやそっとでは入りこめない、難民《なんみん》キャンプの小道に通じる道だ。ホッパーを追いかける弾丸《だんがん》は、石を蹴《け》散《ち》らしたり、壁《かべ》にめりこんだりしている。ホッパーは一瞬《いっしゅん》たじろぎ、左手で右の肘《ひじ》をピシャりとたたいたが、そのまま進んで姿が見えなくなり、無事、キャンプの懐《ふところ》に逃げこんだ。

カリームは汗《あせ》をびっしょりかいてふるえていたが、ひとまずホッとして、フーッと大きく息を吐《は》いた。数人の兵士がそれぞれの戦車からおりて、巨大なブルドーザーのかげでなにやら相談している。やがて戦車に走ってもどり、戦車を難民キャンプのほうに向けなおしたので、大きな銃身が、密集《みっしゅう》した家々のほうにまっすぐ向いた。

やつら、キャンプに入って撃《う》ちまくり、ホッパーを見つけ出すまで、次から次に家をぶっこわす気だな、とカリームは思った。

ホッパーの勇敢《ゆうかん》な抵抗を見ているあいだの得意で誇《ほこ》らしい気分は、もうどこへやらふっとんでしまった。いまはただただ、意気地《いくじ》がないのが恥《は》ずかしい。なぜ出て行ってパレスチナのために立ち向かわなかったのだろう。武器などなくてもナス一個で、武装兵《ぶそうへい》の一団くらい立《た》ち往生《おうじょう》させてやれたのに。思いきって銃身にぶら下がり、イスラエル兵をあざ笑ってやる勇気が、なぜ自分にはなかったのだろう。やつらが残忍《ざんにん》で凶暴《きょうぼう》な破壊行為《はかいこうい》をしようとしているときに、なんでこんなところにうずくまっているんだ。

そのとき、戦車がまた動きだした。予想に反し、キャンプではなく町のほうに向きを変えた。

カリームは、戦車がすっかり遠ざかり、あたりが静まりかえるまで待とうと思った。そうなったら瓦礫の間から這《は》いだし、足をひきずって家に帰ろう。ねんざした足で走るわけにはいかないが、できるかぎりの早足で、イスラエルのやつらがまだやってこない路地を選びながら急いで帰ろう。

カリームは気持ちをひきしめ、すぐ動けるように態勢《たいせい》をととのえた。しかし戦車は、エンジンをかけ、人っ子ひとりいない道に轟音《ごうおん》をひびかせてはいるものの、まだ動きだす気配はない。

カリームはおそるおそる顔を上げ、ようすを見ようとして、すぐに頭をひっこめた。ホッパーのグラウンドの入り口に置いてあるパレスチナの旗に、兵士たちが気づいたのだ。中のふたりが旗をブーツで蹴とばし、声の調子からするとどうやら、ののしりながら、こわしにかかっている。

カリームは拳《こぶし》をにぎりしめたまま、いっそうみじめになった。大切にしていた誇りを傷《きず》つけられてしまった。

「出ていけ！　出ていけ！」カリームは口の中で言った。「ここは、ぼくたちの場所なんだ。とっとと出ていけ！」

しかし兵士たちはホッパーのグラウンドをじろじろながめまわしている。それから、ひとかたまりになって止まっている戦車のほうを振り返り、大声でなにか言った。先頭の戦車の砲塔にいる兵士が、いつでも発砲《はっぽう》できるようにライフルをかまえて立ちあがった。兵士の目線が瓦礫の山のてっぺんと、おなじくらいの高さになった。瓦礫の山が見わたせるはずだ。でも、カリームが落ちたくぼみのへりに、偶然《ぐうぜん》にもトタン板が突《つ》き出《で》ているおかげで、なんとか姿を見られずにすんでいる。

カリームは石の山にピタリと体を寄せ、頭をできるだけ低くした。どうかあの兵士がこっちを見ませんように。どうかうまく体がかくれていますように。

数秒たった。するとまた叫び声が聞こえ、戦車が動きだしたとわかるエンジン音がひびいた。道路をゴロゴロと遠ざかっていく音がしたので、やっとひと息つき、音が完全に消えるのを待った。ところが音は消えなかった。何台かはたしかにいなくなったが、まだ近くに残っている車輌《しゃりょう》があって、逆《ぎゃく》にもっと近づいてきている。

カリームは恐《おそ》ろしくてガタガタふるえた。ふるえているうちに、最後尾の戦車が、こともあろうにホッパーのグラウンドに入ってきたのがわかった。

21

カリームは瓦礫《がれき》の中に身を横たえたまま、ほんの少しずつ移動《いどう》した。そうしながらも、全身を耳にして、いまなにが起きているかに神経《しんけい》を集中させた。

やつらはすぐ出ていくさ。自分で自分にそう言い聞かせる。やつらは町の中に入ろうとしているんだから。

巨大な車輛《しゃりょう》がまだ残っているのがわかる。向きを変える音がするし、地ひびきが伝わってくる。エンジンもうなっている。石がギシギシいう音に続き、踏《ふ》みつぶすような音。金属《きんぞく》がつぶされているらしい。

カリームは用心に用心を重ねながら、くぼみにそって小刻《こきざ》みに移動していく。突《つ》き出《で》ている錆《さ》びたトタン板の裏《うら》を調べた。外をのぞけるような穴《あな》はないだろうか。おあつらえむきの穴が見つかった。これなら、向こうから姿《すがた》を見られずに外のようすが観察できる。

ホッパーのグラウンドに残っている車輛は二台だ。戦車と装甲ジープ。ジープは、横の窓もフロントガラスも、太い針金《はりがね》の網《あみ》でおおわれている。車体の横についている長いラジオアンテナが、空を突く槍《やり》のようにみえる。屋根の上で黄色いライトが点滅《てんめつ》している。

戦車はもう、サッカーのピッチの中まで移動し、向きを変えようとしている。戦車のせいでメチャメチャにされていた場所を、いままた台無しにしようとしているのに、そんなことにはおかまいなしの傍若無人《ぼうじゃくぶじん》な振《ふ》る舞《ま》いだ。自動車への出入り口をかくすために置いたドラム缶《かん》の列が、巨大なキャタピラーに完全に押《お》しつぶされた。つぶしざまに大きな瓦礫の山を押しのけ、その拍子《ひょうし》に石がガラガラころがり落ちて、べつの新しい山ができた。おかげで自動車は瓦礫にすっぽり埋《う》もれ、ほとんど見えなくなった。ということは、ホッパーのグラウンドから自動車の中に入る道が、完全につぶされたってことだ。

カリームは、なんとしてもここから出てやるぞと、むきになった。這《は》って瓦礫の山を越《こ》え、ホッパーのグラウンドの裏手のわき道まで行くというのはどうだろう。音を立てずに行くのは無理だが、戦車のエンジンが音をかき消してくれれば、兵士たちに気づかれずに行けそうだ。夕方近くなり、あたりは薄暗《うすぐら》くなりはじめている。こっそり動くなら夕暮れ時にかぎる。すべてが灰色《はいいろ》にくすみ、しかもまだライトがつかない時間帯。

くぼみの端《はし》まで這っていき、となりの瓦礫の山をのぼりはじめた。できるだけ音を立てないように気をつける。戦車はまだ動いている。ホッパーのグラウンドの入り口に配置するつもりらしい。銃身《じゅうしん》はさっきと同じく難民《なんみん》キャンプのほうを向いている。装甲《そうこう》ジープが戦車のわきにピタリと止まった。屋根の上の黄色いライトは点滅したままだ。ジープから兵士たちがおりてきて戦車のまわりを取りかこみ、戦車の上のサンドバッグに腰《こし》かけている兵士と話をはじめた。

あの兵士がこっちを向いたら、絶体絶命《ぜったいぜつめい》、見つかっちまう。

一瞬《いっしゅん》、恐怖《きょうふ》ですくみあがったが、砲塔《ほうとう》の上のその兵士は、ハッチから戦車の中に姿を消した。いまだ！　カリームは瓦礫の山のてっぺんまで這いのぼり、向こう側にすべりおりた。

気がつくと、さっきとはべつの瓦礫の谷に横たわっていた。バカに平らな場所だ。と思ったとたん、意外にも自動車の屋根の上に着地しているのに気づいた。フロントガラスの前のすきまをかくそうと、ホッパーとふたりで考えついた鎧戸《よろいど》が、もとどおりの場所におさまっている。ここ二週間のうちに飛ばされてきたプラスチックや紙が、自動車の屋根をかくすのにひと役買っている。これなら、自動車一台そっくり埋まっているなんて、とても見破《みやぶ》れないだろう。

秘密《ひみつ》の隠《かく》れ家《が》の屋根の上にいることがわかって、いくぶん元気が出た。暗くなりはじめているが、ここなら自分がグラウンドのどこにいるか、はっきりわかる。グラウンドの端まで行くのに瓦礫の山をいくつ越えればいいかもわかっているし、どっちの方角に行けばいいのかも、ばっちりだ。

じゅうぶんに注意しながら、自動車の屋根の上を歩き、もっと低いとなりの山の背に移《うつ》ることにした。まずは、グラグラしているコンクリートのかたまりに足をかける。そのとたん、戦車のエンジンが止まり、急に静かになった。

聞こえるのは自分の息づかいと、靴《くつ》とコンクリートがかすかにこすれる音だけだ。ところがたちまち、兵士の話し声が、ギョッとするほど近くから聞こえ、肝《きも》をつぶした。

自動車の上でそのままうずくまり、待った。すぐまた、戦車かジープのエンジンがかかるだろう。そうすれば、その音にかき消されて逃げることができる。とにかくエンジンをかけてくれ。なにがなんでも逃げ出さなくちゃならないんだから。

間髪《かんぱつ》を入れず、期待どおりの音がとどろいた。ジープのエンジンがかかったのだ。ジープは、ホッパーのグラウンドに地ひびきをたて、タイヤをきしらせながら、全速力でグラウンドのコーナーをまわった。

カリームは気力をふるい起こし、次の一歩を踏み出そうとしたが、踏み出す前に突然《とつぜん》、ジープが止まった。止まったのは瓦礫の山のはずれ。ここから逃げるには、どうしても通らなくてはならない場所だ。ギヤチェンジをやかましくやりながら、横の道に駐車《ちゅうしゃ》しようとしている。点滅する黄色いライトが、うす気味悪い光を周囲に投げかける。ピカッ。ピカッ。

袋《ふくろ》のネズミになっちゃったな。動きがとれない。やつらがひと晩中《ばんじゅう》ここにいたら、いったいどうすればいいんだ。外出禁止令が出ているあいだ、やつらがここにずっと居すわったら、どうしよう。数週間は続くんだぞ！

ジープはエンジンをかけているが、両方のドアを開けっぱなしにしているので、ヘブライ語の話し声がここまで届く。

やつら、このグラウンドをすみずみまで調べにかかるぞ！　調べるにきまってる！　ぼくをめっけたら、やつらのことだ、迷《まよ》わず撃《う》ってくるだろう。それとも、ふくろだたきにされて両足骨折《こっせつ》か。刑務所《けいむしょ》送りかもしれない。

カリームは周囲をぐるりと見まわした。まずいことになっている。八方ふさがりだ。どこからも出られない。ここにいるよりほかない、じっとかくれているしか。

とにかく、すばやく動くことだ。音をたてているのに気づき、ヒヤッとする。ジープのエンジン音が鳴っていても、聞こえてしまうかもしれない。古びた木製の鎧戸をずらし、自動車のボンネットの上から下にすべりおり、頭の上で、ざらざらした鎧戸をもとどおりの位置まで閉めた。

ひゃー、こんなところに長くいるなんて無理だよ。せますぎる。まっすぐすわることもできやしない。

運転席のドアは、とっくの昔に、もぎ取られ、なくなっている。その穴を使って、少年たちは自動車に出入りしていた。でも戦車が瓦礫の山を押したせいで、その穴もふさがれてしまった。コンクリートのかたまり、石、粉々《こなごな》になった砂利《じゃり》。そういうものがいっぱいつまり、自動車のわきに、せまいすきまがあるだけだ。

ジープがいつまたエンジンを切るかわからない。そうしたら音が聞こえてしまうので、できるだけ早く体をずらし、自動車の横にまわる。せまいすきまに体をさしこむ。突き出ているギザギザのものに服がひっかかる。また手をすりむいた。瓦礫がガラガラ音をたてながら体のまわりにくずれ落ちる。ときどき動くのをやめ、体をこわばらせて待つが、さいわい兵士たちのどなり声はしない。

最後に満身の力をこめて体をくねらせ、なんとか自動車の中に体を入れ、ようやく運転席に倒《たお》れこんだ。体は見るかげもないほどの、よごれようだ。ひっかき傷とアザだらけで疲労困憊《こんぱい》。それよりなにより、こわくてたまらない。それでも心の片すみで、やったぜ、ざまあみろ、とつぶやいた。

やつらとしたことが、ぼくを捕《つか》まえそこなってやんの。捕まえたければやってみろ。ここに入りこんじまえば、こっちの勝ち。いつまでだろうが、たてこもってやる。

22

自動車の中は、ほとんど真っ暗だった。またたく間に日が暮れ、ジープの黄色い警告灯《けいこくとう》の点滅《てんめつ》にあわせて、かすかな光が入ってくるだけだ。

カリームは運転席と助手席のあいだのすきまを使い、少しずつ体をずらして後部座席に移動《いどう》した。後部座席には着がえがかくしてある。ジョーニの服もあるはずだ。ここにしばらくいる羽目になったら、夜の寒さを防ぐためにも着るものが必要だ。足がなにかにつっかかり、ピチャピチャと音がした。ジョーニの飲み物だ！　オレンジジュースの大きなボトルを、ここに蓄《たくわ》えていたんだった。手でさぐってたしかめる。四本ある。二リットル入りのボトルが四本。これさえあれば、しばらくは喉《のど》のかわきを癒《いや》すことができる。

ジョーニが食べる物も置いていったのではないかと記憶《きおく》をたどってみたが、残念ながらそれはなさそうだ。どちらにしても、いまは暗くてたしかめられない。

ジープのエンジンが突然《とつぜん》止まった。カリームは体をこわばらせながら、シンと静まりかえる中で耳をそばだてた。すると聞こえた。すぐわきで、かぼそいニャーという声がして、やわらかいものが手に触《ふ》れた。ジンジャーだった。大きい方の子ネコ。

カリームはふわふわした毛玉を抱《だ》き上《あ》げ、頰《ほお》ずりした。

「ママはどこに行ったの？」カリームはささやいた。「アジーザはどこ？」

もう一匹《ぴき》の子ネコが、膝《ひざ》におずおずと足をかけてきた。空《あ》いているほうの手で、こっちの子ネコも抱きあげる。

「ママはすぐもどってくるからね」カリームは小声で言った。「心配しなくていいよ」

とは言ったものの、こんな言葉は気休めでしかない。自動車にもどる道が大量の土砂《どしゃ》でふさがれてしまったいま、アジーザはいったいどうやって入ってくるというのか。それに、子ネコにやれるものといったら、炭酸《たんさん》入りオレンジジュースしかないのに、どうやって子ネコの命を守ってやれる？

ジンジャーはカリームの心のうちを読みとったらしい。前足をのばしてカリームの顔をなでた。傷《きず》つけないようにそっと。でも気を引く程度《ていど》に爪《つめ》をたてて。

「おいおい、やめろ」カリームは子ネコを顔から遠ざけた。「ぼくたち、おなじ運命を背負《せお》わされた仲間だね」

カリームはジンジャーを膝のわきにおろし、もう一匹の子ネコを手の中でひっくり返した。両手で包むようにあお向けにされた子ネコの、おなかの白い毛が、かすかな光の中でキラキラ光った。

おまえには、まだ名前をつけてなかったね。

こうして自動車の中にいると、まわりの金属《きんぞく》の壁《かべ》が刑務所《けいむしょ》の壁のように思えてくる。ぼくたち、ほんとうに閉じこめられちゃったね。手の中の子ネコが横を向いて、カリームの親指に鼻面を押《お》しつけてきた。

フッリーヤって名前にしよう。自由って意味。そう呼《よ》ぶよ、フッリーヤ。

子ネコたちがいるだけで、なぐさめられる。この子たち、外の物音なんか気にもしないで、底ぬけに天真爛漫《てんしんらんまん》なんだもん。フッリーヤが、だっこはもうたくさんとばかり、手の中でもがいた。カリームはフッリーヤを、お兄ちゃんネコの横におろしてやった。

外からは、叫《さけ》び声《ごえ》や走りまわる足音が聞こえる。金属がぶつかりあうような音も。戦車のわき腹になにかがあたったようだ。瓦礫《がれき》の山のはずれのほうからは、ジープがドアを開け閉めする音が聞こえてくる。

やつらだって、いずれ眠《ねむ》るだろう。すっかり静まりかえるまで待って外に出ればいい。でもこうやってよく知っている場所にいちどこもってしまうと、兵士の銃弾《じゅうだん》に身をさらすことを考えるだけで、また心臓がひっくり返りそうなる。それに、せまいところをむりやり出ようとして瓦礫の山がくずれたら、いったいどうなる？　生《い》き埋《う》めになっちゃうかもしれない！　身動きもできずに息の根がとまっちゃうかも。

そんなこと起きるわけないよ、ばかばかしい。自分にきっぱりと言い聞かせた。瓦礫の山はそれほど高くないんだから。

後部座席に手を這《は》わせ、服をさがした。学校に行くときに着ていた黒いズボンと白いシャツ、それに毛糸のセーターが見つかった。たいして暖《あたた》かそうではないけれど、ほんとうに寒くなったら、こんなものでも、ないよりましだ。

カリームはブルッと身ぶるいした。早くも冷えこんできた。もういちど座席をさぐってみる。ジョーニの服はないようだ。あっ、あった、こんなところに。きちんとたたんで、すみのほうに寄せてある。あいつらしいな。思わず笑いがこみあげる。ジョーニの服の山をかきわけた。もう一枚ズボンがある、長袖《ながそで》のシャツとジャンパーも。ぬくぬくとまではいかないだろうが、これで夜がふけても、こごえ死ぬことはなさそうだ。

夜! そう思ったら、とたんに気が滅入《めい》った。家族はいまごろ、どう思っているだろう。母さんはもう、気が狂《くる》いそうなほど心配して、泣《な》いてるだろうな。それに父さん——もちろん父さんは八つ当たりして、ジャマールになぜ先に帰ったのかって、つべこべ怒《おこ》っているだろう。いずれぼくが帰ったら、たまりにたまった怒《いか》りを爆発《ばくはつ》させるにちがいない。

カリームには、家族がキッチンに集まっているようすが手に取るようにわかる。夕食をかこんでいるころだ。母さんが、夕ごはんですよ、って大声で呼んだはず。母さんは、カリームが息せき切って、いつ駆《か》けこんできてもいいようにって、ぼくの席にもお皿を用意してくれてる。母さんは夕食までの一時間、ぼくのことを知っていそうな人に、手当たりしだい電話をかけまくったことだろう。

ぼくがいない席、ぼくの帰りを待ちながら食卓についている家族、そう思ったとたん、涙《なみだ》がドッとあふれた。もう二度と家には帰れないかも！　それより、外出禁止令が何週間も続いたら、ここで飢《う》え死《じ》にするだろう。それとも、イスラエル兵に見つかり、テロリストと思われて撃《う》ち殺《ころ》されるか。

両手に顔をうずめて泣きたかったが、涙をぐっとこらえた。泣き声が外に漏《も》れたらどうする。遠くのほうから銃声が聞こえた。続いてもう一発。また、たてつづけに発砲音。すぐ近くでは、兵士たちが大声を張りあげながら、走りまわる靴音。

カリームは顔をあげて耳をすまし、どこから銃声が聞こえているのかたしかめようとした。パレスチナ側の発砲《はっぽう》だな、きっと。もしイスラエル側の発砲だったら、ここにいる兵士たち、ノミみたいに小躍《こおど》りして喜ぶはずだもん。

カリームは、自分のみじめな状態《じょうたい》は棚《たな》にあげ、ざまあみろと心をはずませた。銃声が聞こえてくるあそこで、だれかが、侵略者《しんりゃくしゃ》に抵抗《ていこう》してくれてるんだ。するとたちまち、ぼくだって、こうやって抵抗してるじゃないか、という気になった。こうして、やつらの目と鼻の先で、こっそりかくれているのだって、りっぱな抵抗だ。ここにしがみついて、ホッパーのグラウンドから追い出されないようにがんばるのも、パレスチナを守ってるってことだ。

運転席の横のすきまからもれてくる淡《あわ》い光に時計をかざしたとたん、また気が滅入った。まだ七時半！　ここに閉じこめられてから、たったの一時間！

それから延々《えんえん》と夜中まで、カリームは元気づいたり落ちこんだり、めまぐるしくくり返した。時間がたつのが、やけにおそい。時計の針が止まったのかと思うほど。ほんの十五分が何時間にも感じられる。空腹と孤独《こどく》と寒さにおそわれながら、後部座席でわさわさと動き回った。起き上がってみたり寝《ね》ころんでみたり。でも立つことも、思いきりのびをすることもできない。家族のことや夕食のメニューのことは、できるだけ考えないようにした。時間をじょうずにやり過ごすには、あれこれ心理作戦も取り入れなくちゃ。

外では、ときたま叫び声がしたり、遠くのほうからサイレンの音が聞こえたり、発砲音が、また一、二度したものの、占領《せんりょう》された町は重苦しい静けさに包まれている。その中で町の住人たちは、こんなことがあっていいのかと煮えくりかえりながらも、怒りを胸《むね》におさめ、それぞれ家の中に釘《くぎ》づけにされているのだ。

九時ごろ、あらたな問題が起きた。おしっこがしたくなったのだ。自動車の中はよごしたくない。いやなにおいと同居するなんてまっぴらだ。それよりなにより瓦礫の山のすぐ近くまで見まわりに来る兵士が、悪臭《あくしゅう》に気づくかもしれない。しばらく、そわそわしながら解決策《かいけつさく》を考えていたが、ふと、いいことを思いついた。さっきまで飲んでいたジュースのボトルが、もう少しで空《から》になる。飲みほして、あれを使おう。

カリームは残っていた甘《あま》い炭酸ジュースを飲み、空になったボトルに、苦心しながら用をたした。それから蓋《ふた》をきっちりしめ、助手席の下にかくした。

気のきいたことを思いついて、元気が出た。後部座席に横になり、かくしてあった服を、できるだけじょうずに体に巻きつけた。カリームがごそごそ動くので、子ネコたちはあわてて自動車の前のほうに這っていき、運転席で体を寄せ合い、丸まって眠った。

いまのところ子ネコたちは、おなかがすいたり喉がかわいたりしているようには見えない。

カリームは目を閉じ、これでやっと眠れるとほっとした。だがそうはいかなかった。ようやく気持ちを沈《しず》めて眠りかけると、そういうときにかぎって外で音がして、ビクッとおどろき、不安が舞いもどる。寒いのにもこまった。体に巻きつけたはずの服が、しょっちゅうずり落ちる。座席がきゅうくつで足がつり、枕《まくら》がないので肩《かた》がこる。

カリームは、少しでも体を暖めようと丸くなり、あっちやこっちに寝返りをうった。

ようやく寝心地のいい場所が見つかり、うとうとしかけたとき、自動車の屋根の上で、石がガサゴソ動く音がして、目がさめた。じっと横たわったまま、恐怖で心臓をドキドキさせていると、軽やかな足音とともに、ネコの影が、運転席の横のすきまをすばやく、くぐってきたのが見えた。

「アジーザ！」カリームはそっと呼びかけた。

アジーザはくわえてきたものを、前の座席の子ネコたちの前に置いた。子ネコたちは、カリカリ音をさせたり、ひきちぎったりしながら、なにやら食べはじめた。アジーザは、それを見とどけると、あとは知らんぷりで、後部座席のほうに身軽に移動し、カリームが差しだした手のにおいをかいだ。

うれしそうに喉をゴロゴロいわせながら、その手をザラザラの舌《した》でなめ、それから座席の上にひらりと飛びのって、カリームの腕《うで》の中に落ち着いた。

毛玉のようなアジーザのぬくもりのおかげで、体じゅうがあたたまった。なんてかわいいんだろう。カリームは胸がいっぱいになった。なんともいえず、かわいい。アジーザがピクピクさせる耳が鼻にさわって、くすぐったい。くしゃみが出たらたいへんだ。カリームはそっと頭の位置を変えた。

それから、ことりと眠りこんだ。

23

笑い声がして、気がついた。目をつぶったまま、しばらく横になっていた。枕《まくら》はどこにいったんだろう？　このベッド、コチコチでせまいなあ。やがてなにもかも思い出し、飛び起きた。急に動いたので、寝《ね》ちがえた首に痛《いた》みが走り、ねんざの足首がギクッとした。おそるおそる足を動かしてみた。くるぶしはまだ痛いが、きのうよりいい。たいしたねんざではなかったんだ。

アジーザの姿《すがた》はなかったが、子ネコたちは元気に目をさましている。運転席で小さな歯を見せながら、ころがったりひっかいたり、取っ組み合いの真っ最中だ。

カリームは、寝ちがえた首をさすりながら時計を見た。八時！　よくもこんなに眠《ねむ》れたものだ。

それにしても、長くて手持ちぶさたの一日になりそうだ。いったいなにをすればいい？　どうやって時間つぶしをしようか？　こんなせまくるしい場所に閉じこめられて、音も立てずに一日じゅう過ごすなんて、このぼくにできるだろうか？　食べる物もないんだぞ。

家族のことや家族が心配しながら待っていることは、考えないようにした。でも、ちょうどいまごろ、みんなで食べているはずの朝食が、いやでも頭に浮《う》かんでしまう。目玉焼きとパン、あったかいお茶とトロリとしたヨーグルト。じわりと唾《つば》が出てきた。

ジョーニのことだ、きっと、なにか食べる物をかくしているはず。お菓子《かし》かなんか。でも見つからないんだよなー。

丹念《たんねん》に自動車じゅうをさがしはじめる。とちゅう、思わずドアを蹴《け》とばしてしまった。音に神経《しんけい》をとがらせているカリームには、耳をつんざく音を立てた気がして、心臓がひっくりかえりそうになった。

けっきょくなにも見つからなかった。パンのひとかけらも。オレンジの皮一枚も。

また時計を見た。八時十分過ぎ。たったの十分しかたってない。まだ丸一日、時間をつぶさなくちゃならない。

もうひと眠りしようか。カリームはまた横になったが、目がぱっちりさめてしまっている。体を思いっきり動かしたくて、足がムズムズする。

さっき目をさましたときの笑い声はやんだが、話し声はまだ続いている。兵士たちの口ぶりで、のんびり冗《じょう》談《だん》を言い合っているのがわかる。早口のヘブライ語の中に、いくつかわかる単語がまじっている。ラーマッラー、エルサレム、テロリスト。

話し声がとだえ、次に聞こえてきたのは、まちがいなくボールを蹴る音。それからボールが土むき出しのグラウンドでバウンドする音も。それから壁《かべ》にバシッとあたるするどい音。

頭にカッと血がのぼった。

ぼくのボールを見つけやがった！　ぼくのボールを使って、ぼくのピッチで遊んでやがる！　たまらなくなり、にぎりしめた拳《こぶし》で膝《ひざ》をボカスカたたき、自分を痛めつけた。こんなひどい仕打ちってあるだろうか。侮辱《ぶじょく》するにもほどがある。なのに、歯ぎしりしながら口の中で、ぶつくさ言うことしかできないなんて。

叫《さけ》び声《ごえ》がして、サッカーはぷつりと終わった。車輛《しゃりょう》が近づいてくる音。停車《ていしゃ》した。でもエンジンはかかったまま。音からすると、ホッパーのグラウンドの入り口に止まったらしい。

いまがチャンスだ。

動いても、あの音にかき消される。自動車から出て外のようすが見られるぞ。

いそいで前の座席にうつり、運転席のわきのすきまに慎重《しんちょう》に体をねじこんだ。

うすぐらい自動車の中でうずくまっていたので、明るい日差しがまぶしくて、目を細めた。頭をそらせて空をあおぐと、顔に太陽のぬくもりが感じられる。鼻をひくひくさせて新鮮《しんせん》な空気を吸《す》いこんだ。まるで穴《あな》ぐらから出てきた動物だ。

車輛のエンジンは、まだかかったままだ。カリームは用心しながら、体を押《お》しだすようにして、すきまを通りぬけ、瓦礫《がれき》の中に足をつく場所を見つけて立ち上がった。やっと手足をのばすことができた。ホッパーのグラウンドがよく見わたせる。

最初に目に飛びこんだのは、青と白のイスラエルの旗。ホッパーのグラウンドを奪《うば》ったぞといわんばかりに、戦車の上で、はためいている。それを見たとたん、ムカッときた。

次に目に入ったのが三人の兵士。すぐ近くに立っている。あわてて、かがんだ。つい、のりだしすぎた。外のようすを見るなら、なにか体をかくすものを見つけ、安全を確保《かくほ》してからでなければ。

すぐそばの瓦礫の上に、プラスチックの白いおんぼろ椅子《いす》が捨ててある。脚が一本なくなった椅子。シートには穴があいている。あれをひっぱってきてすぐ前に置けば、完ぺきな目かくしになる。むこうからは見られずに穴からのぞけるぞ。

カリームは前のめりになりながら、腕《うで》を思いきりのばした。椅子のいちばん手前の脚に指が届いたのに、もっと遠くに押しやってしまった。

ちくしょう、と口の中で言った。あぶないけれど、もう少し上までのぼらないと。でもそうしたら、丸見えになっちゃうよな。体はかくせたとしても、椅子が瓦礫の上をひとりでに動いたら、まちがいなく、やつらの目をひきつけてしまう。

カリームはがっかりしながら、またかがみこんだ。自動車の中にもどってチャンスを待ったほうがよさそうだ。これ以上やるのは危険すぎる。

とはいっても、あの椅子を使って相手をこっそり観察するアイディアは、あっさりあきらめるにはもったいない。それに一日じゅう、自動車の中でぼんやり過ごすのは、考えただけでもゾッとする。あの椅子は、なんとしても手に入れなくちゃ。危険だからって、手をこまねいているわけにはいかない。

カリームはさっきよりちょっと高いところまで這《は》いのぼり、また腕《うで》をのばした。のばしてのばして、もうこれ以上は無理というところまでのばした。下にいる兵士たちから完全に見えるところまで出てしまった。やつらがちょっと振《ふ》り向《む》いてこっちを見たら、見つかることまちがいなし。

カリームの指が、椅子の脚をつかんだ。その脚を、少しずつ慎重にひっぱった。こわれたコンクリートをこすって、ガリガリ音がした。しまった！　ひっぱるのをやめた。ありがたいことに兵士たちが振り向く気配《けはい》はない。脚をまたひっぱる。もう少しだ。もう少しで、おあつらえむきの場所までくる。顔のすぐ前のところまで。

ようやく思い通りの場所までできたとたん、椅子の背もたれが、ぐらぐらのレンガにあたった。レンガが音を立ててすきまにころがり落ち、突き出たコンクリートに音をたててぶつかったあと、カリームの足をしたたか打った。

兵士たちが音を聞きつけた。くるっと振り向き、おびえた顔でキョロキョロしている。それまで、だらしなく下を向けていたライフルを、一斉《いっせい》に上に向けた。音がした瓦礫の山に、ねらいをさだめている。カリームの目の前の、おんぼろの椅子を、もろにねらっている。

カリームは、椅子のシートの穴から兵士たちのようすを見た。息をつめる。額《ひたい》に汗《あせ》が噴《ふ》きだす。椅子が動いたりレンガがまたころげ落ちたりして、こちらの場所を教えてはまずいので、かがまずにがまんする。やつらが調べにくるのはまちがいない。そしたらぼくは見つかって、そのまま……。

兵士のひとりが急に声をたてて笑いだし、かまえていた銃《じゅう》をおろした。おいでおいでというように、チョッチョッと舌《した》を鳴らしている。

ほかの兵士たちがびっくりして振り返った。舌を鳴らした兵士はなにも言わずに、カリームがかくれている場所の、すぐ前を指さしている。

アジーザが、瓦礫の山をじょうずにふみこえながら、兵士たちのほうに歩いている。アジーザの足の下で、小石が音を立ててころがり落ちる。平らなところにおりる直前に、いかにもあわれっぽくニャーと鳴き、それからこわがる風もなく、兵士たちのほうに走り寄った。

アジーザを最初に見つけた兵士がしゃがんで、アジーザの喉《のど》をさすった。アジーザはうれしそうに、横腹を兵士の足にこすりつけている。

「裏切《うらぎ》り者《もの》め！　やつらに近づくんじゃない」カリームは口の中だけでなじった。

兵士たちはすっかりなごやかムードになっている。アジーザを最初に見つけた兵士が、戦車のところに歩いていき、中に声をかけた。呼《よ》ばれた人が砲塔《ほうとう》に出てきて、なにか手わたしている。

食べ物だ。食べ物までもらう気かよ。カリームはむかついた。

アジーザは差しだされたもののにおいをかいでから、ガツガツ食べ、見あげて、もっとねだっている。

兵士が笑った。やさしく喉をなでてやっている。アジーザは、くるりとあおむけになり、おなかを見せた。兵士はアジーザをくすぐりながら、おだやかな声で話しかけている。とっくの昔から仲よしなんだよな、というように。アジーザが喜ぶツボなら心得てるぞ、といわんばかりに。

やがて兵士が顔をあげた。スチールのヘルメットからのぞく笑顔が生き生きしている。日焼けした肌《はだ》に白い歯が映《は》えて、きれいだ。カリームはハッと息をのんだ。一瞬《いっしゅん》、ほんの一瞬、侵略者《しんりゃくしゃ》の軍服を着た憎《にく》たらしいはずの兵士の顔が、ジャマールに見えた。

その兵士は、仲間の兵士に親しげに肩《かた》をこずかれ、ころびそうになった。アジーザは、もっとかまってというように、もういちどニャーと鳴いた。兵士がまたなでている。ちょうどそのとき、道から叫び声がした。兵士は反射的《はんしゃてき》にガバッとはねおきて、また銃をかまえた。

カリームのところからは見えないだれかが、大声で命令をくだしている。兵士たちは一斉《いっせい》に戦車に乗りこみ、またたく間にエンジン音がとどろきわたった。

やつら、すぐに出ていくぞ。ありがたい。

戦車が動き出す。巨大なキャタピラーがサッカーのピッチに大きなわだちをつけていく。ところがすぐに、また大きな声で命令がとんだ。戦車は止まり、エンジンが切られた。

カリームはまたもや、がっくりした。なーんだ、また居《い》すわるのかよ。一日中、ここにいる気だな。

音をたてないように気をつけながら、カリームはすき間のところまで這いおりて、自動車の中にもどった。そのまま後部座席に倒《たお》れこんだ。

一日は、まだはじまったばかりだ。なすすべもなく待つだけの一日が。

午前中の長いことといったらなかった。なんどか眠ろうとしたが、眠れない。頭の中で他愛《たあい》ないゲームを作ってみたり、物語を思い出して空想の世界にひたろうとしたり。ふと、紙に書いたリストのことを思い出した。「ぼくの人生でやりたいこと（なりたいもの）」というあのリスト。あれを書いた日から、まだ二週間かそこいらしかたってないなんて、ほんとうだろうか。一年以上たったような気がする。書き出した項目《こうもく》を、ひとつひとつ思い出してみた。

あれはみんな、ぼくのだいじな夢《ゆめ》だった――パレスチナを救う、サッカー選手になる、新しいコンピューターゲームを作り出す、いろんなものを発明する――でも、なんだか、くだらないことばっか。

そういえば、あのリスト、まだ書きかけだったんだよな。ベストテンにするには、まだひとつ足りなかったんだ。でも、いまわかった、書き足すことが。やりたいことも、なりたいものも、これひとつでじゅうぶんだ。

ふつうの暮らしをすること、それだけでいい。ふつうの国でのふつうの暮らし。自由なパレスチナでのふつうの暮らし。でも、それができないんだよな。やつらは、ぼくたちの国をけっして返してはくれないもん。

それからカリームは、体をひねったり首をまわしたりした。音を立てないように気をつけながら。

夜の寒さを蹴散《けち》らしてのぼった太陽が屋根をあたため続けてくれたおかげで、午後も半ばになると、自動車の中はムッとする暑さになった。すっかり臆病《おくびょう》になったカリームは閉じこもったきりだったが、二度ほど、自分にむち打ってのぞき穴のところまで行ってみた。ただし動けばどうしても音がするから、それをかき消すエンジン音とヘブライ語の話し声がしているときにかぎった。アジーザがもういちど助け船を出してくれるとは、とても思えないから。

暑さのせいで、やたらと喉がかわく。ときどき二本目のジュースに手をのばしたが、ひと口だけでがまんした。ここにあるジュースで、どのくらい生き延《いの》びなければいけないのか、見当もつかない。それにしても、できればジュースじゃなくて、ただの水が飲みたい。そんなことを思う自分におどろいた。オレンジジュースの甘《あま》みが口の中に残って、よけい喉がかわくんだもん。

アジーザは出たり入ったりしていた。アジーザがいないあいだ、カリームは子ネコたちをくすぐったり、じゃらしたりしながら遊んだ。子ネコたちが自動車の中を探検《たんけん》してまわるのは、見ているだけでおもしろい。フロントシートの下にもぐれば、のぞきこみ、黒いナイロンのシートにかわいい爪《つめ》をたてて這《は》いあがろうとすれば、手をさしのべて助けてやった。

こういう時間は心がなごむ。

少しずつ午後の時間が過ぎていく。時間がたつにつれ、カリームの期待はふくらんだ。一時間か二時間、外出禁止令が解除《かいじょ》になるかもしれない。そうすれば、家に閉じこめられていた住民が買い出しに走るあいだ、戦車は町から出ていくだろう。考えているうちに期待はいよいよふくらみ、しまいに、戦車はぜったい出て行くと確信《かくしん》しはじめた。

もうすぐだろうと思いながら、なんども腕時計を見た。長い針《はり》の動きをにらみながら、あと一分、あと一分と待った。四時になれば出ていくにちがいない。だめかあ。そんなら四時十五分。なんだあ。まだ早かったか。じゃあ五時。五時までには、ぜったい出ていく。

でも五時になってもなにも起きない。五時半、六時、六時半。さすがのカリームも、外出禁止令は解除にならないと思うほかなくなった。今晩《こんばん》もまた、この自動車の中で過ごさなくちゃなんないのかよー。

するとそのとき、きょう一日の中で、いちばんしょげかえっている、おそらくこれまでの人生で最悪のときに、カリームの耳もとに父さんの声が聞こえてきた。自動車の中の、すぐとなりの席に父さんがいるのではないかと思うほど、はっきり聞こえた。

「忍耐《にんたい》、忍耐。でも忍耐には勇気がいる。やつらがこっちをバカにしたら、恥《はじ》をかくのはほかでもない、やつらのほうなんだよ」

びっくりして、涙《なみだ》がひっこんだ。

忍耐、それこそいまのぼくがやっていることだ。いまにわかる、忍耐がどんなに価値《かち》あることか。恥をかくのはほかでもない、あいつらのほうなのさ。

暗くなりはじめた。夜はそこまできている。じっとしているのがつらくて、カリームはのびをしながら、あくびをした。そろそろ眠ろうかなあ。

外では、なにか騒《さわ》ぎが起きている。車輌の出入りがひんぱんになり、ヘブライ語が飛びかい、遠くのほうでサイレンが鳴っている。

アジーザがなんの前ぶれもなく、すきまからひらりと入ってきた。小声で「おかえり」と言いながら、カリームはアジーザのほうに手をのばした。さっきの裏切り行為《こうい》も、たちまち許《ゆる》す気になった。アジーザはカリームの手のにおいをかぐのもそこそこに、子ネコたちのところに行った。

子ネコたちは、元気をもてあまし思いっきり追いかけっこをしたばかりで、お気に入りの運転席の上で体を休めているところだった。アジーザはしばらく乳《ちち》をふくませていたが、すぐに鼻面で子ネコたちを押《お》しはじめた。

「アジーザ、なにするんだよ?」カリームは小声で言った。「やめろったら」

それでもアジーザは押すのをやめず、とうとう座席から押し出してしまった。先に落ちたのはジンジャーで、ひどいよと言わんばかりに甲高《かんだか》い声で鳴いた。続いてフッリーヤも。自動車の床《ゆか》の、山になっているところに、四つんばいで落ちた。

アジーザはフッリーヤの首筋をくわえると、半分引きずるようにしながら、すきまから這いだし、くわえている子の重みでヨタヨタしながら瓦礫の山をのぼりはじめた。

カリームはおどろいて、ただただ呆然《ぼうぜん》と見つめた。アジーザが出ていっちゃう。ぼくを置き去りにして。子ネコを連れて出ていっちゃう。

「だめだ！」カリームは思わず大きな声を出した。「アジーザ、おねがい。もどってきて！」

ジンジャーがママを追いかけようとしている。必死になってニャーニャー鳴きながら、自動車の外に這い出て、おかあさんのあとから瓦礫の山を這いのぼっていく。足がみじかい分、あっちによろよろ、こっちによろよろ。ママのように石から石に軽々と飛び移れない。わずかに突《つ》き出《で》たコンクリートブロックの上で、ブルブルふるえてこわがりながら、思いきり悲しそうな声で助けを求めている。

カリームは手をのばしてジンジャーを抱《だ》きよせたかった。ジンジャーをここに引きとめておけば、アジーザも気を変えてもどってくるにちがいない。カリームが体をのりだし、手をのばして、まさに抱きよせようとしたそのとき、思いがけないことが頭をよぎって、ギョッとした。ジンジャーをここに閉じこめたり、いやがるアジーザを無理にここに連れもどしたりしたら、ぼくも、敵のやつらとなにひとつ変わらない悪人になってしまう。ぼくは次男坊の子ネコに、わざわざフッリーヤ《自由》と名付けたんだ。どこに行こうと、フッリーヤの自由じゃないか。

アジーザはくわえているフッリーヤの重みでヨタヨタしながら、瓦礫の山のてっぺんまでのぼり、向こう側に姿《すがた》を消した。カリームは体をかたむけて自動車から手をのばし、コンクリートブロックのところで身動きできなくなっているジンジャーを抱きあげた。

「だいじょうぶだよ。ママがもどってきたら、ママにわたすからね」カリームは小声で言った。ジンジャーを最後にもういちど抱きしめようとした。生き物のぬくもりと心地よい肌《はだ》ざわりをたしかめておきたかった。今晩は、そのぬくもりを思い出しながら、がんばるしかないんだから。

ところが、思ったより早くアジーザがもどってきた。どうするか見ていると、カリームのところにやってきて、頭でカリームの手をぐいぐい押した。ぼうやを下におろしておくれと言っているのだ。おろしてやるかわりに、カリームは自分が自動車の外にもがき出て、ジンジャーを瓦礫の山のてっぺんに置いてやった。もちろん、頭がプラスチックの椅子のかげから出ないように細心の注意をはらいながら。穴から、アジーザとジンジャーが去っていくのを見守った。

アジーザはフッリーヤのときとはちがい、ジンジャーをくわえようとはしなかった。かわりに、先に立って歩きながら、ときどき立ち止まって振り返り、ジンジャーがついてくるのを待った。ジンジャーは思ったよりうまく歩いていた。こわれた石と配管《はいかん》のあいだをすべったり、かたむいたコンクリートブロックをのりこえたり。ただ、そのあいだずっと、しわがれた小さな声を張りあげ、不平たらたらのようす。

カリームは、二匹が闇《やみ》にとけこんでしまうまで見送った。それから、ややあって、歓声《かんせい》と笑い声、続いて、けさ兵士たちがアジーザを見つけたときとおなじように、チョッチョッと呼ぶ声が聞こえてきた。今回は暗すぎて、舌を鳴らしている兵士の顔は見えなかった。

カリームは長いこと立ったまま、愛するものを奪《うば》われた孤独《こどく》をかみしめていた。「勝った人が、なにもかも持っていく」カリームは苦々《にがにが》しい思いでつぶやいた。「勝った人が、根こそぎ持っていっちゃうんだ」

24

二日目の夜は、最初の夜よりさらにこわごわ迎《むか》えたが、思いのほか問題なく過ぎた。居心地《いごこち》よく過ごせるように、時間をかけてあれこれ工夫したのもよかった。助手席についているヘッドレストを苦心してはずしてみたら、少しグラグラするが、いい場所にピタリとおさまり、まずまずの枕《まくら》になった。着がえ用の服も結び合わせて掛《か》け布団《ぶとん》がわりのものをつくった。これで、こんがらかったりずり落ちたりしないだろう。

ふしぎなことに、前の晩《ばん》ほどにはおなかもすかなかった。胃《い》が、ピタリと動きを止めてしまったようだ。飲み物はたっぷり飲むことにした。飲んでおけば、喉《のど》がかわいて目がさめることもなく、ぐっすり眠《ねむ》れるかもしれない。それにしてももう、ボトル二本を空《から》にしてしまった。あしたは、もっと気をつけて飲まなければ。ジュースを飲みつくしたら大変なことになる。

人が動きまわる物音と気配で目をさました。外はもう明るい。戦車のエンジンがかかっている。音から推測《すいそく》すると、道路のどこか近いところに、大型の車輌《しゃりょう》が何台もいるらしい。

カリームは大いそぎで這《は》って運転席に移動《いどう》した。午前中いっぱい待っても、もう二度とエンジンがかかることはないかもしれない。秘密《ひみつ》ののぞき穴《あな》に行けるチャンスを、みすみす逃《のが》すわけにはいかない。

すきまをくぐりぬけ、首をもたげて、きのうとおなじように椅子《いす》の穴から外を見た。見おぼえのない兵士たちが戦車に乗りこみ、大声で叫《さけ》び合《あ》っている。巨大な戦車の轟音《ごうおん》が耳をつんざく。

それにしても、すさまじい音だ。ショックなのは、音がうしろからも聞こえてくることだ。大通りからはもちろんのこと、瓦礫《がれき》のはずれの小道からも聞こえてくる。あわてて振《ふ》り向《む》いて、ギョッとした。戦車の砲塔《ほうとう》がずらりと並び、砲塔の上に、ヘルメットをかぶった兵士たちが立っている。四十メートルもない近さだ。兵士たちがちょっと首をひねるだけで、こっちは丸見えだ。

カリームはガバッとかがみ、自動車にもどった。心臓が早鐘《はやがね》のように打っている。こんなにドキドキしたのは生まれてはじめてだ。だれかの目に止まったろうか？　なにを叫んでいたんだろう？　ぼくのこと？　捜索《そうさく》をはじめる足音が、すぐにも瓦礫の山から聞こえてくるんだろうか？　さもなければ、ぼくの頭が見えた場所めがけて、いきなりぶっぱなしてくるのか？　それとも戦車からの砲撃？

一秒、また一秒、また一秒。するとエンジンの音が急に変わり、戦車が一斉《いっせい》に動きだした。どっちの方向に進もうとしているのかはわからないが、ホッパーのグラウンドから離《はな》れていくのはたしかだ。

音が少しずつ小さくなり、さらに小さくなって、やがてほとんど聞こえなくなった。部隊は去ったが、たぶん前のように、ホッパーのグラウンドに一台は残しているのだろう。

カリームは待った。どの兵士かだいたい聞き分けられるようになった声が、そのうち聞こえてくるにちがいない。兵士たちが戦車を乗《の》り降《お》りするときの、いつもの金属的《きんぞくてき》な音も聞こえるはずだ。ところが、シーンと静まりかえったままだ。

むくむくと希望が頭をもたげはじめた。ぜんぶいなくなったのかな？　外出禁止令が解除《かいじょ》になったとか？　思いきって見てみようか？

あやうく、のぞき穴のところに頭をつき出すところだったが、ハッとして引っこめた。やつらがさっき、瓦礫の山の上にぼくの頭が出たのを見て、罠《わな》をしかけているのかもしれない。引きあげたふりをして、ぼくをおびき出そうとしているのだとしたら、頭を出したとたん、銃《じゅう》弾《だん》を浴びせてくるだろう。

カリームはためらいながら、もういちど耳をそばだてた。

音は、ことりともしない。遠くのほうで小鳥がさえずっているのと、はるかかなたで戦車の轟音の名残《なごり》が聞こえるだけだ。

ここにいるのをやつらが知っているとしたら、どっちみち捕《つか》まる。思いきって出てみたほうがいいかもしれない。

カリームは音をたてないように細心の注意をはらいながら、自動車から出て、わずかずつ頭を上げていった。恐怖《きょうふ》で頭がゾクゾクする。

なにも起きなかった。周囲に人影はない。戦車も見えない。ホッパーのグラウンドは、どうやら無人のようだ。

なにもかも終わったんだ！　自由の身になれたぞ！

それでもまだ用心しながら、カリームはせまいすきまを這《は》い出《で》て、ついに身動きできる場所まで出た。監獄《かんごく》でもあり避難《ひなん》場所でもあった自動車から、ようやく離れられた。ホッパーのグラウンドは閑散《かんさん》としていた。戦車はいない。首をまわして反対方向も見た。視線《しせん》の先の道もガランとしている。

カリームは両腕《りょううで》を頭の上にあげ、思いっきり、のびをした。こわばっていた筋肉がほぐれるのがわかる。しかし腕をおろしながら、町全体が奇妙《きみょう》に静まりかえっているのに気がついた。ラーマッラーに不気味な静けさがただよっている。外出禁止令が解除になれば、町はすぐ人であふれかえる。家を飛びだし、自由と新鮮《しんせん》な空気を満喫《まんきつ》しながら、食料の買い出しに走るからだ。みんな、どうしたんだろう？　どこに行ってしまったのか？

心臓が、一瞬《いっしゅん》とまった。

外出禁止令が、まだ続いてるってことだ。このバカ、こんなところでなにしてる？

あわててうずくまり自動車の中にもぐりこもうとした、そのとき、金属のようなものが動くのと、それが太陽にキラッと反射《はんしゃ》するのが目の端《はし》に入った。光は、ホッパーのグラウンドの少し向こうから来た。

また光った。

カリームは朝のまぶしい空のほうへ、目を細めた。むかいのビルの屋上に、ごちゃごちゃしたものが並んでいる、あれはなんだ？　屋根の修理屋がなにか置き忘れていったのだろうか？　それとも――あっ、わかった。サンドバッグが屋上の角のところに積んであるんだ。トタン板を日よけがわりに使ってる。あのビルの上に、兵士たちがいるってことだ。アパートが建《た》ち並《なら》ぶ一角を、上から監視《かんし》しようって魂胆《こんたん》だな。さっき光ったのは、たぶん双眼鏡《そうがんきょう》に光が反射したんだろう。さもなければ――さもなければ、銃身に反射したか。

とたんにカリームは恐怖でへなへなになった。やつらにすでに見つかっているとしたら、自動車の中にもどるなんて狂気《きょうき》のさただ。罠にかかったネズミのように、自動車の中に閉じこめられてしまう。だからって、どこに行けばいい？　どこにかくれられる？

またキラッと光った。恐怖にかられ、無我夢中《むがむちゅう》で逃げだした。這うようにして、デコボコの瓦礫の山を越《こ》えていく。とにかく少しでも屋上の銃から遠ざからなければ。ホッパーのグラウンドから道に出なくちゃ。

一発目の弾丸《だんがん》が、ヒュッと頭をかすめ、左わずか数センチのコンクリートブロックにぶち当たった。カリームはとっさに頭を下げたものの、そのまま腰《こし》がぬけて動けない。でも、あと数メートル進めば瓦礫の山を越えられる。最後の小山を越え、向こう側におりてしまえば、瓦礫の壁《かべ》にさえぎられ、ねらえなくなる。

もうひと息だ。もうひと息で山を越え、瓦礫の壁にかくれられる。そのとき、二発目が飛んできた。ねらいは大きくはずれたが、するどい角度で石に当たり、はね返って、カリームの左足のふくらはぎにめりこんだ。ひざの裏《うら》のすぐ下あたり。

痛《いた》いというより、当たった衝撃《しょうげき》のほうが強かった。よろけてころびそうになりながらも、瓦礫の山のてっぺんに向かって猛然《もうぜん》と進み、向こう側に飛びこみ、石やタイルの破片《はへん》もろともデコボコの斜面《しゃめん》をころがり落ち、ガラガラドスーンと、とてつもない音をたてた。落ちながら、あちこち打ったり、すりむいたり。でも、そんなことには気づきもしなかった。

下まで落ちて、くらくらしながら起き上がった。予想どおり、瓦礫のおかげで銃の位置からは見えない。ひとまず、身の安全は確保《かくほ》できた。カリームは足を見おろした。早くも血が、白いコットンのズボンにしみだしている。ふくらはぎを伝った血は、靴《くつ》に流れ落ち、かわいた地面に赤錆色《あかさびいろ》の血だまりをつくりはじめた。それを見るまでは、たいして痛いとも思わなかったのに、いったん見てしまうと、もうがまんできなくなった。ズキンズキンというするどい痛みのことで頭がいっぱいになり、ものを考える力など失せてしまった。

ズボンのすそをまくりあげ、傷《きず》の具合を見た。顔をそむけたくなるようなみにくい穴があき、そこから血が流れ出ている。ここから弾《たま》が入ったんだ。でも、弾が出たことを示す傷がない。入ったままなんだ。ぼくの足、弾が入ったままなんだ。

そう思ったら、痛みがいっそうひどくなり、一瞬、吐《は》きそうになった。

どういうわけか、太陽がのぼって暖《あたた》かくなっているのに、そしてジャンパーも着ているのに、ゾクゾクしはじめた。歯がカチカチ鳴るほど寒い。

血を止めなくちゃ。ようやくそれだけ思いついた。放っておいたら、体じゅうの血がなくなっちゃう。

まだジョーニのジャンパーを着たままだった。これのおかげで、夜の強烈《きょうれつ》な寒さをなんとかしのぐことができた。そのジャンパーをガタガタふるえながらぬぐと、体をくねらせてスウェットシャツも脱《ぬ》いだ。歯と手を使い、シャツの両袖《りょうそで》を破《やぶ》りとった。一方の袖を折りたたんで分厚くし、弾がめりこんだ穴にあて、もう一方の袖を包帯《ほうたい》にした。痛いのもかまわず、足をきつくしばった。

飛びあがるほど痛かったが、巻き終えると、いくぶん気が楽になった。これで、命を守る手だては一応ほどこした。頭もややはっきりしてきて、ものを考えられるようになった。

いつまでもここにいるわけにはいかない。あの兵士たち、無線連絡《むせんれんらく》をしたにちがいない。ぼくを捕《つか》まえるために、ジープを送りこんでくるはず。

カリームは右、左と道路のようすを見た。うしろの瓦礫の壁は、道路に面した家々が一列まるごとこわされた残骸《ざんがい》で、道路ぞいに長々と続いている。道路をへだてた向かい側は店がずらりと並んでいるが、窓もシャッターも閉まったままだ。かくれられそうな場所は見あたらない。

でも右に少し行って左に曲がれば、急坂をくだっていける。その道の両わきは、四、五階だてのアパートが何ブロックも続き、ところどころにわき道もある。地下室や地下駐車場《ちゅうしゃじょう》もあるはずだから、子どもひとりくらいは、かくれられるだろう。

カリームは立ち上がった。怪我《けが》をしたほうの足に体重をかけたとたん、するどい痛みが走り、ふらふらと、くずおれそうになった。気を失うのではないかと心配になり、またうずくまった。どこか、あまり遠くないところでサイレンの音がしている。カリームは頭をあげた。ぼく、こんなところでいったいなにしてるんだろう、こんな見通しのいいところで？　すぐかくれろ！　カリームは無理を承知《しょうち》で移動《いどう》しはじめた。するどい痛みにおそわれ、唇《くちびる》をかみながら、道路の角まで這っていき、そこで曲がって坂道をおりはじめた。

左手の最初のブロックには、かくれられそうなところはなかった。アパートが道のすぐわきにそそり立ち、高い塀《へい》がめぐらされ、駐車場への門もかたく閉ざされている。でもその向こうに、建物が切れたところがあり、入りこめそうだ。細長い空き地《あち》になっていて、奥《おく》のほうでとなりの高い建物の裏手《うらて》にまわりこめる。

その空き地《あち》までの、ほんの数メートルの塀が、カリームにはとんでもなく長く感じられた。弾が入っている足が、ひっきりなしにズキンズキン痛み、しかも、どんどんひどくなっている。痛いということ以外、いっさい頭がまわらない。血が、あて布をぐっしょりぬらし、一時しのぎの包帯にまでしみだし、再びふくらはぎを流れ落ちているのがわかる。

とにかくこのあたりで、かくれるところを見つけないと。それにしても家まではとても、たどりつけそうにない。

やっとのことで壁の切れ目まで行き、横の空き地のようすをうかがった。すっかり整地され、いつでも建築にとりかかれるようになっている。平らなむき出しの土、のっぺりした高い壁。裏にまわってみても無駄《むだ》だろう。カリームはがっかりした。どうせここと大差なさそうだ。もう限界《げんかい》だった。カリームはへなへなとうずくまり、顔を両手でおおった。もうこれまでだ。もうこれ以上は歩けない。ここにいて、やつらが来るのを待つしかない。お望みなら、見つけ出して撃つがいい。好きなところにひっぱっていって、好きに始末をつければいい。やつらに逆《さか》らう力なんて、もうないんだから。

「カリーム!」

カリームはビクッと顔をあげた。だれかに名前を呼《よ》ばれた気がしたが、そんなバカな。空耳《そらみみ》だよ。ふたたび、がっくり頭をたれた。頭がおかしくなったんだろうか。

次の瞬間、だれかに肩《かた》をゆさぶられた。目をあげた。

「ジャマール!」おどろいて息をのんだ。「まさか? ほんとに兄ちゃん?」

「バカ、バカもん」ジャマールは怒《おこ》っている。「こんなとこで、なにしてる? いままで、どこをほっついてた?」とつぜんカリームの真っ青な顔に気づいたようだ。カリームの血だらけの足に視線を落とすなり、目を剝《む》いた。「こりゃひどい! どうした?」

車輛の轟音《ごうおん》が、大通りからの曲がり角に近づいてきたのがわかり、ふたりにサッと緊張《きんちょう》が走った。カリームがよろよろと立とうとするところを、ジャマールがひっぱりあげた。そこではじめて、ジャマールはカリームのおぼつかない足取りに気づいた。あわててカリームを引きよせ、よいしょと肩にかつぎ、空き地に飛びこんだ。そのまま一気にビルの裏手まで逃げこんだちょうどそのとき、横道に曲がってきていた一台の装甲《そうこう》ジープが、やかましい音をたてて通り過ぎた。

カリームには、なにがどうなったのか、さっぱりわからない。ジャマールが走っているあいだ息もつけず、またまめまいがしはじめた。ジャマールがカリームをおろして壁にもたせかけるなり、カリームはよろよろと倒《たお》れこみ、そのまま、考える努力をやめた。

ジャマールが建物のかげからのぞき、危険が去ったかどうかたしかめた。

「いったいどうしたんだ、その足？」カリームのところにもどりながら、ジャマールがきいた。

「弾丸。まだ入ってるんだ」

カリームの声がふるえている。ジャマールがいっしょにいてくれるのなら、ここにじっとしていたい。ここにいて、このがっしりした壁にもたれ、こらえていた涙《なみだ》を流して思いきり泣《な》きたい。

「やつらに見つかったのか？　どこで？　追いかけてきてんのか？」ジャマールが答えをせっついた。

「やつらが上にいたんだ、屋上に」カリームが顎《あご》をしゃくった。「ぼく、瓦礫の中にかくれてた。自動車の中に」

「なにィ？　ずーっと？」

兄ちゃんが、感心したような声を出している。そう思ったとたん、カリームに落ち着きがもどった。

「うん。けさ、やつらがもういなくなったと思ったのね。そいで出たんだけど、屋上に兵士がいて、見つかって、撃たれちゃった。兄ちゃんこそ、なんでこんなとこにいんの？　なにしてんの？」

「さがしにきたんだよ、おまえを。このとんま。ったくもう」

ジャマールは顔をくもらせてカリームの足を見おろした。

「ひどい出血だな。病院に行かないと。いつ、やられた？」

「そんな前じゃない。ううん、ずっと前かも。よくわかんない。とにかく、きょうの朝。動くの、やだな。先に行って。いいから。ひとりでだいじょうぶだから」

カリームは、自分でも無茶なことを言っているのがわかった。

ジャマールは答えずに空き地を見わたした。目を細めて距離《きょり》をはかっている。

「ねえ、カリーム」ジャマールはおだやかな口調で言いながら、カリームの横にしゃがんだ。

「少しは歩けるか？」

カリームは息をのんだ。また歩くと思っただけで、玉の汗《あせ》が額《ひたい》にふきだした。

「だめそう」カリームはかわいた唇をなめながら、小声で言った。

「おれの肩に腕をかけて、おれが抱《だ》きかかえるようにしたら、いいほうの足でケンケンできない？」

「無理だよ、ぼく――」

「やってみな」ジャマールが言った。「やってみろよ。ここにずっといるわけにはいかないんだから。そうだろ？　やつらがさがしにくる。外出禁止令を破ったらどうなるか、わかってるよね。病院に行かなくちゃ。さあ、カリーム。立って」

カリームはうめき声をあげそうになるのを必死にこらえながら、ジャマールにひっぱってもらって立ち上がった。ジャマールが見かねて腕をまわし、しっかり体を支えてくれた。最初の一歩が最悪だった。飛びあがるような痛みが腿《もも》から左半身に走り、息ができなくなった。でもジャマールは、まわしている手にちょっと力をこめてくれただけ。半分担《かつ》ぎ、半分引きずるようにしながら、有無を言わせずカリームを広いところに連れだし、空き地の奥の塀に向かった。

もう少しで塀にたどり着きそうになったとき、遠くのほうから、まぎれもなくヘリコプターの、ブルルーンという音が聞こえてきた。

ジャマールは一瞬立ち止まり、上を見て空に目を走らせると、痛みに耐《た》えかねたカリームの悲鳴にもひるむことなく、すばやくカリームを背負《せお》い、よろよろと広場を横切り、カリームを投げこむようにして奥の塀を乗りこえた。乗りこえた先は、背の高いイチジクの木がびっしり生えたところで、かくれるにはもってこいの場所だった。

カリームは朦朧《もうろう》としていて、ジャマールがかたわらでじっとかがみこんでいるのにも気づかなかった。そのあいだにヘリコプターの轟音がどんどん近づき、やがて、少しずつ遠ざかっていった。カリームはしばらく気を失っていた。地面にドサリと落ちたあと、ふわふわしながら、この世のものとも思えないふしぎな世界を出たり入ったりしていた。そんな中でも左足だけは、しっかり痛かった。ズキンズキンという痛みに合わせ、全身が脈打《みゃくう》っている。

それからの長い長い時間、カリームは痛みに耐えることで精一杯《せいいっぱい》だった。次にかくれる場所まで、ジャマールがなかば引きずりながら運んでくれる間の、耐えられない痛み。それに続いて、ほこりっぽい一角に寝《ね》かされたときの、得も言われぬおだやかな時間。そのあいだに、ジャマールは次のかくれ場所に向かって広場を駆《か》けぬける用意をしている。カリームは、ぼんやりした意識の中で、油くさいにおいを嗅《か》ぎとった。地下の駐車場を突っ切っているらしい。それからドアのロックがはずされる音とヒソヒソ声が聞こえたあと、担ぎこまれたのは、暗い穴蔵《あなぐら》のようなところ。人気《ひとけ》のないスーパーマーケットの、コーヒーのにおいがたちこめている一角だ。商品棚《しょうひんだな》にはさまれてひと息つき、おぼろげな人影が反対側のドアを開けてくれて、外へ。

いちど、ズラリとゴミ箱がならんだ裏に、カリームを押しこめる羽目になったとき、ジャマールはとっさにカリームの口を手でふさぎ、カリームが痛くて悲鳴をあげるのを防いだ。二度ほど、イスラエル軍のたまり場のまっただなかに飛びこみそうになった。町の中でも特に見晴らしのいい場所に、戦車と装甲ジープを集め、外出禁止令にぬかりがないか見張っているのだ。

カリームの頭の中で早鐘のようにひびいている言葉はただひとつ。

痛い、痛い、痛い。

25

病院に着く直前、錆《さ》びついた鉄の門を見つけて飛びこみ、荒《あ》れた小さな庭を横切って、奥《おく》の砲撃《ほうげき》のあとも生々しいドアまで全速力で駆《か》けぬけたのだが、カリームは自分がどこにいるのか考えるゆとりなどほとんどなかった。ただ、ジャマールの体をふるわせるような安堵《あんど》の吐息《といき》と、鼻につんとくる消毒薬のにおい、それに灰色《はいいろ》にぬった古びたコンクリートの床《ゆか》から、ついに無事、病院にたどり着いたことがわかった。

暗い正面玄関には、だれもいなかった。ジャマールはカリームを椅子《いす》にすわらせると、奥の救急治療室《ちりょうしつ》のドアをノックした。男の看護師《かんごし》さんが出てきたが、迷惑《めいわく》そうな顔をしている。

「いったいなに？」

「弟が」ジャマールは息を切らせながら言った。「撃《う》たれたんです」

看護師さんは目を見開き、とたんに態度《たいど》が変わった。カリームのところにすっとんできて、かがみこみながら足の状態《じょうたい》をていねいに見ている。

「弾《たま》が、まだここに」カリームは、ようやく聞きとれる言葉で言った。また歯がひとりでにガチガチ鳴りはじめている。「ぼくの足、だいじょうぶ？　もしかして切断しなくちゃならないとか？　またサッカー、できるかな？」

看護師さんが体を起こした。

「なおるから、心配しなくていい」看護師さんは、通りかかった女の看護師さんを振《ふ》り返《かえ》った。女の看護師さんは疲《つか》れているようで、上半身を腕《うで》でかかえながら歩いている。「車椅子を持ってくるように伝えて、いそいで。怪我《けが》したヒーローが来てるから」


気がついたとき、カリームは病室のかたいベッドの上で、ぐったりと寝《ね》ていた。しばらく目をつぶったまま、どこにいるのか思い出そうとした。左足が痛《いた》い。激痛《げきつう》ではないが、かなり痛い。と思ったとたん、一日の出来事が一気に心によみがえり、目をしばたたきながら開けた。そうだった！　やつらに見つかって、弾が足にめりこんだんだ！　それから、絶体絶命《ぜったいぜつめい》と思った瞬間《しゅんかん》に、奇跡《きせき》がおきてジャマールがあらわれ、助け出し、病院に運びこんでくれたんだ！

カリームは頭を右に向けた。細長い病室に、ベッドがずらりと並んでいる。どのベッドも、こんもり盛《も》りあがり、患者《かんじゃ》が寝ているのがわかる。病室の端《はし》のほうで、ふたりの看護師さんがベッドのまわりにカーテンを引いている。白衣を着た女医さんが、カリームのベッドから立ち去るところだ。

どんな手当をしたんだろう？　手術、したのかな？　車椅子で救急治療室に連れていかれたあとのことは、なにひとつ覚えていない。

おそるおそる、左足をほんのちょっと動かしてみた。とたんに痛みが走ったが、耐《た》えられないほどではない。頭を持ちあげて、足のほうを見た。うすい掛《か》け布団《ぶとん》の下に、足の形が見える。包帯《ほうたい》でぐるぐる巻きになっているので、バカに太いが、足はたしかにまだある。カリームはホッとして、大きく息を吐《は》いた。切り取られずにすんだんだ。

すぐ近くの物音につられて頭をまわした。ジャマールがベッドのわきの椅子にすわりこんでいた。頭を背もたれにあずけ、目を閉じ、静かに寝息を立てている。

カリームの目の端からひとしずくの涙《なみだ》がこぼれ、顔の横を伝い耳に入った。ちょっとくすぐったい。

兄ちゃんが来て、見つけてくれたんだ。外出禁止令が出ているのに、無理してさがしにきてくれたんだ。そのおかげで、ぼくは助かった。兄ちゃんだって、殺されるかもしれなかったのに。

ジャマールは口を開けて眠《ねむ》っている。カリームはムズムズする耳の涙をふき取ると、ニヤッとしながら、ジャマールの開いた口までの距離《きょり》を目ではかった。

しっこ飛ばしたら、うまく入る距離だ。兄ちゃん、怒《おこ》るだろうな。

カリームにたちの悪いいたずらをされてはかなわない、といわんばかりのタイミングで、ジャマールが目をさました。大きなのびをして、カリームのベッドのわきのペットボトルから水をコップに注ぎ、ふた口ばかり飲んだ。

「ようやく気がついたか」ジャマールはあっさり言うと、カリームに水をわたした。カリームは、喉《のど》がカラカラになっていることに、とつぜん気づいた。

飲みほして、おかわり！　とばかりコップをつき出した。

「ようやくって、どういう意味？　いま何時？」

「もうすぐ六時。おまえ、延々《えんえん》と眠ってるんだもん。おい、飲みすぎんなよ。病院の水がなくなっちゃうぞ」

ぼんやりしたカリームの頭が、だんだんはっきりしてきた。

「ぼくの足、どうなった？　弾は取り出してくれたの？　弾、どこにあるんだろう？　見せてもらえるのかなぁ？」

「おいおい、最初に言う言葉がそれかよ？」ジャマールがあきれている。

ジャマールは革《かわ》ジャンのポケットに手をつっこむと、とがった筒型《つつがた》の、銅《どう》メッキした金属《きんぞく》を取りだし、カリームの手の中に落とした。

「手術室に入ったきり、なかなか出てこなかったぜ」ジャマールが言った。「めりこんでたものを取り出して、縫《ぬ》い合《あ》わせてくれた」

カリームは弾を上にかざして、目を細めて見た。

「ワーオ。でかーい。どうりで痛かったわけだ。これまでどおり——っていうか、だいじょうぶだって？　ぼくの足のことだけど」

「いや、一生、不自由するって。もう二度と歩けないって」

ジャマールは、ニヤニヤしながら言ったのにカリームの顔から血の気がひき、ギョッとした目になったのに気づき、あわてて言葉をついだ。「ジョークだってば、ちび。筋肉がえぐれただけだ、それだけ。女医さんが言ってた、一週間か二週間でなおるって。ワールドカップのサッカー・チャンピオンなら――ばっちりだ。でも、女医さんの話では、ものすごく運がよかったんだって。一センチしかなかったってよ、骨《ほね》まで。まともに骨にあたってたら、骨髄《こつずい》までやられてただろうって」

カリームは大きく息を吐き、目を閉じた。ジャマールには話したいことがいろいろある。聞きたいことも山ほどある。でも急にぐったり疲れ、また眠くなってしまった。

「ぼくたち、いつ家に帰れんの？」それだけ言うのがやっとだった。

ジャマールが気色《けしき》ばんだ。

「そんなこと知るもんか。外出禁止令が出てるんだぞ、気づかなかったのか？　ご主人さまだか旦那《だんな》さまだか知らないが、お許《ゆる》しを出してくれるまで、ここに這《は》いつくばってるしかないだろうが」

それからの二日間の長いことといったらなかった。病院は、ふだんとはちがう雰囲気《ふんいき》に包まれていた。外出禁止令のせいで家に帰れなくなったお医者さんと看護師さんが、そのまま勤務《きんむ》している。みんな疲れ果て、くぼんだ目のまわりに黒いくまをつくって。水も足りなくなり、入院患者の飲み水も、ほんのわずかずつしか配られない。

「ぼくが来るときは、息を止めてたほうがいいよ」最初にカリームの世話をしてくれた男の看護師さんが、熱をはかったり包帯をとりかえにきてくれるたびに、こんな冗談《じょうだん》を言った。「汗《あせ》くさくて、気絶《きぜつ》するかもしれないから。みんなもう何日も、シャワーを浴びてないんだ。ぼくのこの服もかわいそうに、できればぼくから逃げ出したいだろうね」

カリームの危険きわまりない逃避行《とうひこう》と、ジャマールの勇敢《ゆうかん》な救出劇《きゅうしゅつげき》の話は、病室じゅうに知れわたり、ふたりとも、ほめられたり感心されたり、いそがしい。蓄《たくわ》えてある食料が少なくなるにつれ、出される食事の量は減《へ》ってきたが、看護師さんたちがカリームのお皿だけは山盛りにしてくれた。ジャマールにも、貯蔵庫《ちょぞうこ》に残っているものをあれこれ持ってきてくれた。ジャマールはかっこつけて、少ししか食べようとしない。でもカリームが食べているあいだは、きまって窓のところに行って、じっと外を見つめている。

「あっぱれな怪我だねえ!」カリームが足をひきずりながらトイレにいくたびに、向かい側のベッドのおじいさんが興奮《こうふん》ぎみの声で言う。トイレも水を使い果たし、いやなにおいがただよいはじめている。「わしも、あんたのように若かったら、やつらに思い知らせてやるんだが」

ほかの患者の家族も、ジャマールと同じように、外出禁止令で病院に閉じこめられている。

家族たちは担架《たんか》や救急用ベッドなどに、それぞれ寝ているが、赤新月社《レッドクレセント》＊の救急車がサイレンを鳴らしながら新たな急患を搬送《はんそう》してくれば、いつたたき起こされるかわからない。

ジャマールがトランプをひと組借りてきた。カリームの体力がもどり、起き上がって動けるようになるが早いか、ふたりは何時間もトランプ遊びで時間をつぶした。点の数え方に文句を言い、相手の顔色をうかがい、ズルを見破《みやぶ》り……。

少しずつ、カリームは自動車の中にかくれていたときのことを話しはじめた。どうやって時間をやり過ごしたか、戦車に居《い》すわられて、どれほどこわい思いをしたか、ネコたちとどんなに仲よくなったか。でも、兵士のひとりが、おどろくほどジャマールに似ていたことは、胸《むね》にしまいこんで話さなかった。

気のせいだよ、きっと、とカリームは自分に言い聞かせた。第一、ジャマールに打ち明けたところで、甘《あま》っちょろいヤツと思われるだけだもん。

その日の午後も、もう二時間もトランプに熱中していたが、けりがつきかけたころ、カリームが突然《とつぜん》言った。「あそこで兄ちゃんに名前を呼ばれたとき、ぼく、夢《ゆめ》を見てたみたい。もうどうにでもなれって気がしてた。捕《つか》まえたければ捕まえにこいって」ジャマールの作戦にひっかかったなと思いながら最後のカードを捨てると、カリームはジャマールから視線《しせん》をそらして窓の外を見た。「まだきちんと、ありがとうって言ってなかったよね。ぼく、兄ちゃんのおかげで、命びろいしたよ」

ジャマールはトランプを寄せ集め、爪《つめ》でパラパラと繰《く》った。

「そのことなら、こっちもあれこれ考えたぜ」ジャマールは浅黒《あさぐろ》い顔に白い歯をのぞかせて、ニヤリとした。「つまり、よく聞けよ。もしおまえがいなくなったら、おまえが集めたサッカーのポスターも、おまえが五歳のときにおれからだまし取ったおもちゃのレーシングカーも、みんなおれのものになるなって」

「ちょいと、カリーム！　お母さんからまた電話だよ」となりのベッドの患者が、自分の携帯《けいたい》電話を振って、兄弟を呼んだ。

ジャマールが体をのりだして受け取り、カリームにわたした。それから数分、カリームは母さんからのたて続けの質問に、できるだけていねいに答えた。ラミアは、ジャマールからカリームが無事に病院に着いたという知らせを受けてからこっち、二時間おきに電話をかけてきていた。すっかり仲よくなった病室の患者たちは、まだ電池切れになっていない携帯電話をたがいに気前よく貸《か》しあっている。

「あしたの朝、外出禁止令が解除《かいじょ》になるらしいよ」こう言いながら、カリームは携帯電話を、ありがとうという笑顔で返した。

ジャマールがあくびをしながら、のびをした。

「あっりがてえ！　これ以上、満足なメシも食えず、まともなベッドにも寝られなかったら、おれ、完全に気が狂《くる》うところだったぜー」

＊赤新月社《レッドクレセント》　せきしんげっしゃ。イスラム教の国では、赤十字のことを赤新月社と呼ぶ。シンボルマークは十字架《じゅうじか》ではなく三日月を使っている。

26

けっきょく、もう一日たってようやく外出禁止令が解除《かいじょ》になった。暗いうちから戦車がゴロゴロと移動《いどう》をはじめ、夜明けとともに町から出ていった。病室のうすよごれた窓に日の光が差しこみはじめるとすぐ、ハッサン・アブーディがカリームのベッドの足もとにやってきた。

目をさましたばかりのカリームは、眠《ねむ》そうな顔で笑顔を向けた。

「父さん」カリームが言った。

「アルハムドゥリラー。神様のおかげだ《かみさまのおかげだ》。よかったね！　ほんとによかった！」

ハッサン・アブーディはカリームの手をとり、そっとやさしくにぎった。こわれやすい宝物に触《ふ》れるように。

カリームはむくむくと起きあがり、父さんの首に抱《だ》きついた。

「痛《いた》いのは足だけなんだよ、父さん。それも、ずいぶんよくなった。きのうの夜、女医さんが包帯《ほうたい》をとりかえにきてくれたんだ。すっごく親切な先生。松葉杖《まつばづえ》も持ってきてくれた。ぼく、じょうずに使えるよ。外出禁止令が解除になったらすぐ、家に帰っていいって。父さん、ぼくを連れて帰れるように、自動車で来てくれた？　すぐ帰れる？」

松葉杖をついたカリームがアパートの階段をのぼりきると、開けっぱなしのドアからわが家のにおいがして、むやみやたらとうれしくなった。ラミアは戦車がいなくなったのを見とどけるとすぐ、大いそぎで買い出しに行き、ハッサン・アブーディと息子たちが帰ってくるころにはもう、とびきり豪勢《ごうせい》な朝食をテーブルいっぱいに並べていた。温かいパン、目玉焼き、ハチミツ、果汁《かじゅう》百パーセントのオレンジジュース、とろりとしたオリーブオイル。それがぜんぶいっしょになった贅沢《ぜいたく》なにおいが、カリームの鼻をくすぐった。バスルームからただよってくるシャワー・ジェルのにおいと、母さんが床《ゆか》をみがくときに使うワックスのにおいも、わが家ならではの香りだ。いつも嗅《か》いでいるにおいなのに、はじめて、ああ、なーんていいにおいなんだろう、と思った。

ラミアはカリームを、なかなか中に入れてくれなかった。カリームがよろけるほどきつく抱《だ》きしめ、胸《むね》を波打たせて、すすり泣《な》いた。

「ああ、ハビービー！　おお、あたしの大切なぼうや！　もう二度と会えないんじゃないかと思ったわよ。神さま、ありがとうございます、神さまのおかげで、無事に帰ってきました！」

それからラミアは、カリームをソファのところに連れていった。ぴったりとくっついてすわりこみ、カリームの手をさすり、いつまでも髪《かみ》をなでた。家に着いてすぐ母さんが抱きしめてくれたときは、カリームのほうも、母さんの腕《うで》の中にすっぽり包まれて泣きたい気分だった。

でも、いつまでたってもなでたりさすったりが終わりそうもないので、とうとうその手をのがれ、プイと横を向いてしまった。ずいぶん長いあいだ家を離《はな》れていたような、ふしぎな気分だ。サッカーをするといって家を出たまま行方《ゆくえ》をくらましていた少年が、別人になって家に帰ってきたような気分。

ラミアはカリームに、痛めた足をソファの上にのせて休んでいなさいと言い、朝食を運んできた。

「さあ、みんなに話してちょうだい。なにもかも話して」と促《うなが》しながら、ラミアは大きな目玉焼きの皿をカリームにわたした。

カリームは、次々に飛びだす質問をできるだけ聞き流し、食べ物を口いっぱいに頬《ほお》ばっているのをいいことに、できるだけ簡単《かんたん》に答えた。母さんには、そのうちいつか、一部始終を話す日がくるかもしれない。でもジャマールにだって、なにもかも話せたわけじゃないのだ。

さっきから電話が鳴っている。ラミアはカリームのそばを離れるのがいやで、父さんに出てくれるようにたのんだ。父さんは、となりの部屋にいって電話に出た。

「おまえがこんな人気者とは知らなかったぜ」ジャマールはソファにもたれながら、カリームの皿からつまみ食いしている。「ラーマッラーじゅうから五分おきに電話がかかるじゃん。もちろん、おばあちゃんからもかかってきた。おばあちゃん、村で半狂乱《はんきょうらん》になってたらしいよ。いまごろは、町じゅうの人にぜーんぶ伝わってるんだろうな。たぶん、おれたちもおどろくような尾ひれがついて」

「電話はジョーニからだった」ハッサン・アブーディが言うが早いか、カリームはハチミツつきのパンの最後のかけらを口に押《お》しこみ、皿を押しやった。

「ジョーニだって？」カリームはせきこむように言った。「ぼくが出る」

「あとでこっちからかけ直すと言っておいた」ハッサン・アブーディがカリームの視線《しせん》を避《さ》けるようにしながら言った。

「なんだ。なぜ？」

ぎごちない沈黙《ちんもく》が部屋に広がった。おかげで、だれも見向きもしなかった部屋のすみのテレビから、ニュースが聞こえてきた。


「イスラエルの戦車が昨夜《さくや》、ラファの町のビルを砲撃《ほうげき》しました。当時、ビルには大勢の人がいたため、死者九名、負傷者《ふしょうしゃ》……」


ニュースの声は、カリームの耳にはほとんど入らなかった。テーブルのまわりでこまった顔をしている家族を、順ぐりに見ていった。

「なにかあったの？　どうかした？」

「みんな行っちゃうんだって」ファラーが言った。秘密《ひみつ》をすっぱ抜いたのがうれしくて、椅子《いす》の上でとびはねている。「ジョーニの家族。みーんな。アメリカに引《ひ》っ越《こ》すんだって」

「アメリカじゃないだろう」ジャマールが顔をゆがめた。「アンマンだな。ヨルダンの。どっちにしても、たまんない話だけど」

カリームは、ぽかんと口を開けたまま、ジャマールを見つめた。

「実はね」ラミアが言った。「もう少したってから話そうと思っていたの、あなたがもうちょっとよくなってから」ラミアは憂鬱《ゆううつ》そうな目で、ファラーをにらみつけた。「ジョージもローズも、もう長いこと考え続けていたことなの。ようやく、行ったほうがいいって結論を出したわけ。家族のことを考えてね。だから、おめでたいことなのよ、ほんとうは。チャンスをつかんだんですもの。きのうの晩《ばん》、電話で知らせてくれたばかりなの」

「パレスチナを出ていくってこと？」

「ほんの一時《いっとき》さ」ハッサン・アブーディが大きなため息をついた。「少なくともジョージは父さんにそう言い続けてる。あいつの兄さんのイライアスがアンマンにいるんだ。ビジネスをいっしょにやろうと言って、待っててくれる。ジョーニもいい学校に行けるしね。でもジョーニだって、この決定をあっさり受け入れたわけじゃないんだよ。それは、ブートロスの家のみんなにいえることだ――あの一家はずっと、ラーマッラーとアッダラブ村で暮らしてきたわけだからね、先祖《せんぞ》代々、まさしく」

「いつ行くの？　いつ？」

ハッサン・アブーディは肩《かた》をすくめた。

「早いにこしたことはない。ジョージは、店を従兄《いとこ》に引きついでもらう算段《さんだん》をしているところでね。二週間もすればすべて片づくだろう、おそらく」

ソファが、部屋が、父さんと母さんが、アパートが、アパートじゅうのものが、カリームの目の前で波打って見えた。ふと、ある考えがひらめいた。

「無理だよ。夏まではどっちみち。ヴィオレットの単位認定試験《たんいにんていしけん》があるもん」

「ヨルダンでも受けられるからな」ジャマールがぼそっと言った。

ジャマールは立って窓のところに行った。じっと立って、下を見おろしている。ポケットに手をつっこみ、背中を丸めたうしろ姿には、甘酸《あまず》っぱい悲しみがにじみ出ている。

カリームは松葉杖に手をのばし、立ち上がって携帯《けいたい》電話をひろいあげると、ヒョコヒョコ自分の部屋に向かった。

「ちょっと、カリーム、そんな足で！」ラミアがうしろから舌打《したう》ちした。「気をつけなくちゃだめよ。横になってなくちゃ」

カリームは子ども部屋のドアをぴしゃりと閉めた。母さんの声もいっしょに締《し》めだし、ベッドにすわりこんだ。指を携帯電話のタッチパネルにおき、ジョーニの番号をたたいていく。この世でいちばん慣れ親しんだ番号だ。

ジョーニが行っちまうはずがない。ジョーニに聞けば、そんなのうそだと言うにきまってる。

「カリーム？」呼《よ》び出《だ》し音が一回鳴っただけで、ジョーニが自分で出てきた。「だいじょうぶかよー？　きみィ、いくらなんでも狂いすぎー！　みーんな逃げたのに、どうしていっしょに帰んなかったんだよー？　おい、みんな肝《きも》つぶしたんだぞー。てっきり、ぶっころされたと思った。そいで、足はどう？　取り出した弾丸《だんがん》、もらってきた？　でかいヤツなんだろうね、きっと？」

カリームは、いつになく神経《しんけい》がとぎすまされ、相手の心のうちが透《す》けて見えるような気がした。ジョーニの、無理に冗談《じょうだん》めかして話す声に、うしろめたさと恥《は》ずかしさが潜《ひそ》んでいるのが嗅ぎわけられる。

「イスラエルの弾丸、一個以上持ってこないと、ぼくを見送らせてあーげないっと」ジョーニは、さりげない調子をくずすまいと、けんめいになっている。

気まずい沈黙。

「きみ……」

「それって……」

ふたり同時に話しはじめたが、すぐ口をつぐんだ。はじめに口を開いたのはジョーニだった。

「ずっと自動車の中にいたって、マジ？　それって恐怖《きょうふ》の体験だよね。おなか、すかなかった？」

「もちろん、腹ぺこで死にそうだったさ。でも、きみのジュースで助かった。きみのおかげだよ。死なないですんだのは」

「そいで、やつらに気づかれなかったの？　やつらの目と鼻の先なのに、自動車が見つからなかったとか？　一発で見つかりそうじゃん」

「すっかり変わっちゃったんだよ、ジョーニ。自動車は、瓦礫《がれき》に埋《う》まっちゃった。入り口も完全にふさがれてる。上からすきまにおりなくちゃなんないんだ。めっちゃくちゃにしていきやがった。そこらじゅう、わだちだらけだし、コンクリートのかたまりや破片《はへん》だらけ。せっかくぼくたちできれいにしたのに。もとどおりにするには、すげえ時間かかると思うよ」

ジョーニはなにも言わない。カリームには電話の向こうに立っているジョーニが見えるような気がした。受話器を耳にあて、むずかしい顔でうつむいているはず。自分でも気づかずに片足で床をトントン蹴《け》りながら、答えにこまっているのだろう。

「ほんとなの？」カリームがきいた。「アンマンに行くなんて、うそだろ？　まさか、ラーマッラーを出てったりしないよね？」

相手を責める、とがった声になっているのがわかったが、どうしようもなかった。

大きなため息が電話を伝ってきた。

「ぼくが思いついたわけじゃないんだよ」ジョーニは、ようやくいつものしゃべり方になった。「ぼくが、だまって言うこときいたと思うの？　行きたければ勝手に行けばいい、ぼくは残るからって言ったさ。ちゃんと言ったんだから——でも、それでどうなる？　家族なんだもん。

みんなが行くなら、ついて行くしかないよ。いやでたまんないけどさ」

「そう？　ほんとに？」

「ほんとだってば！」ジョーニの声が憤慨《ふんがい》のあまり割れている。「そりゃ離れたくないにきまってる、家からも、きみからも、ホッパーのグラウンドからも、それから――パレスチナからも。ぼくのこと、なんだと思ってんの？」

「バッカみたい。ずっとここに住んでたんじゃないか。これからだって、ずっといろよな」

「うん、でも、好きでバカやってんじゃないからね。ラーマッラーは故郷《ふるさと》だもん。いままでもずっと、これからもずっと」

「ときどき帰ってくるんだろ？　だって、アンマンだもん、そんなに遠くないし」

「もちろん、帰ってくるさ」ジョーニがホッとしたような声で言った。心に重くのしかかっていた打ち明け話が、いまやっと片づいたというように。「パパもずっと言ってる、しばらくのあいだだけだって。ここがもう少しましになるまでだからって」

そういうのって、難民《なんみん》がいつも言うせりふじゃないか。カリームはもう少しで口をすべらせるところだったが、すんでのところで思いとどまった。かわりにこう言った。「ジャマール、死んじまうだろうな、ヴィオレットに会えなくなったら」

ジョーニが笑った。

「ヴィオレットも死んじまうよ、ジャマールに会えなくなったら。ジャマールのかっこいい救《きゅう》出劇からこっち、ヴィオレットはジャマールのことばっか話してる。あのおかげで、ヴィオレットもジャマールとおんなじくらい悲しむことになっちゃった」

ふたたび沈黙。

「ホッパーからは連絡《れんらく》ないんだろ？」カリームは言った。「あいつ、すごかったんだから、ジョーニ。わかんないと思うけど。戦車にボカスカ、ナスを投げつけたんだぜ、手投げ弾みたいに。それから、まさかまさかでさ、戦車に突進《とっしん》して、銃身《じゅうしん》にとびついたんだぜ」

「うっそー！」

「ほんと。戦車の上の銃にぶら下がった。ぼく、自分の目をこすっちゃったよ。それから難民キャンプの中に逃げてった。やつら、あいつを撃《う》ちまくってた。腕《うで》かどっか、撃たれたんじゃないかな」

「撃たれた。肘《ひじ》の上だって。あいつ、ずっとお姉さんちにいるんだ、難民キャンプの。そこから電話かけてきた。あいつ、きみのこと、めちゃくちゃ心配してたよ。きみがころんで、ねんざしたの、見てたんだって。あれじゃ逃げられなかっただろうって言ってた。きのう電話で、きみが銃撃で怪我《けが》して入院してるって伝えといた。あいつ、めちゃくちゃ感心してた」

カリームは少し得意だった。

「ホッパーの腕はどうなの？　ひどいの？」

「だいじょうぶ。弾は、骨《ほね》とかには当たんなかったから。あいつって、メチャついてるよね。

弾《たま》がかすっただけなんて。ひどいひっかき傷程度《きずていど》だって。あっ、いいこと思いついた。きみんちに行っていい？　そしたらいっしょに、ホッパーをさがしに行けるじゃん」

「ぼくは行けない。母さんがキレちゃうもん、一歩でも歩いたら。松葉杖をつけば歩きまわれるけどさ、ホッパーのグラウンドまで行くのは無理」

「あ、ごめん」ジョーニが、しまったという声で言った。「忘れてた。とにかく、これからそっちに行く。じゃあ、三十分後ね」

27

それから一時間してようやく、待っていたノックが聞こえた。ラミアは、カリームをソファにすわらせておくのは無理とあきらめ、足をひきずりながらドアにむかう息子に、眉《まゆ》をひそめただけだった。カリームがドアを開けると、ジョーニではなく、ジョーニ以外のブートロスの家族が立っていた。

「ジョージ！　ローズ！」カリームのうしろからあたふたと玄関に出てきたハッサン・アブーディが、少し上ずった声で言った。「それにヴィオレットも。さあ、入って」

「この目でカリームを見なくちゃ」ローズはカリームを見やりながら、ラミアのところに行って、両方の頬《ほお》にチョン、チョンとキスをした。

ラミアは抱擁《ほうよう》をそそくさと切り上げた。

「わざわざありがとう。カリーム、ソファにもどりなさい。足を使っちゃいけないって言ったでしょ。あら、ジョーニは？」

ローズが振《ふ》り返《かえ》って、おやという顔をした。

「ついてきていたのに。すぐに来るでしょう」

いつも、こういう光景がくり広げられてきたんだよな、とカリームは思った。なにか特別なことがあるたびに、ふた家族はいつもこうして、いっしょに祝《いわ》ってきたんだ。クリスマスには、アブーディの家族がみんなでブートロスの家に行く、断食《だんじき》明けの祭りのイードには、ブートロスの家族がアブーディの家にやってくる。いつまでも続く長い食事やピクニックを、どれだけいっしょに過ごしてきたことだろう。このふた家族は、人生のあらゆる場面をいっしょにすごしてきた間がらなのだ。

でも、きょうの訪問はそれとはちがう。みんな、かたくなり、気づまりな顔をしている。こうやって両家がそろって顔を合わせるのは、これが最後になるかもしれない。まさか、こんなことになるなんて。まちがいじゃないだろうか。

だれかがカリームの袖《そで》を引っぱった。ファラーだった。

「ジョーニをベランダに行かせないでね」ファラーが小声で言った、お願い、という目をしている。

「どうして?」

「あたしのシーツ。外にほしてあるから。ジョーニにばれちゃうもん」

ファラーの真剣《しんけん》なまなざしに、カリームの胸《むね》がキュンと痛《いた》んだ。

「シーツのことなんか気がつかないと思うよ。気づいても、ファラーがおねしょしたなんて思うもんか。ほかの人のシーツかもしんないだろ」

「でも、わかっちゃうかもしれない」

カリームはファラーの鼻の頭を、人差し指でチョンとつついた。自分でもおどろいたが、ファラーがかわいそうでたまらなくなった。

「じゃあ、約束《やくそく》しよう。ペチャクチャしゃべくりまくるのをがまんしたら、ジョーニがベランダに行かないようにしてやる。そのかわり、生意気《なまいき》なことを言うんじゃないぞ、いいね？　だれの秘密《ひみつ》もばらしちゃいけない」

ファラーが、真剣な顔でうなずき、黒い巻き毛が頬をなでた。

「あらら、かっこいいお兄ちゃんと、うれしそうな顔して、なにをヒソヒソやってんの、ファラー？」ヴィオレットが、小さい子を相手にするときにいつも出す、クソいまいましい猫《ねこ》なで声でささやいた。「わっ、すごーい、そのかわいいソックス、よーく見せて。ピンクのフリルつきじゃーん！　おねえちゃんも、おそろいの買おっと」

「アンマンじゃ売ってないもんね。パレスチナなら買えるけど」

ファラーは、ハッと唇《くちびる》をかみ、振り返ってカリームを見た。もう少しで約束を破《やぶ》るところだった。

カリームは聞いていなかった。ジョーニが来たのだ。

「へーイ、よっ」

ジョーニはカリームのそばに来て、肩《かた》をたたいた。

集まった一同が、居間《いま》に居心地よく並べられたふかふかのソファや椅子《いす》に、思い思いに腰《こし》をおろしはじめた。そのあいだを縫《ぬ》うようにしながら、ラミアが大きなガラスのテーブルに、ナッツやポテトチップスの小皿を並べていく。

「さーて、カリーム」ハッサン・アブーディが言った。「みんな待ってるぞ。一部始終を話してもらおうか。いちばんはじめから」

「まだよ！」ラミアがキッチンから大きな声で言った。「いまコーヒーを持っていくから、それからにして！」

「ちょっと待って、父さん」と言いながら、カリームはソファから立ち上がった。それからジョーニを子ども部屋にひっぱっていき、ドアを閉めた。

「で、足の具合はどうなの？」ジョーニが言った。「まだ血が出たりグチャグチャしてんの？」

「してない、でも、でかい穴《あな》があいてる。それと、信じらんないくらいのアザ」

「ぼくだったら、泣《な》いたりわめいたり、みっともない真似《まね》しちゃうだろうな、撃《う》たれたりしたら」ジョーニが感心した顔で言った。「ぜったいそうなっちゃうよ」

「うーん、そうかなあ」カリームはなんと答えていいかわからなかった。

「自動車の中で暮らした感想は？」とジョーニ。「夜とか、どうだった？ぼくだったら、こわくて死んじゃう。ぜったい。なのに、ほんとにぶっぱなされたんだもん。恐怖《きょうふ》ですくみあがって動けなかっただろうね」

カリームは首をすくめた。

「そのことは、もう考えたくないんだ。電話でも言ったけど、きみの飲み物がなかったら――それにアジーザがいなかったら。アジーザって、すごくかわいいんだもん、少なくとも最初の晩《ばん》は。あの子ネコたちも。兵士の中に――ネコ好きがいてね。ぼくんとこからアジーザを呼《よ》び寄《よ》せて、食べ物なんかやっちゃってさ。二日目の夜、アジーザは子ネコたちを連れて、いなくなっちゃった。アジーザが出てったときは、裏切《うらぎ》られたっていうか、そんな気がした」

カリームは、あてつけがましいことを言ってしまったような気がして、しどろもどろになり、口をつぐんだ。ジョーニは、気まずい空気には気づかないような顔をしている。

「そっかー」ジョーニが言った。「それはアジーザの判断《はんだん》ミスだったな」

「なに、それ?」

「ここに来るとちゅうで、ホッパーにひょっこり会ったんだ。それで来るのがおくれたんだけどね。ホッパーに、きみが退院《たいいん》したって言っといたよ。ホッパーのやつ、めちゃくちゃ心配してたから。ホッパー、きみが逃げおくれたこと、知ってたんだ。戦車が動きまわる音がしたときは、生きた心地がしなかったって。きみが自動車の中にかくれてんだもん。しかもやつらが瓦礫《がれき》をガンガン押《お》して、自動車をぺちゃんこにしたのも見たって。きみが無事だって言ったら、ホッパー、泣きそうになってたよ」

カリームはうれしくて、にっこりした。

「ホッパーに電話する。きみの携帯《けいたい》、まだ時間あまってる？」

カリームは携帯に手をのばした。

「ちょっと待って。まだ言わなきゃなんないことがあるんだから。けさ、外出禁止令が解除《かいじょ》になっただろ。そいでホッパー、グラウンドにようすを見に行ったんだって。そいでジンジャーを見つけたって」

「ふーん。じゃあ、アジーザはまだあそこにいるんだ。戦車の中で、やつらとのうのうと暮らしてるのかと思った」

カリームは、ふと非難がましい声になった。

「そういうことには、なんなかった。やつら、アジーザをほっぽり出していっちゃったのさ。ホッパーは、アジーザとちっこいほうの子ネコに会ったんだ。どっちも元気だったって。でも、ジンジャーがね」ジョーニは言葉を切って、遠くのほうに視線《しせん》をおよがせた。「ジンジャーが死んじゃったんだよ、カリーム。戦車にひかれて。戦車に押しつぶされて」

「なにィ？　ウゥッ！」カリームは、うめき声をあげた。ジンジャーを両手で抱《だ》き上《あ》げたときの、やわらかい動く毛玉の感触《かんしょく》がよみがえった。抱いたあと、ぼくはジンジャーが出て行くのを助けてやったんだ。それが自由への道だと思ったから。それなのに、無頓着《むとんちゃく》で無神経《むしんけい》な、戦争のための機械が、ぼくの手から大切な命をうばって砕《くだ》いてしまった。どんなひどいことをしているかも知らずに。

涙《なみだ》をこらえながら、カリームは目をそらした。

「ホッパーが抱いて、家に連れていって」ジョーニが続けた。「お母さんの畑に埋《う》めてやったって。玄関のそばの花壇《かだん》のそばに。覚えてるだろ？」

「ジンジャー」カリームが声をふりしぼった。「そんなの信じらんない。あいつ……」

あいつ、あんなに元気だったのに、と言いたかった。

ジンジャーを最後に見たときのことを思い返した。あいつは、勇敢《ゆうかん》にも歩きだし、ひとりで瓦礫の山に挑《いど》んだんだ。

ドアが開き、ラミアが顔を出した。

「カリーム」ラミアはやさしくほほえんでいる。「おばあちゃんから電話よ。自分で声を聞かないと、あんたの無事が信じられないんですって」

「あとでこっちからかけるよ、母さん」カリームは、はげしく鼻をすすりあげた。

「だめだめ、待っていらっしゃるから」ラミアが受話器をゆすっている。

カリームは、おばあちゃんからの大声の質問に、五分ほど耐《た》えた。受話器を耳から離して持ちながら。やがてアブー・フェイサルおじさんが代わりに出てきて、やっとおばあちゃんから解放された。

「そうかい」おじさんの、しわがれた声が言った。「そういう経験をして、おまえも捕《と》らわれの身がどんなもんか、わかったろ、カリーム？　短い時間だったとはいえ。どんな気がしたかい、え？」

「ものすごく、こわかったよ、シーディ《おじさん》。もう二度とごめんだって思った」

「でも、よく生《い》き延《の》びたなあ。パニックにもならず。やつらに見つかりもせず。おまえはとことん忍耐《にんたい》したんだねえ。えらかったぞ」

「がまんするしかないもん」カリームは自動車の中の油とほこりの入りまじったにおいを思い出し、ブルッと身ぶるいした。「やつら、ぼくを参らせることはできなかったよ。ぼくがそうはさせなかったから。これからも、けっして負けないからね」

電話の向こうから、ハッハッハッという笑い声が聞こえた。

「足に弾をぶちこまれたっていうのに。えらい子だ、カリーム。ところで、ハンサムな兄ちゃんはどうしてる？　ちょっとしたヒーローだっていうじゃないか。外出禁止令が出てるのに、おまえをさがしに行ったんだって？　まだ戦車に石を投げてるのかい？　女の子をやきもきさせてるんだろ？」

「さあ、どうだか、シーディ」

「そうこなくっちゃ。秘密はもらしちゃいけないよ。兄弟なんだから――ぴったり寄《よ》り添《そ》っていかなくちゃいかん。でも、あの子に、おじさんからの伝言をたのむよ。充分気をつけろって。さもないと、足に弾を食らう程度《ていど》じゃあ、すまなくなるからな。父さんはいるかい？　父さんと話したいんだが」

カリームは電話を父さんにわたし、母さんが顎《あご》でさすのにこたえて、しぶしぶソファに腰をおろした。

「ジョーニから聞いたわよ、カリーム」ローズおばさんが言った。「難民《なんみん》キャンプの少年たちと、すばらしい社会事業をしてるんだってね」

カリームは、ハッと目をあげ、あとについて子ども部屋から出てきたジョーニに、助けをもとめた。

「うん」ジョーニが、さりげない口調で言いながらうなずいた。「そういうこと。ママたちに話しちゃったんだ、カリーム。スポーツのできる場所を作ってたって。みんなで――キャンプの子もほかの子も、みんないっしょに遊べるように」

ラミアがカリームに笑顔を向けた。

「それでしょっちゅう、家を抜け出していたのね！　それならそうと、どうして言ってくれなかったの？　父さんも母さんも、悪いことを次から次に想像しちゃったじゃないの――イスラエル軍ともめてるんじゃないか、悪い仲間に入ったんじゃないか、危険に巻きこまれたんじゃないか……ってね？」

カリームはわざとジョーニのほうを見ないようにした。

「どうして言わなかったかって言われても。べつに理由なんてないよ」カリームは居心地悪そうに首をすくめた。「びっくりさせたかったからかな。でも、もうめちゃくちゃになっちゃった。戦車がきて、グラウンドをひっかきまわしたから。ぼくたちできれいにして作ったスペースに、また瓦礫の山を押しもどしやがった」

「ひどい！　ひどいよ！」

ジョーニが、めずらしく大声で叫《さけ》んだ。みんなが一斉《いっせい》にジョーニのほうを見た。カリームは、ジョーニが思いがけず涙を浮《う》かべているのに気づいた。

カリームは、どぎまぎしてジョーニから目をそらし、ふと見ると、となりにすわっているファラーが身じろぎもせずに興味津々《きょうみしんしん》の顔をしている。カリームはファラーを見おろした。ファラーがじっと見ている部屋の奥《おく》のソファに、ジャマールとヴィオレットがすわっていて、ジャマールの手が、少しずつヴィオレットの手に近づき、おずおずと指をからませようとしている。

ファラーは口を開け、みんなに向かって、いままさに「見て！」と言おうとしている。カリームは、ファラーのあばら骨《ぼね》のあたりを小突《こづ》き、ジョーニのほうを指さした。ジョーニは立ち上がり、キッチンに歩いていくところだった。開けっぱなしのドアの向こうのベランダに、シーツがほしてあるのが見える。

ファラーはすかさずカリームを見あげ、自分で自分の口をふさいだ。カリームはジョーニの目をそらすにはどうしたらいいかわからず、こまった。

部屋のすみのテレビに、またニュースキャスターが出ている。

「エルサレムのアル・ムスコビヤ刑務所《けいむしょ》から、けさ、囚人数人《しゅうじん》が解放されました。ラーマッラーのマナラ広場には、解放された人たちが故郷《ふるさと》にもどってくるのを祝おうと、人々が集まりはじめています」

「ジョーニ！」カリームが呼んだ。「聞こえた？　来て見ろよ。やつらが囚人を解放するって。サリームはどうだろう？　ホッパーも、マナラ広場に行くのかな？　ホッパー、なんか言ってなかった？」

ジョーニはもどってきて、テレビを見ながらソファにすわった。ファラーが、ありがとうという笑顔でカリームを見た。

「なんにも」ジョーニが言った。「なにも言ってなかったけど」

カリームは、うれしくなって急に元気が出た。囚人が解放されるというニュースが、カリームの心に火をつけた。カリームは松葉杖《まつばづえ》に手をのばした。

「いますぐあそこに行きたい、マナラ広場に。なにがはじまるか見たいんだ。お願い、父さん、車で連れてってくれない？」

「ダウンタウンに行くの？　その足で？　人でいっぱいなのよ？　なにを考えてるの、カリーム？」ラミアが小さく笑いながら言った。

とはいえ、人にも会えない外出禁止令が長々と続いたあとだ。外に出て、群衆《ぐんしゅう》にまじってお祝いをしようというアイディアに、みんなが飛びついていた。

「なるべく近いところでおろしてやるとしても、その松葉杖でそろそろ行くんじゃあ――」ハッサン・アブーディは、まだ心をきめかねている。

「おれに、おぶってけなんて言わないでよ」ジャマールが、ヴィオレットを横目でチラッと見ながら、口をはさんだ。「二度とごめんだね。背中が痛《いた》くて、まだなおんないよ」

行こうという空気に負けて、ラミアもその気になった。

「髪を直すあいだ待っててね」ラミアはベッドルームにそそくさと入っていきながら言った。

「こんな格好《かっこう》じゃ、ダウンタウンには行けないわ。知ってる人に会うかもしれないもの」

28

さんさんと降《ふ》りそそぐ太陽の光が、ラーマッラーの町の、白い石造りの建物に照《て》り映《は》えている。自動車からもがくようにおりたカリームは、まぶしそうにまばたきした。父さんが運転する車は警笛《けいてき》を鳴らしながら、人や車でごったがえす中を、かきわけかきわけ町の中心にやってきた。ブートロスの家族の車がピタリとついてきている。

細い路地に車を止め、雑踏《ざっとう》に加わってラーマッラーの町の小さな広場に向かった。マナラ広場だ。ロータリーの真ん中に、四頭のうずくまったライオン像を従《したが》えて記念塔《きねんとう》が立っている。ふだんは車で埋《う》めつくされている広場も、きょうばかりは人、人でごったがえし、車もバスも通れない。

カリームが松葉杖《まつばづえ》を器用に使いながら、いそいそと角を曲がり、目の前の記念塔をながめていると、太鼓《たいこ》の音が聞こえてきた。砂色《すないろ》の制服を着て首のあたりに緑色のスカーフをなびかせたボーイスカウトが、人の波を縫《ぬ》うようにしながら行進してくる。鼓笛隊《こてきたい》の大太鼓が大きな音でリズムをとっている。せまい通りにこだましながら近づいてくるその音は、カリームの胸《むね》にずっしりひびいた。おごそかで、もの悲しく、誇《ほこ》らしくもあり駆《か》り立《た》てられるようでもあり、ふしぎな気分にさせられる。

ジョーニがすぐわきにいる。うしろには、ふたりの父さんたち。

「こいつらを見ろ」ハッサン・アブーディが言っている。「離《はな》れられないんだ。この子たちがこうやっていっしょに大きくなっていくのを見ていると、ぼくらみたいな気がしてね」

ジョージ・ブートロスはせきばらいをした。

「わかってるよ、ハッサン。わかってる。すまない。でも、なにができる？　ここにいたら先々……その……」

ジョージ・ブートロスの声がしぼんだ。

ジョーニは拳《こぶし》をにぎりしめた。

「ぼく――ほんとは――いやなんだ――アンマンなんかに――行くの」

ジョーニはひとことずつ、吐《は》きだすように言った。

カリームはなにも言わなかった。ジョーニとのあいだには早くも、埋《う》められない溝《みぞ》ができている。ジョーニにも、それが痛《いた》いほどわかっているのだ。どんな言いわけをしようと、家族がこの町から逃げ出すことにかわりはない。

ぼくの家族はちがう。カリームは誇らしさでいっぱいになりながら思った。ぼくたちはここに留《とど》まり続ける、やつらからどんな目に合わされようとも。

人の流れに押されながら、ひと息つける開けた場所に出た。

「カリーム！　ジョーニ！」

ホッパーの声が、太鼓と話し声の騒々《そうぞう》しさをかいくぐって、甲高《かんだか》くひびいた。

カリームとジョーニはぐるっと見まわした。不意にジョーニが笑いだした。

「あんなとこにいる！　ほら！」

ホッパーが、怪我《けが》した腕《うで》の包帯《ほうたい》のせいで袖《そで》を太くふくらませながら、街灯《がいとう》のてっぺんにのぼっている。どうりで、混雑《こんざつ》した中でも見わたせるわけだ。ホッパーはカリームとジョーニが手を振《ふ》ったのをたしかめると、街灯の上からすべりおり、あっという間にそばにやってきた。

「ヘイ、カリーム」ホッパーが不器用に言った。「いなくなったと思ったら、ヒーローになちゃって。負傷兵《ふしょうへい》ってとこだな。松葉杖なんか使って、かっこいー。ちゃんと歩けるようになるのは、いつ？」

カリームはニヤッとした。

「さあね。もうすぐ。それより、見ちゃったもんね。ナスを持ってるとこ。銃身《じゅうしん》に飛びついたとこも、みーんな。いかしたぜ、ホッパー。あいつら、狂《くる》ったように撃《う》ちまくってたよね。弾《たま》が当たるところまで、ちゃんと見ちゃった」

ホッパーは緑色のスウェットシャツの袖をまくりあげ、腕に巻いた包帯を見せた。

「おそまつな銃撃《じゅうげき》でやんの、あの兵士たち」ホッパーはあっけらかんと言ってのけた。「あれじゃ、ゾウにも命中しないぜ」ホッパーが急に真顔《まがお》になった。「ほんとにおれのこと見てたの、カリーム？　そいで、ほんとにずっと、あそこにいたの、自動車の中に？　ジョーニがそう言ってたけどさ。そんなの信じらんない。おれ、見たんだもん、おまえがころぶとこ。てっきりやつらに捕《つか》まったと思った」

カリームは得意そうな笑顔になった。

「やつらを煙《けむ》に巻いてやったんだ。あいつらってば、二日かけても、ぼくを捕まえられないでやんの」

ふたりはニコニコしながら、自慢話《じまんばなし》をしあった。そのかたわらで、ジョーニが待ちきれないというように、うろうろしている。

「サリームはどうした？」ジョーニがようやく聞いた。「解放されたの？」

ホッパーの顔がみるみるくもった。

「うん。出てきたよ」

「どうかした？　うれしくて、飛んだり跳《は》ねたりしそうなのに」カリームが言った。

ホッパーは顔をそむけた。

「やつら、兄ちゃんにやりたい放題だったんだ。なぐりつけたり、頭からきたない袋《ふくろ》をかぶせて目かくししたり。だからずっと、息がつまりそうになってたんだ。それだけじゃない。両手をうしろにまわして足首にしばりつけ、ちっぽけな椅子《いす》にむりやりすわらせてた。そのまんま、ほっぽり出されてたから、兄ちゃん、筋肉がかたまっちゃってね。まだ痛がってる」

カリームはゾッとした。ぼくだって、もし捕まっていたら、そういう目にあったのはまちがいない。もっと痛めつけられていたかもしれない。

「ここに来てんの?」カリームが、おずおずきいた。サリームに会ってみたい——話がしたい——お礼を言うかも——なんのお礼か、よくわかんないけど。

「ここにはいない。こういうところに、いられる状態《じょうたい》じゃないんだ。おじいちゃんが来て、家に連れて帰った。おれは、おまえたちが来るかもしんないから、残ってたんだ」

「ぼくたちのサッカー場に、やつらがどんなことしたか、見た?」カリームは、少し間をおいて言った。

ホッパーがうなずいた。

「ああ。ジンジャーのことだけど、ジョーニからきいた?」

「うん」

カリームの心の中に積もり積もっていた悲しみが、太鼓の音の高まりとともに胸にせまってきた。ジョーニとの別れ、ホッパーのグラウンドの破壊《はかい》、足の怪我、ジンジャーの死、サリームの拷問《ごうもん》、いつまでも居《い》すわり、いつも勝ちほこり、しょっちゅう威張《いば》りちらしている敵、いつ果てるともしれない屈辱《くつじょく》——そういう悲しみが、ぜんぶいっしょくたになって押し寄せてきた。

ジョーニとホッパーも、同じ気持ちのようだ。群衆の渦《うず》の中で、人が変わったように、むっつりと立ちつくしている。

「この子はだれだい、ジョーニ？」

突然《とつぜん》とびこんできたジョーニの父さんのジョージ・ブートロスの声に、三人は我《われ》に返った。

ブートロスは迷《まよ》いをさっぱり捨てた明るい声だ。

カリームが見あげると、追いついてきた両方の家族全員が、三人を取りかこんで見ている。

ラミアの腕の中にいるシリーンまで、親指をしゃぶって母さんの胸にあまえながら、ホッパーをじっと見おろしている。

「ホッパーだよ、パパ」ジョーニが言った。「話しただろ。いっしょにサッカー・グラウンドを作ったって。カリームと同じ学校の子」

「そうか、あの子か。例のコミュニティー・プロジェクトの！」

ジョージ・ブートロスがニコニコしながら、当惑顔《とうわくがお》のホッパーを見おろした。「そのプロジェクトの話を、もっとくわしく聞かせてくれないか、おまえたち」

「もうどうでもいいんだよ、あそこのことは」カリームがぶっきらぼうに言った。「ぶっこわされちゃったんだから」

ホッパーがおどろいた顔をした。

「また、きれいにするんじゃないの？」

カリームは、ホッパーのグラウンドの荒《あ》らされようを思った。戦車のわだち、そこらじゅうに散らばった瓦礫《がれき》。あそこはもう、とことん汚《けが》されてしまった気がする。でもホッパーにじっと見つめられているうちに、カリームは思い出した、占領軍《せんりょうぐん》の戦車がラーマッラーにもどってくる直前のことを。新入りの少年たちがやってきて、みんなでサッカーをやったんだ。ぼくが、とびきりすばらしい完ぺきなゴールをきめたあのとき、つくづく思ったじゃないか。苦労した甲斐《かい》があったって。なんだってやればできるって。

「そうだね」カリームが言った。「またやろっか」

「おれも、手伝う」意外にもジャマールが言った。「なんなら、サッカーの相手をしてやってもいい」

カリームはうれしくて、ジャマールに笑顔を返した。でもすぐ顔をそむけた。ヴィオレットがジャマールに、悲しそうな甘《あま》ったるい顔で笑いかけているのに気づき、ムカムカしたのだ。

「その場所は」ジョージ・ブートロスがむずかしい顔できいた。「いったいだれのものなんだい？」

「政府」ホッパーが答えた。「そのうちなにか建てる気だって、おじいちゃんが言ってた。でも、まだ予算がおりないようだって」

「政府が？　なにか建てるだって？」ハッサン・アブーディが、声をたてて笑った。「まさか」

「だれか役人に相談してみるかな」ジョージ・ブートロスが話し合いをするときの声で言った。

「青少年のための施設《しせつ》か──いいアイディアだ。スポーツねえ──まずは資金《しきん》集めだな──アンマンに行けば――うってつけの人間がいる――うまく計画をたてて」

ビジネスマンの口調になって、声に出しながら考えている。

「実際に行って、この目で見てこよう、数日のうちに」ハッサン・アブーディも負けじとのりだしてきた。「ブルドーザーで半日もかければ、片づくだろう。ちゃんと走りまわれるように整地しないといかんな」

「ありがとう」カリームは、ホッパーに視線《しせん》を走らせながら言った。「でも、ぼくたちでなんとかするよ」

親に口を出されるなんて、まっぴらだ。それにホッパーのグラウンドに、どんな種類であれ、また大型車輛《しゃりょう》が入ってくるのを見るのはこりごりだ。

「ほかの子たちも手伝いにきてくれるさ、マフムードも、アリも、みんな」ホッパーが、カリームだけに聞こえるように、小さい声で言った。

ボーイスカウトの鼓笛隊の演奏《えんそう》が終わった。広場の奥《おく》にしつらえられた舞台のわきのラウドスピーカーが鳴りだし、音楽が流れてきた。太鼓のひびきとは対照的《たいしょうてき》な、テンポの早い陽気な曲だ。

カリームの脚はまたひどく痛みはじめていたが、音楽のおかげで元気が出た。悲しんでなんかいられない。ホッパーも元気づいたらしい。とつぜん駆《か》けだし、雑踏《ざっとう》の中にまぎれてしまった。

「どうしたんだ、あいつ？」ジョーニが言った。「どこに行っちゃったんだろう？」

「だいじょうぶ、ホッパーのことだ」カリームが言った。「なんか、とんでもないことを思いついたんだよ、きっと」

「きみの予感、あたったね！　あそこを見て」ジョーニが指さした。

ホッパーは群衆をかきわけて記念塔のところまで行き、塔の上まで組まれている足場をのぼっているところだった。腕の怪我もなんのその、慣れた仕草でやすやすとよじのぼっていく。てっぺんにたどりつくと、友だちに手を振った。着古した緑色のシャツのすそが風になびいて旗のように見える。

カリームはホッパーについて行きたかった。家族のそばから逃げだして、ホッパーといっしょにのぼりたかった。それなのにカリームは、その場に立ちつくしていた。松葉杖のせいばかりではない。いつになく気持ちが高ぶったり落ちこんだり、頭の中がシーソーのようにいそがしいのだ。正義のかけらもない刑務所から解放されたサリームのことを考えていたときは、シーソーが上がっていた。それがみるみる下がったのは、つらいことを思いだしたからだ。ジョーニのことを考えると、シーソーはさらに下がった。ジョーニは新しい暮らしをもとめて出ていってしまう。パレスチナの外に。

でも、ぼくには、ホッパーって友だちがいる。カリームは自分にそう言い聞かせた。ホッパーがいてくれて、ほんとうによかった。

それから、あのホッパーのグラウンド。敵にズタズタにされてしまった。あれを見たら、だれだってがっくりくる。でも、ぼくは、へこむもんか。ぐずぐずしてはいられない。足がなおったら、すぐに行こう。またはじめるぞ、ホッパーといっしょに。ほかの子たちも仲間に入れて、自分たちの居場所をつくるんだ。それから先は、サッカー、サッカー、サッカーだ。

ぜったい、やりとげてみせる。カリームは心に誓《ちか》い、足場のてっぺんの少年に手を振り続けた。ぼくたちは、生きぬいてみせる。

訳者あとがき

イギリスの新聞に掲載《けいさい》された『ぼくたちの砦《とりで》』の紹介《しょうかい》記事には、著者《ちょしゃ》、エリザベス・レアードがラーマッラー郊外《こうがい》の荒《あ》れた空《あ》き地《ち》に立っている写真が添《そ》えられています。点在する家を見おろす丘《おか》の上の空き地。一方の縁《へり》に石の塀《へい》が立っている、がらんとした空き地。レアードは、この空き地に立ち、ラーマッラーの町を見おろしながら、物語の構想《こうそう》を練《ね》ったのでしょう。

執筆《しっぴつ》の動機について、レアードは次のように言っています。「ユダヤ人の悲劇《ひげき》は『アンネの日記』をはじめ多くの書物で紹介されています。それにひきかえ、パレスチナの人々の視点《してん》から語られた本はほとんどありません。私はパレスチナの子どもたちがどのような暮《く》らしをしているか、その本当の姿をありのままに伝えたいと思いました」

その言葉どおり、この物語に書きこまれているエピソードは、ほとんどすべて実際にあったことです。レアードが子どもたちから聞き出した話、インターネットのサイトで報告されているできごと、協力者のソニア・ニムル博士《はかせ》が教えてくれた話、それらをつなぎ合わせて、ひとつの物語にまとめたというわけです。空想をふくらませて書いた話というよりは、ノンフィクションの要素《ようそ》を含《ふく》んだ物語と言えるでしょう。

パレスチナとイスラエルは領土《りょうど》をめぐり、少なくとも六十年以上争っています。複雑《ふくざつ》な政治的背景《はいけい》がありますが、ひとことで言えば、「神から約束《やくそく》された地」という信念のもとパレスチナに自らの国を建てたイスラエル、そのせいで先祖代々住んでいた土地から追い出されたパレスチナ人、その両者の争いなのです。もちろん、それぞれに言い分がありますが、本書はひとえにパレスチナ側に視点を置き、彼らが抱《かか》えている苦難を丁寧《ていねい》に描《えが》き出《だ》しています。日本人にとって中東はとても遠い国で、入ってくる情報も限《かぎ》られています。『ぼくたちの砦』を読むと、中東、とくにパレスチナの現実がとてもよくわかります。

実はレアードは、イスラエルに同情的な人たちから、「少年たちがイスラエルの子どもと仲よしになる場面も入れればよかったのに」と言われました。それに対してレアードは、「ラーマッラーの子どもたちには、イスラエルの子どもと仲よくなれる機会がまったくないのが実情です。もしイスラエル人の友だちを登場させたら、事実と異《こと》なる話になってしまうでしょう」と反論しました。でもその一方で、カリームが尊敬する兄ちゃんによく似たイスラエル兵を、チラッと登場させています。またフェイサルおじさんに、イスラエルの人たちは「ただの男や女や子どもだった――わしらみたいに。人間なんだよ」と言わせています。レアードは、非道に見えるイスラエル人も、みんな自分たちと同じ人間なのだ、と言いたかったのだと思います。

物語は、パレスチナの人たちが日々、どんなつらい生活を強《し》いられているかを次々に明らかにしていきます。何日にもわたる外出禁止令《きんしれい》、村と村を分断《ぶんだん》するチェックポイント、イスラエル兵から受ける辱《はずかし》め、先祖伝来のオリーブ畑の没収《ぼっしゅう》……。ただ、この物語では、イスラエル兵に投石したジャマールも無事に逃《に》げおおせましたし、偽爆弾《にせばくだん》を仕掛《しか》けたホッパーも無事でした。それより何より、絶体絶命《ぜったいぜつめい》と思われたカリームも危機一髪《ききいっぱつ》で逃《のが》れることができました。本当なら、ジャマールもホッパーもカリームも、命を落としていたかもしれません。そういう痛《いた》ましい現実の一端《いったん》を垣間《かいま》見せてくれるのが、子ネコの死です。胸《むね》がキュンとしめつけられます。カリームが言うように、「ふつうの国でのふつうの暮らし」がどんなにありがたいか、しみじみ考えさせられる場面です。

そんな危険と背中合《せなかあ》わせで暮らしている少年たちですが、イスラエルの戦車に荒《あ》らされたグラウンドにせっせと通い、瓦礫《がれき》を片づけます。ホッパーのグラウンドを、だれにもじゃまされない自分たちだけの居場所《いばしょ》、つまり「ぼくたちの砦」にしようと夢中《むちゅう》なのです。少年たちのこの情熱は、パレスチナ人の悲願そのもののように思えます。占領下《せんりょうか》のパレスチナの土地を、いつか自分たちで治める自分たちだけの国にしたいという悲願。

ところで少年たちは、厳《きび》しい現実に遭遇《そうぐう》し、悲しい目にいっぱい遭《あ》っているのに、なんと健《けな》気《げ》で子どもらしく、明るく活発で、のびのびとしているのでしょう。次々に新しい遊びを思いつき、友だちをつくり、親友と気まずくなり、でも仲直りし、両親の干渉《かんしょう》がちょっぴりけむたく、兄弟げんかはしても心の底ではやっぱりお兄ちゃんを尊敬し、困《こま》ったときにはユーモアで切り抜け……生き生きした子どもの世界に思わず、そういうことってあるよね、と頷《うなず》いてしまいます。エリザベス・レアードが「ふたりの息子を育てていた頃《ころ》を思い出しながら書いた」

と聞いて、なるほどと思いました。実は私も、ふたりの息子の少年時代を思い出しながら、とても楽しく訳しました。

翻訳《ほんやく》にあたっては、パレスチナの暮らしやアラビア語について、森澤典子さんと青柳伸子さんにたくさんの質問をし、詳《くわ》しく教えていただきました。ありがとうございました。また評論社の竹下宣子さんには、訳文を丁寧にチェックしていただきました。お力添えに心から感謝《かんしゃ》しています。

最後に、この作品が、二〇〇四年度のハンプシャー・ブック・アワードの候補《こうほ》作品に選ばれたことを付け加えておきます。

石谷　尚子

二〇〇六年秋

著者：エリザベス・レアード Elizabeth Laird
イギリスの作家。多くの話題作を発表している。マレーシアで教師生活を送り、夫の仕事の関係でエチオピアやレバノンにも長期滞在した。パレスチナの大学で教鞭をとるソニア・ニムル博士の協力を得て本書を執筆。邦訳作品に『ひみつの友だち』(徳間書店)、『今、ぼくに必要なもの』(ピエブックス)などがある。この2作は、共にカーネギー賞候補作になっている。

訳者：石谷尚子（いしたに ひさこ）
東京生まれ。上智大学文学部英文学科卒業。翻訳家。主な訳書に、アブラハム・J・ヘシェル著『イスラエル　永遠のこだま』(ミルトス)、J・バンキン／J・ウェイレン著『超陰謀60の真実』(徳間書店)、石谷敬太編『ママ・カクマ―自由へのはるかなる旅』(評論社）などがある。

ぼくたちの砦

二〇〇六年十月三〇日　初版発行
二〇〇七年四月二〇日　二刷発行

●――著　者　エリザベス・レアード
●――訳　者　石谷尚子
●――装　幀　川島進（スタジオ・ギブ）
●――発行者　竹下晴信
●――発行所　株式会社評論社
〒162-0815　東京都新宿区筑土八幡町二-二一
電話　営業〇三-三二六〇-九四〇九
　　　編集〇三-三二六〇-九四〇三
●――印刷所　凸版印刷株式会社
●――製本所　凸版印刷株式会社

ISBN978-4-566-02402-1　NDC933　328p.　188㎜×128㎜
http://www.hyoronsha.co.jp

Keeper《キーパー》

マル・ピート＝作　池 央耿＝訳

南米の奥深いジャングル。
少年にサッカーを教えたのは、
〝ゴースト〞だった……。

〈ブランフォード・ボウズ賞受賞作〉